dtv

Annika, siebenunddreißigjährige Ehefrau und glückliche Mutter zweier Kinder, verliebt sich wie ein Teenager in ihren neuen Arbeitskollegen Rickard. Ausgerechnet Annika! Sie hat den perfekten Ehemann, wundervolle Kinder und einen tollen Job. Und jetzt das. Doch Rickard schafft es, eine Saite in ihr zum Klingen zu bringen, die Tom schon lange nicht mehr – oder vielleicht noch nie? – angeschlagen hat. Annika kämpft: gegen ihr schlechtes Gewissen, um ihren Mann, ihre Familie. Und doch treibt es sie immer wieder heimlich in Rickards Arme. Bis Tom versehentlich die SMS auf ihrem Handy liest: »Vermisse dich jetzt schon. Kuß, R.« Eine Woche Bedenkzeit will Tom ihr geben...

Kajsa Ingemarsson, 1965 geboren, hat 2002 ihren ersten Roman veröffentlicht. Zuvor hat sie bei der schwedischen Sicherheitspolizei, als Model in Mailand und anschließend als Übersetzerin und Radiomoderatorin gearbeitet. Ihre Bücher gelangen regelmäßig auf die Bestsellerlisten. Bei dtv sind außerdem von ihr lieferbar: ›Liebe mit drei Sternen‹ (dtv 21091) und ›Eins, zwei, drei, beim vierten bist du frei‹ (dtv premium 24537). Die Autorin lebt mit Mann und zwei Töchtern südlich von Stockholm.

Kajsa Ingemarsson

Vermisse dich jetzt schon ...

Roman

Aus dem Schwedischen
von Stefanie Werner

Deutscher Taschenbuch Verlag

Von Kajsa Ingemarsson
sind im Deutschen Taschenbuch Verlag erschienen:
Liebe mit drei Sternen (21091)
Eins, zwei, drei, beim vierten bist du frei (24537)

Für Laura und Rosa

**Ausführliche Informationen über
unsere Autoren und Bücher
finden Sie auf unserer Website
www.dtv.de**

Ungekürzte Ausgabe 2010
Deutscher Taschenbuch Verlag GmbH & Co. KG, München
© 2003 Kajsa Ingemarsson
Titel der schwedischen Originalausgabe:
›Inte enklare än så‹ (Forum, Stockholm)
© 2005 der deutschsprachigen Ausgabe:
Deutscher Taschenbuch Verlag GmbH & Co. KG, München
Umschlagkonzept: Balk & Brumshagen
Umschlaggestaltung: Wildes Blut, Atelier für Gestaltung,
Stephanie Weischer unter Verwendung eines Fotos von
plainpicture/Folio Images
Satz: Fotosatz Reinhard Amann, Aichstetten
Gesetzt aus der Sabon 9,8/12,4·
Druck und Bindung: Druckerei C.H.Beck, Nördlingen
Gedruckt auf säurefreiem, chlorfrei gebleichtem Papier
Printed in Germany · ISBN 978-3-423-21249-6

Ich habe einen fantastischen Mann.

Er sieht gut aus, blendend sogar. Ihm ist noch kein einziges Haar ausgegangen, und ich kann mir nicht vorstellen, daß er seit unserer Hochzeit den Gürtel ein Loch weiter gestellt hätte. Bemerkenswert. Wie viele Männer lassen in seinem Alter den Bauch über den Hosenbund wachsen? Ein rascher Blick durch den Bekanntenkreis: Die meisten. Das mit dem Haar, das sehe ich ein. Ist ja auch viel schwieriger unter Kontrolle zu bekommen. Da hat mein Mann einfach Glück. Trotz allem liegt es nicht an seinem Aussehen, daß er ein hervorragender Ehemann ist. Natürlich nicht. Aber es ist auch nicht zu verachten.

Er massiert mich. Vielleicht nicht ständig, aber wenn ich ihn darum bitte. Und zwar nicht als kalkuliertes Vorspiel, weil er erwartet, daß ich mit ihm schlafe. Nein, er massiert meine Schultern, meinen Rücken und meinen Nacken, weil ich verspannt bin. Oder einfach, weil ich es will.

Und er kocht. Manchmal sogar richtig gut. Trotzdem bevorzugen die Kinder (und das sage ich nicht, um anzugeben) meine Küche. Von Pfannkuchen natürlich abgesehen, die muß Papa machen. Ist das nicht eine komische Geschichte, Männer und Pfannkuchen? Welche Frau wendet die Pfannkuchen in der Pfanne, indem sie sie in die Luft schleudert? Ich nicht.

Er denkt immer an meinen Geburtstag, an unseren Hochzeitstag, den Tag unserer Verlobung, Muttertag, ja selbst so einen kommerziellen Schwachsinn wie Valentinstag läßt er nicht aus. Jahrelang schenkte er mir dazu verführerische Unterwäsche. Inzwischen bekomme ich Geleeherzen. Er sagt, sie hätten die gleiche Konsistenz wie meine Ohrläppchen.

Er hat Humor, verfügt über eine gute Allgemeinbildung und ist extrem sozialverträglich. Und zu meinen Eltern ist er auch noch nett. Meist viel netter als ich. Er ist tierlieb und meidet die Sportschau. Jedenfalls dann, wenn ich etwas anderes sehen möchte. Er würde zu Hause niemals im Jogginganzug herumlaufen. Er spricht mehrere Sprachen fließend, macht nur selten Überstunden und holt jeden zweiten Tag die Kinder vom Kindergarten ab. Er entfernt seine Haare in der Nase, ohne daß ich ihn darauf ansprechen muß, kaut nicht mit offenem Mund, programmiert den Videorekorder für mich, wenn ich ihn darum bitte, und er achtet im Bett darauf, daß ich meinen Höhepunkt habe, bevor er selbst kommt. Mindestens zweimal im Jahr macht er sogar den Abfluß im Badezimmer sauber.

Was will ich mehr?

»Ein Bauarbeiter hat mir heute hinterhergepfiffen.«

»Ja, und?« Tom sah Annika fragend an.

»Was ist ein Bauarbeiter?« Mikael trommelte mit der Gabel auf der Tischplatte.

»Laß das.«

»Ich darf das aber.«

»Nein. Das gibt häßliche Macken im Tisch.« Tom zeigte auf einige neuere Kratzer.

»Genau, das darfst du nicht. Oder, Mama? Das darf er doch nicht?« Andrea schaute ihre Mutter an.

»Nein, er darf es nicht, aber es reicht, wenn Papa es ihm sagt.«

»Ich darf das aber auch sagen!«

»Nee, darfst du gar nicht!« Mikael ergriff die Gelegenheit. »Nur Papa darf bestimmen.«

»Das bestimmst aber nicht du, wer hier bestimmt!«

»Schluß!« Tom wurde nur ein bißchen lauter, aber es war wieder ruhiger am Tisch. »Entschuldigung Annika, was hast du gesagt?«

»Ach nichts.«

»Ja, aber du hast doch was gesagt ... Von einem Bauarbeiter?«

Annika holte tief Luft. »War nicht so wichtig.«

»Na dann.« Tom biß von den Kartoffelpuffern ab.

»Er hat gepfiffen, Mama, oder?« Annika nickte Andrea zu.

»Ich will noch mehr Schinken.« Mikael reckte sich nach der Platte mit dem Schinken. Annika zog sie weg.

»Iß erst deinen Kartoffelpuffer auf.«

»Mag ich aber nicht. Ich mag lieber Schinken. Ich will Schinken haben.«

»Ich weiß, daß du Schinken magst. Wir alle mögen Schinken, aber man kann sich nicht daran satt essen.«

»Doch! Ich kann das!«

»Nein, das kannst du nicht, weil die anderen auch was davon wollen«, protestierte Andrea.

»Blöde Andrea!«

»Stop, das sagst du nicht zu deiner großen Schwester!« Tom sah Mikael mit einem strengen Blick an, und Andrea nutzte die Gelegenheit auf der Stelle.

»Du bist hier der, der blöd ist!«

»Andrea, du mußt jetzt nicht genauso kindisch werden wie Mikael.«

Andrea war verwirrt.

»Aber er ist doch blöd ...«

»Nein, das ist er nicht.«

»Doch, das bin ich!« Mikael begann von neuem, mit der Gabel auf der Tischplatte zu trommeln.

»Du sollst jetzt sofort damit aufhören, habe ich gesagt.« Tom wurde langsam sauer. Mikael sah ihn an und trommelte weiter. »Aufhören, sage ich!« Tom hielt seine Hand fest.

»Aua! Papa tut mir weh!«

»Das geschieht dir recht!« Andrea streckte Mikael die Zunge heraus.

»Andrea!« Annika schaute ihre Tochter vorwurfsvoll an, und Andrea verstummte. Mikael stocherte im Essen herum.

»Ich mag nicht mehr.«

»Aber du hast doch gar nichts gegessen.« Annika sah auf seinen Teller, wo die traurigen Reste des Kartoffelpuffers ausgebreitet lagen.

»Doch, Schinken. Ich will noch Schinken haben.«

»Du bekommst noch eine Scheibe Schinken, aber dann mußt du auch deinen Puffer essen, okay?«

»Okay.« Mikael strahlte. Ein paar Sekunden vergingen in Ruhe.

»Warum hat der Bauarbeiter gepfiffen, Mama?«

»Ich weiß es nicht, Andrea.«

»Ich kann pfeifen.« Mikael prustete mit dem Mund, und kleine Stückchen Schinken flogen über den Tisch.

»Vielleicht fand er Mama schön.« Tom schmunzelte und zwinkerte Annika zu. Das klang ja wie eine Art Witz.

»Wäre das so komisch?« schnappte Annika.

»Nein ...« Tom bemerkte sofort seinen Mißgriff.

»Ich finde Mama hübsch.«

»Danke, Mikael.«

»Und ich auch«, schloß sich Andrea an. Annika strich ihr über das Haar.

»Das hast du schön gesagt.«

»Findest du das nicht, Papa?«

»Doch, natürlich finde ich das auch. Ich finde, Mama ist die Schönste auf der ganzen Welt.«

»Nein, das tust du nicht.« Annika zog die Augenbrauen hoch.

»Doch, das tue ich.«

»Nein. Du findest nicht, daß ich die *Schönste auf der ganzen Welt* bin.«

»Doch.«

»Schöner als Uma Thurman und Michelle Pfeiffer?«

»Wenn ich die Wahl hätte, würde ich mich für dich entscheiden.«

Annika seufzte. Sie wollte Tom sagen, daß er aufhören solle, daß er sich nur lächerlich machte, aber Mikael unterbrach sie.

»Ich habe jetzt aufgegessen, darf ich aufstehen?« Mikael war schon vom Stuhl heruntergerutscht. Annika warf einen Blick auf den Teller. Der war zwar leer, aber die Hälfte des Kartoffelpuffers war auf dem Tisch gelandet. Sie seufzte.

»Ja, geh nur. Wasch dir aber erst die Hände, bevor du den Fernseher anstellst! Und den Mund!« Mikael hörte schon nicht mehr zu. Sie sah, wie er ins Wohnzimmer rannte und den Fernseher anmachte. Annika hatte keine Kraft mehr zu schimpfen, das Sofa war sowieso schon so schmuddelig, daß

9

ein bißchen Preiselbeermarmelade wohl kaum noch einen Unterschied machte.

»Ich bin auch fertig.«

»Prima, Andrea. Stell den Teller bitte weg.«

Andrea stand auf und balancierte den Teller Richtung Spüle. Dann verschwand auch sie zum Fernseher. Es war plötzlich sehr still in der Küche.

»Ich finde wirklich, daß du schön bist, Annika. Warum reagierst du denn so scharf?«

»Ach, ich weiß auch nicht.«

»Und was war das mit diesem Bauarbeiter?«

»Ach, vergiß es.«

»Aber du hattest doch gerade angefangen, etwas zu erzählen. Irgendwas muß doch gewesen sein.«

»Er hat mir hinterhergepfiffen.« Annika seufzte. »Ich kam an einer Baustelle vorbei, und einer der Arbeiter hat mir hinterhergepfiffen. Das war alles.« Annika wurde einen Augenblick still. Aus dem Wohnzimmer drang die wohlbekannte Titelmelodie. Das Kinderfernsehen am Abend hatte begonnen. »Ein Bauarbeiter. Schnell zu durchschauen. Die pfeifen hinter allem und jedem hinterher. Das gehört zu ihrem Job.«

»Das ist wohl ein bißchen übertrieben, oder?« Tom begann abzuräumen. Annika hatte keine Lust mehr zu reden. Das Thema war erledigt. Statt dessen saß sie schweigend da. Sah Tom zu, wie er die Preiselbeerschmiererei und die Essensreste vom Geschirr abspülte. Da war es ihr plötzlich klar. Der Gedanke, die Schlußfolgerung, die sie den ganzen Tag im Kopf gehabt hatte. Irgendwas hatte sie geärgert, ohne daß sie richtig wußte, warum. Sie sah Tom ins Gesicht. Jetzt wußte sie es.

»Und weißt du, was das Traurige daran war?« sagte sie leise. Er hielt inne.

»Nein.«

»Daß ich mich geschmeichelt fühlte.« Tom sah sie fragend an.

»Verstehst du, er hätte vermutlich hinter allem hergepfiffen, das sich bewegt und zwei Beine hat, und trotzdem hat es mir gefallen. Es hat mich berührt.«

»Wie meinst du das?«

Schon bereute Annika, daß sie überhaupt davon angefangen hatte. Sollte sie ihm jetzt wirklich erklären, wie lange es her war, daß sich jemand nach ihr umgedreht hatte?

»Ach, ich hätte dir das nicht erzählen sollen. Es war wirklich ... nichts. Einfach etwas, worüber ich nachgedacht habe.«

»Ich will aber wissen, was dich beschäftigt.«

»Okay, jetzt weißt du es ja.«

Tom seufzte und begann, die vorgespülten Teller in den Geschirrspüler einzuräumen. Annika saß nur still da. Wie sollte sie etwas erklären, das sie selbst nicht verstand? Daß sie sich von so einem Aufreißerpfeifen geschmeichelt fühlte. Vor ein paar Jahren hätte sie sich noch furchtbar aufgeregt: Hunden pfiff man nach! Und jetzt? Was war in der Zwischenzeit passiert?

Und was sie vielleicht noch mehr irritiert hatte, war, wie sie auf den Typ mit nacktem Oberkörper reagiert hatte: Rot war sie geworden. Und den Blick hatte sie gesenkt. Wie ein Teenager. Und das Bestürzendste: Sie hatte ihn sexy gefunden. Das war wie ein Reflex.

Vielleicht war gar nicht er derjenige, der so leicht zu durchschauen war. Vielleicht war sie es.

Als Annika sah, daß Tom auf die Kirchturmuhr schaute, legte sie einen Schritt zu. Sie waren schon zehn Minuten zu spät. Toms Mutter hatte sich verspätet. »Vati« hatte einen Hexenschuß, und sie mußte ihm helfen, ins Bett zu kommen, bevor sie losfahren konnte. Und sie mußte ihm versprechen, so bald wie möglich wieder heimzukommen. Viel deutlicher wurde sie nicht, aber Tom und Annika verstanden durchaus, wie es gemeint war: Sie würden nach dem Restaurantbesuch direkt nach Hause gehen.

Der Abend war ziemlich kühl, doch auf der Kungsgata liefen die jungen Leute noch in dünnen Sommersachen herum. Jungs mit Krawatte, gegeltem Haar und in Anzügen, die aussahen wie ihre allerersten. Mädchen auf kippligen Absätzen und in Kleidern mit schmalen Trägern über den Schultern. Viele mit Flasche in der Hand, manche schon betrunken. Sie würden nicht die einzigen bleiben. Wie jung sie aussahen. Tom hatte anscheinend ihre Gedanken gelesen.

»Wie schön, daß die noch ein paar Jahre vor sich haben, bis sie so alt sind wie wir.« Er nickte einem jungen Paar zu, das sich an einen Baum lehnte. Eine halbleere Flasche Sekt stand neben ihnen auf der Erde.

»Ja. Als ob es nicht reichen würde, daß man es selbst überstehen mußte. Jetzt wird man noch Zeuge bei den eigenen Kindern!«

Tom lachte über Annikas entsetzten Blick. »Na ja, ein bißchen Spaß hat man doch auch. Mit sechzehn und verliebt...«

»Und betrunken und unglücklich... O Gott!« Annika fröstelte. »Das müssen unsere Kinder hoffentlich nicht auch durchmachen?«

»Natürlich! Wenn nicht, wäre wohl auch etwas schiefgelaufen, oder?«

»Ja, vielleicht. Aber wenn ich jetzt die Wahl hätte, würde ich sie statt dessen lieber zu Hause bei ihrer Briefmarkensammlung sitzen sehen, als auf der Straße herumhängen und Alkohol trinken. Jugendliche sind so . . . unzuverlässig!«

»Warst du das nicht auch?«

»Ja, schrecklich.« Annika mußte grinsen. Sie waren da. Tom hielt ihr die Tür auf, und sie traten ein. Sie hängten ihre Mäntel auf und wurden zu ihrem Tisch geführt. Der Ober lächelte etwas säuerlich, als Annika sich für ihre Verspätung entschuldigte. »Der Babysitter war unpünktlich . . .«

»Das passiert«, sagte er und schob ihr den Stuhl heran. Er sah nicht so aus, als ob er irgendeine Erfahrung mit verspäteten Babysittern hätte. Sie bekamen ihre Speisekarten und begannen zu blättern.

»Vielleicht Kalbfleisch«, sagte Tom. »Wollen wir eigentlich eine Vorspeise bestellen?«

»Für mich gerne. Ich würde die Hummercannelloni nehmen. Und dann Fleisch, Kalb klingt gut.«

»Ich nehme genau dasselbe. Auf deine Wahl ist schließlich Verlaß.« Tom lachte.

»Stimmt.« Annika schlug die Speisekarte zu und sah sich im Lokal um. Sie hatten einen guten Tisch. Zwar ein bißchen am Rand, aber mit einem ausgezeichneten Blick überallhin. Im ganzen Restaurant saßen kleine Grüppchen, meist Männer. Männer beim Geschäftsessen. Sie konnte außer ihnen nur ein einziges Pärchen sehen. Die beiden waren über sechzig, aufgestylt und ziemlich steif. Vielleicht hatten sie etwas zu feiern. Annikas Blick wanderte zurück zu Tom. Sie war es nicht gewohnt, ihn im Anzug zu sehen. Das stand ihm gut, aber sie wußte, daß er keine Krawatten mochte. Trotzdem hatte er darauf bestanden, eine umzubinden. »Ich weiß, daß es dir so gut gefällt«, hatte er gesagt. Sie hatte sich revanchiert und ein Kleid angezogen. Zwar nicht das, das sie sich anfangs vorgestellt hatte. Das dünne schulterfreie, das sie zu Johannas und Stefans Hochzeit getragen hatte. Es war ihr zu

13

eng geworden. Hatte sie wirklich so zugenommen? Sicher war es schon ... drei, nein sogar vier Jahre hergewesen, daß sie es zum letzten Mal getragen hatte, vor ihrer zweiten Schwangerschaft, aber trotzdem. Sie hatte eigentlich nicht das Gefühl, so viel dicker geworden zu sein. Wahrscheinlich hatten sich die Kilos langsam angeschlichen. Sie hatte sich also für ein anderes entschieden. Und mit einem Jackett darüber war es in Ordnung.

»So sitzen wir vielleicht in zwanzig Jahren da.« Tom wies diskret mit dem Kopf in Richtung des schweigenden Paares.

»O Gott, sag doch nicht so was.«

Tom sah sie erstaunt an. »Warum?«

»Aber schau die dir doch mal an! Sie haben kaum ein Wort miteinander gesprochen, seit sie hier sind. Sie sehen so traurig aus, und sie ... sie ist gar nicht glücklich.«

Tom schien beleidigt. »Auf mich machen sie einen guten Eindruck.« Annika sah dezent zu dem Paar hinüber. Sie waren wieder verstummt. Sie zuckte mit den Schultern und bemühte sich um ein Lächeln.

»Vielleicht hast du recht.«

Der Kellner kam und nahm ihre Bestellung entgegen. Tom bestand darauf, eine Flasche Champagner zu bestellen, obwohl Annika protestierte. Als er gebracht wurde und die Gläser gefüllt waren, erhob er das Glas und sah sie an.

»Auf sieben Jahre.« Annika griff auch nach ihrem Glas.

»Auf sieben Jahre.« Der Champagner schmeckte fabelhaft. Ganz leicht nach Hefe, wie frisch gebackenes Brot. Annikas Blick fiel von Tom ab. Sieben Jahre. Na prima, dann war es ja nur noch eine Frage der Zeit, bis ... Das übliche halt nach sieben Jahren. Wie nach drei Jahren, nur wesentlich ernster. Sie nahm noch einen Schluck. Das prickelnde Getränk kitzelte sie am Gaumen. Sie liebten sich. Vielleicht nicht mehr so intensiv, nicht mehr so leidenschaftlich, aber so war es doch mit der Liebe. Würde man in ständiger Leidenschaft leben, wäre man vermutlich irgendwann völlig durchgedreht. Oder endete wie eine Liz Taylor, als neurotische Süchtige. Leidenschaft war nicht gesund, jedenfalls nicht auf Dauer. Eine Weile waren sie still.

»Millas und Fredriks Hauskauf steht jetzt übrigens fest.«

»Ach ja?« Tom schien erleichtert, daß Annika die Stille durchbrach.

»Ja. Sie ziehen nächste Woche um.«

»Du meinst doch jetzt das Haus in Enskede, oder?«

»Mhm.«

»Was mußten sie dafür zahlen?«

»Drei Millionen und vierhunderttausend, glaube ich. Oder waren es sechshundert?«

Tom sah beeindruckt aus.

»Das ging aber schnell. Milla wollte doch eigentlich immer in der Stadt wohnen bleiben, obwohl Fredrik schon länger vom Hauskauf gesprochen hatte.«

»Das wollte sie eigentlich auch, aber es wurde mit den Kindern einfach zu eng, fand sie.«

Tom nickte und machte ein nachdenkliches Gesicht. »Findest du das auch?«

»Nein.« Annikas Antwort kam prompt. Allein der Gedanke, aus der Stadt wegzuziehen, bereitete ihr Unbehagen. Wegziehen in irgendeinen Vorort, nur für ein paar Quadratmeter Rasen vor der Haustür und eine Schaukel auf dem Grundstück? Die Wohnung mit dem gemauerten Kachelofen und der Badewanne, die auf Füßen stand, zurücklassen, um dann zwei Stockwerke zu haben, in denen man staubsaugen muß, und einen Apfelbaum voller Äpfel, die man sowieso nicht alle aufessen könnte? Nein, danke!

»So ein Glück.«

»Du hast das doch nicht ernst gemeint?«

»Nein, eigentlich nicht.«

»Und wie ist es mit dir?«

»Aus der Stadt wegziehen?« Tom schüttelte den Kopf. »Früher oder später müssen wir uns wohl zwangsläufig vergrößern. Andrea ist sicher nicht scharf drauf, ihr Zimmer mit ihrem kleinen Bruder zu teilen, wenn sie fünfzehn ist ...«

»Klar, aber es muß doch kein Haus sein?«

»Nein, das stimmt.«

Es war nach elf, als sie durch die Stadt nach Hause liefen. Jetzt waren noch mehr junge Leute unterwegs. Lautstarke. Betrunkene. *Mein Gott, sind wir toll!* Tommy und Annika waren zwar auch ein bißchen angeheitert, aber vor allem waren sie gesättigt. Tom legte den Arm um Annikas Schulter. Das wurde jedoch bald unbequem, und er zog den Arm zurück und nahm statt dessen ihre Hand. Sie schlenderten. Es war noch nicht ganz dunkel, aber die Luft war kühl, und Annika war froh, daß sie den Blazer über ihrem Kleid trug. Sie gingen weiter, ohne zu sprechen. Abgesehen von der Diskussion über das Haus hatten sie es geschafft, einen ganzen Abend nicht über die Kinder zu sprechen. So wie sie es sich vorgenommen hatten. Es war ein komisches Gefühl. Annika kam der Gedanke, daß sie Andreas Zahnarzttermin verlegen mußte, sonst würde sie den Wandertag verpassen, und Mikael brauchte für den Kindergarten eine neue Hose. War es erlaubt, jetzt auf dem Heimweg darüber zu sprechen, wo sie doch fast zu Hause waren? Sie wollte gerade ansetzen, als Tom stehenblieb. Es waren nur noch ein paar Straßen bis nach Hause. Das Licht der Straßenlaterne fiel auf sein dunkles Haar. Er sah ernst aus.

»Annika, du sollst wissen, daß ich dich wirklich liebe. Ich liebe dich seit sieben Jahren, und ich habe vor, es in den nächsten siebzig auch zu tun.« Annika mußte lachen, so alt würden sie wohl kaum werden. Tom legte seine Hände um ihr Gesicht und küßte sie vorsichtig. Sanft, ganz sanft. Annika schloß die Augen und ließ ihn gewähren. Es war ein ungewohntes Gefühl, dachte sie noch, fast ein bißchen unanständig, wie seine Zunge meine berührt. Toms Hand streichelte ihren Nacken, die Knöpfe seines Jackets drückten an ihre

Brust. Annika entspannte sich. Sie war schon ganz benommen von diesem Gefühl und wußte erst gar nicht, was für ein Geräusch das plötzlich war. Erst als Tom die Hand von ihrem Nacken nahm, um das Handy herauszuholen, merkte sie, woher es kam. Der leichte Wind fühlte sich an ihren feuchten Lippen kalt an. »In drei Minuten sind wir da«, beendete Tom das Telefonat. »Mikael ist aufgewacht und hat geweint, sie meinte, er fühle sich warm an.« Er seufzte und streichelte ihre Hand. »Tja, dann gehen wir wohl mal, oder?« Annika nickte.

»Ja, dann gehen wir wohl mal.«

Acht Jahre früher, auf einer Einweihungsfeier. Milla und Fredrik waren gerade in die kleine heruntergekommene, aber praktische Dreizimmerwohnung in der Industrigata eingezogen. Sie waren über die Wohnungsvermittlung an die Wohnung gekommen, wie durch ein Wunder, und trotz der alten Wasserleitungen und der ramponierten Fassade war Milla rundherum zufrieden.

»Ich hätte sonst etwas dafür gegeben, etwas Größeres zu finden, bevor das Baby kommt.« Sie strich über ihren Bauch. »Wären wir in unserer alten Wohnung geblieben, hätte Fredrik aufs Sofa umziehen müssen. Anton ist für das Gitterbett zu groß, deshalb hat er ja die letzten Monate schon zwischen uns geschlafen. Nicht auszudenken, ein Baby in Ruhe zu stillen, während noch ein Mann und ein Zweijähriger quer im Bett liegen!« Annika nickte verständnisvoll, immerhin das mit dem Mann konnte sie sich vorstellen. Aber sonst? »Jetzt kann er sich an sein neues Zimmer gewöhnen, bevor das Kleine kommt.« Milla machte einen zufriedenen Eindruck.

»Soll Fredrik ein eigenes Zimmer haben?« Annika war erstaunt, sie hatte zwar schon davon gehört, daß die Liebe manchmal abkühlt, wenn die Kinder kommen, aber getrennte Schlafzimmer...

»Nein! Bist du nicht ganz bei Trost? *Anton* soll sich daran gewöhnen.«

»Ach so, klar! Natürlich.« Annika war es peinlich. »Wo ist er eigentlich?«

»Bei meiner Mutter. Wir wollten noch einmal die Gelegenheit nutzen und ein Fest ohne Kinder feiern, bevor es zu spät ist.« Milla streichelte noch einmal mit der Hand über ihren Bauch. »Bald sitzen wir ja wieder brav zu Hause.« Annika fand, daß sie nicht sehr glücklich klang. »Hast du schon alle begrüßt?«

»Ich glaube schon.«

»Die meisten kennst du sicher von früher.« Annika nickte.

»Schenk dir noch Wein nach, wenn du magst«, fuhr Milla fort. »Ich will nur nachsehen, wo Fredrik steckt. Wie wäre es mit einem Kaffee?« Milla verschwand, und Annika sah sich in der schlauchigen Küche um. Sie würden hier einiges machen müssen. Die überstrichene Textiltapete hatte eine scheußliche Farbe, und in den gebohrten Löchern, die vom letzten Mieter stammten, steckten noch immer farbenfrohe Plastikdübel. Der Gasherd war abgenutzt, und in der Küche war nur Platz für einen kleinen Klapptisch, zwei Hocker und einen Kinderstuhl. Aber es würde sicher gemütlich werden. Natürlich hatten sie kein Geld; Fredrik studierte noch, und Milla würde bald wieder vom Erziehungsgeld leben, aber Geschmack hatte ja nicht unbedingt mit Geld zu tun.

»Ist hier noch irgendwo Wein?« Annika drehte sich um. In der Tür stand ein Mann. Er war in ihrem Alter, wie die meisten auf dem Fest, groß und dunkelhaarig. Sie hatte ihn vorher nicht bemerkt. Es muß ein Freund von Fredrik sein, dachte sie sich, als sie ihm die Hand reichte. »Ich glaube, wir kennen uns noch nicht«, sagte er mit einem Lächeln. »Tommy. Oder Tom. Tommy klingt so nach altem Rockmusical.«

»Annika.«

Er mußte grinsen. »Annika. Wie bei Astrid Lindgren.« So einfach war das. Er setzte ein »und« zwischen ihre Namen, und sie wurden ein Paar. Wie bei König Carl Gustav und Silvia, Donald und Daisy, Romeo und Julia. Tommy und Annika. Sie sah ihn an. Sah ein Büschel dunkle Haare, die über dem obersten Knopf seines Hemdes hervorlugten, sah, daß er frisch geputzte Schuhe trug und daß sein Kragen sich an einer Seite etwas nach außen gebogen hatte. Daß er an der rechten Wange eine kleine Narbe hatte. Vermutlich vom Rasieren.

Daß seine Augen blau waren und er in einem Ohr ein Loch hatte, aber keinen Ohrring trug. Wenn sie später von Leuten gefragt wurden, wie sie sich kennengelernt hatten, dann erzählten sie von diesem Moment in der Küche in der Industrigata. Liebe auf den ersten Blick.

Viele Stunden später verließen sie das Fest gemeinsam. Milla hatte Annika zugezwinkert, als sie gingen. Annika hatte zurückgezwinkert. Sie nahmen ein Taxi, fuhren zu ihr nach Hause und hatten bis zum frühen Morgen wundervollen Sex. Dann gab es Pizza vom Bringdienst, und es ging weiter. Es war nicht das erste Mal, daß Annika verliebt war. Aber dieses Mal war es anders. Sie fühlte es. Und er auch. Sie erzählten sich ihre Geschichten, sprachen von den Familien, ihrer Kindheit, Beziehungen, ihrer Arbeit, vom ersten Mal, von Pubertätsängsten und vom Auszug aus dem Elternhaus. Es war, als wollten sie sich alles, was ihnen je wichtig war, rasch und voller Freude mitteilen, um dann gemeinsam neu zu beginnen. Einige Wochen später verbrachten sie ein Wochenende in Paris miteinander. Eigentlich wollten sie die Stadt erkunden, erkundeten aber vor allem sich selbst. Sie hätten genausogut in Borås bleiben können, dachte Annika hinterher. Dann hätten sie im Stadthotel gewohnt und in Dinos Pizzeria gegessen. Wahrscheinlich wäre Borås ihnen dann als die romantischste Stadt der Welt in Erinnerung geblieben. Nun war es Paris. Wie originell.

Ein paar Monate später fuhren sie nach Thailand. An der Hitze war diesmal deutlich zu spüren, daß sie sich nicht in Borås befanden. Der Schweiß lief nur so, aber irgendwie war es ihnen, als würden die Luftfeuchtigkeit und die hohen Temperaturen die Gefühle noch stärker machen. Und dort verlobten sie sich an einem mondbeschienenen Strand, an den rhythmisch die Wellen schlugen. Alles war so vollkommen und so romantisch, daß Annika sich so etwas ein paar Monate zuvor kaum hätte träumen lassen. Als alles eigentlich nur trostlos war und jeder Tag der gleiche Trott. Als sie in Stockholm ein

Singleleben führte, ohne einen Hehl daraus zu machen, daß sie nur die Zeit absaß. Um so etwas zu erleben.

Als sie wieder zu Hause waren, machte Annika einen Schwangerschaftstest. Positiv. In der sechsten Woche. Zwei Monate später wurde geheiratet. Tommy und Annika.

»Johannisbeeren auf jeden Fall, Apfelbäume auch. Und ich glaube, Pflaumen. Wir haben ganz vergessen, danach zu fragen. Aber in ein paar Monaten sehen wir's. Stell dir vor, vielleicht werden wir ja so richtige Gartenfreaks! Fredrik bekommt zum Geburtstag jedenfalls einen Spaten von mir. Und Gartenhandschuhe.« Milla redete in einem fort. Es war offensichtlich, daß der Umzug ein Riesenthema war. Sie schien das Stadtleben nicht im geringsten zu vermissen.

»Ach was, wir waren doch ohnehin kaum noch unterwegs. Kinos, Kultur, Restaurants ... Wann warst du zum Beispiel zuletzt im Kino?«

»Mhh ... das war im ... im ... keine Ahnung.«

»Siehst du! So ist es eben. Man liest die Citybeilage oder den Veranstaltungskalender und bildet sich schon fast ein, daß man selbst in dieser neuen tollen libanesischen Kneipe war und Wasserpfeife geraucht hat oder die tolle Ausstellung in Liljevalchs Kunstmuseum gesehen hat. Aber in Wirklichkeit sitzt man bloß zu Hause. Oder drückt sich auf einem Spielplatz herum, während die Kinder herumrasen und hoffentlich nicht in Glasscherben zu treten. Oder siehst du das anders?«

»Jetzt übertreibst du aber!«

»Meinst du? Wann warst du denn das letzte Mal aus?«

»Immerhin vergangene Woche.« Annika sah Milla triumphierend an, die nun schwieg.

»Okay, aber *ein* Restaurantbesuch macht dich noch nicht zu einem Straßenfeger.«

»Das will ich auch gar nicht sein! Ich will einfach nur in der Stadt wohnen. So wie du das noch vor ein paar Monaten wolltest. Bevor du Waschküche und Pflaumenbaum hattest.«

»Wenn es dann überhaupt Pflaumen sind!« Milla lachte. »Tut mir leid, wenn ich so rumstänkere. Ich nehme an, daß ich das alles erst mal verdauen muß. In der Nacht vor unserem Umzug hatte ich einen Traum: Ich stand mit der ganzen Familie draußen auf einem Acker. Es war Herbst und ziemlich neblig und kalt und schlammig. Unsere Kleidung sah aus wie in einer Verfilmung von Vilhelm Mobergs ›Auswanderer-Romanen‹. Anton hatte seinen CD-Player mit Kopfhörern dabei und weigerte sich, mit uns zu sprechen. Und als wir dann mit Sack und Pack aufbrechen wollten, blieb mein Stiefel im Lehm stecken, und ich durfte barfuß weiterlaufen.«

»Seid ihr denn fortgekommen?«

»Ich weiß es nicht. Aber das klingt doch alles recht eindeutig, oder?«

»Ja, stimmt. Du mußt dir wohl einfach etwas Zeit lassen. Es wird sicher sehr schön. Und ihr zieht ja nicht auf den Mond.«

»Nein, sicher nicht.«

Annika zupfte von ihrer Zimtschnecke ein Stückchen ab und tunkte es in den Kaffee. Sie hatte einen freien Nachmittag. Tom hatte die Kinder zu seinen Eltern mitgenommen. Annika war froh, daß sie nicht mitfahren mußte. Toms Mutter war ja sehr lieb, aber immer ein bißchen nervös. Und sein Vater war ein richtiger Miesepeter. Ja, ihr war schon klar, daß es Probleme mit sich bringt, wenn man älter wird. Der Rücken, die Knie, die Blase, der Magen, das Gehör... Doch waren dem Mitleid, das man aufbringen mag, irgendwann Grenzen gesetzt. Wenn sie sich verabredeten, ging es grundsätzlich nach seinem Kopf. Sie trafen sich ausschließlich bei ihm zu Hause, wo die Kinder absolut nichts durften. Und trotz strenger Ermahnungen fand Sten die Kinder immer zu laut und unordentlich. Toms Vater war ein richtiger Misanthrop geworden. Annika konnte nicht verstehen, wie seine Frau es mit ihm aushielt. Sie schüttelte sich. Ein Sonntagnachmittag mit den Schwiegereltern... Puh! Da war es doch bedeutend angenehmer, mit Milla Kaffee zu trinken.

»Wie läuft es denn bei der Arbeit?« Milla unterbrach ihre Gedanken.

»Prima. Na ja: ganz gut.«

»Nichts Neues?«

»Absolut nichts Neues. Alles wie gehabt. Der gleiche Trott.«

»Das klingt aus deinem Mund nicht berauschend.«

»Ist es auch nicht.«

»Ach komm! Heutzutage wollen doch alle im IT-Sektor arbeiten.«

»Aber vielleicht nicht gerade in der Komponentendistribution...« Annikas nüchterner Tonfall brachte Milla zum Lachen. »Obwohl es eigentlich ziemlich gut läuft. Wir wollen sogar ein paar neue Verkäufer einstellen.«

»Deine Abteilung wird ausgebaut?«

»Mmh.«

»Fehlt es dir, selbst unterwegs zu sein?«

»Nein, nicht zu sehr. Außerdem würde es mit den Arbeitszeiten nie hinhauen. So wie mein Leben jetzt aussieht.«

Milla nickte. »Verstehe. Ich finde es auch herrlich, wieder ganztags zu arbeiten: Als Teilzeitkraft wirst du ja doch nie voll akzeptiert.«

»Stimmt.« Annika hielt einen Moment inne. »Hast du eigentlich nie daran gedacht, zu Ende zu studieren?«

»Nein.« Millas Augen sahen nur kurz ein bißchen traurig aus. »Innenarchitektin werde ich wohl im nächsten Leben«, sagte sie entschieden. Annika lachte. Sie erinnerte sich noch gut an Millas Pläne. Wie sie das Studium unterbrechen mußte, als Anton kam. Wie Fredrik sein Jurastudium beenden konnte, während sie zu Hause beim Sohn saß. Wie er schon eine Anstellung in einem Anwaltsbüro in der Stadt gefunden hatte, als für sie gerade der Mutterschaftsurlaub zu Ende war. Für Milla wurde es nichts mehr mit dem Studium. Als es an der Zeit für Kind Nummer zwei war, stand Fredrik kurz vor dem Examen und wollte dann möglichst schnell eine Stelle finden, um die kleine Familie ernähren zu können. Seine Elternzeit zu nehmen, davon war keine Rede. Und Millas Argumente wurden immer schwächer. Anfangs hatte sie sich noch beschwert, aber das war lange her. Natürlich wurde sie nie Innenarchitektin. Aber immerhin hatte sie einen netten Job als Assistentin eines Einrichtungsberaters in einem Möbelhaus. Sie assistierte bei den Aufnahmen für den Katalog, und manchmal durfte sie Geschäfte besuchen und ihnen verschiedene Werbeaufsteller präsentieren, die ihr Chef entworfen hatte. Und außerdem hatten sie ein schönes Haus. Mit Johannisbeeren und Pflaumenbaum. Etwas, was sie sich ohne Fredriks Karriere niemals hätten leisten können. Annika beschloß, das Thema zu wechseln.

»Wenn ich keine Gleitzeit hätte, könnte ich auch niemals ganztags arbeiten«, sagte sie. »Tommy auch nicht. Jetzt klappt es, weil er einige Tage in der Woche später anfangen und die Kinder zum Kindergarten fahren kann. Und ich kann außerdem einiges von zu Hause aus erledigen und an den anderen Tagen die Fahrten zum Kindergarten übernehmen. Aber es ist immer ein blödes Puzzlespiel!«

»You tell me!« Milla sprang auf. »Sorry, aber ich muß sofort los, Filip von seinem Freund abholen.« Sie warf sich die Handtasche über die Schulter. »Grüß Tommy und die Kinder.«

»Ebenso. Sollen wir uns mal wieder alle zusammen treffen?«

»Mmh, mal sehen, wann's das nächste Mal geht. Da gibt es ein paar Büsche, die geschnitten werden müssen...« Milla grinste. »Kommt doch am nächsten Wochenende zu uns raus. Dann seht ihr mal, wie es sich auf dem Mond lebt!«

Es war mucksmäuschenstill, als Annika nach Hause kam. Natürlich. Es war ja niemand da. Trotzdem war sie überrascht, wie still es war. Sie hob ein paar Sachen vom Wohnzimmerboden auf und brachte sie ins Kinderzimmer. Es waren Steinchen auf dem Boden, ob sie staubsaugen sollte? Nein, jetzt nicht, jetzt wollte sie die Ruhe genießen. Annika ging in die Küche, holte sich aus der Speisekammer eine Prinzenrolle und fing an zu knabbern. Weiter kam sie nicht, da schallten Stimmen aus

25

dem Treppenhaus hinauf, und ein Schlüssel wurde im Schloß umgedreht. Sie stand auf, um ihre Familie zu begrüßen. Mikael warf sich ihr um den Hals, als hätten sie sich wochenlang nicht gesehen.

»Mama«, riefen sie im Chor. »Wir haben dich vermißt!«

»Aber ihr wart doch nur ein paar Stunden fort!«

»Aber ohne dich ist es so langweilig.« Mikael ließ die Unterlippe hängen, zog sich die Jacke herunter und schmiß sie auf den Boden. Annika hob sie seufzend auf und hängte sie an ihren Platz.

»Wie war es denn bei Oma und Opa?«

»Langweilig.«

»Wir durften nur malen, weil Opa der Rücken weh tat.«

»Ach ja?« Annika wandte sich Tom zu. Er sah müde aus. »Und, wie war's?«

»Ja, Vater war leidend, wie üblich.« Annika bekam ein schlechtes Gewissen, weil sie den Besuch umgangen hatte. Sie wandte sich wieder den Kindern zu.

»Was gab es denn zu essen?«

»Fleischbällchen.«

»Und Kartoffeln.«

»Und eklige Gurke.« Andrea zog eine Grimasse, Mikael kommentierte:

»Igittgurke!«

»Mikael hat sein Glas zerbrochen.«

»Hab ich gar nicht!«

»Hast du wohl!«

»Nee! Das war ja gar nicht mein Glas, sondern das von Oma.«

»Aber du hast daraus getrunken.«

»Stimmt das, Mikael?« Annika versuchte, dem Streit ein Ende zu machen.

»Ja. Aber es war keine Absicht. Und die Milch ist auf den Teppich gelaufen.« Annika blickte zu Tom. Er nickte und rollte die Augen.

»Mikael, erst die Schuhe ausziehen!« Mikael steuerte gerade mit seinen schmutzigen Straßenschuhen aufs Wohnzimmer zu.

»Aber ich hole doch nur das Auto«, rief er und zeigte auf ein rotes Spielzeugauto, das unter das Bücherregal gerollt war.

»Nein, zuerst ziehst du die Schuhe aus.«

»Ich brauche es aber.« Mikael lief weiter. »Es wartet doch auf mich.« Tom seufzte.

»War es sehr anstrengend?« fragte Annika.

»Du weißt ja, wie es ist.« Er zuckte mit den Schultern.

»Auf jeden Fall brauchen wir kein Abendbrot mehr.« Annika versuchte, ihn etwas aufzuheitern, während Mikael mit seiner Errungenschaft zurückkam.

»Und bald geht es ins Bett.« Tom lächelte schwach und öffnete den Klettverschluß an Mikaels Schuhen.

»Wie war es denn mit Milla?«

»Schön. Sie war ganz enthusiastisch nach dem Umzug. Sie scheinen sich wohl zu fühlen. Wir haben vage ausgemacht, daß wir am nächsten Wochenende mal zu ihnen rausfahren, was meinst du?«

»Klar.« Mikael hatte sich aus Papas Umarmung gelöst und war ins Kinderzimmer gelaufen. Andrea saß noch immer mit einem Comic auf dem Sofa. »Wollen wir sie ins Bett bringen?« fragte Tom, während er aufstand und seine Jacke aufhängte.

»So eilig ist es nicht. Komm doch mal her.« Annika ging zu Tom und nahm ihn in den Arm. Er entspannte sich ein bißchen und drückte sie. So standen sie eine Weile da, bis Tom sie losließ und mit dem Fuß ein bißchen über den Boden fuhr.

»Jede Menge Steinchen. Wir müssen mal staubsaugen.«

»Annika Lindén. Guten Tag.«

»Rickard Löfling.«

»Herzlich willkommen. Setzen Sie sich!«

»Danke.« Der Mann wählte den Stuhl genau ihr gegenüber. Ein typischer Verkäufer, dachte Annika. Selbstsicher, gut gekleidet, fester Händedruck, leicht sonnengebräunt. Sie kannte den Stil. Vermutlich fuhr er BMW oder Alfa Romeo. Auf jeden Fall etwas Sportliches. Er war es gewöhnt, Geld zu haben, das konnte man sehen. An seiner Uhr, am Anzug. Wahrscheinlich hatte er in der Innenstadt eine geschmackvoll eingerichtete Wohnung mit echter Kunst an den Wänden. Vielleicht ging er ab und zu in die Oper. Ins Restaurant sicherlich. Er war keiner von denen, die sich zu Hause schnell Hörnchennudeln kochten oder im Aldi einkauften. Eher Sushi zum Mitnehmen und Espresso am Stehtisch in der kleinen italienischen Kaffeebar. Auf dem Sprung. Aktiv. Segeln, Squash, die eine oder andere Joggingrunde. Wahrscheinlich Mitglied in einem exklusiven Fitneßstudio. Sie warf einen flüchtigen Blick auf seine linke Hand. Kein Ring. Hatte sie auch nicht erwartet. Solche Typen hatten es nicht eilig, unter die Haube zu kommen.

»Schön, daß Sie sich auf diese Stelle beworben haben.« Annika lächelte, damit er ein bißchen lockerer wurde. Das war allerdings kaum nötig. »Sie waren zuletzt bei ...« Sie blätterte in seinen Unterlagen.

»Rowan Systems.«

»Ja, genau.« Annika hatte gerade die Seite gefunden, die sie gesucht hatte, und überflog sie rasch. »Warum wollen Sie dort aufhören?«

»Ich sehe das nicht so, daß ich dort aufhören möchte. Es ist eher so, daß ich hier anfangen möchte.« Annika beantwortete sein Lächeln, so gut es ging. Er hatte seine Hausaufgaben gemacht. Nie schlecht über einen früheren Arbeitgeber reden. Positiv denken und nach vorn schauen.

»Und aus welchem Grund möchten Sie das?«

»Computec hat einen sehr guten Ruf. Es gibt nicht viele Unternehmen in der Branche, denen es zur Zeit gutgeht. Außerdem habe ich früher schon in den nordischen Ländern gearbeitet und mich da sehr wohl gefühlt.«

»Bei Rowan hatten Sie zu tun mit ...« Annika ließ ihren Blick wieder auf die Papiere sinken. »Systemlösungen, wenn ich das richtig sehe. Bei uns geht es nun um Hardware. Haben Sie damit schon Erfahrungen gesammelt?«

»Ich bin immer bemüht, mir das anzueignen, was ich wissen muß, um das jeweilige Produkt zu verkaufen. Ich bin kein Techniker. Aber ich bin Verkäufer. Das kann ich. Verkaufen. Ob es sich dabei um Systemlösungen, Hardware oder Waschmittel handelt, ist eigentlich Nebensache.« Er sah sie an, ohne mit der Wimper zu zucken. Annika schluckte. Er war raffiniert.

»So einen Verkäufer brauchen wir.« Sie räusperte sich. »Dann scheinen wir uns ja einig zu sein.« Sie überflog noch ein paar übrige Punkte in seiner Bewerbung. Vorangegangene Anstellungen. Ausbildung. Sprachkenntnisse. Seine Antworten waren durchdacht und kamen schnell. Überhaupt hatte er von oben bis unten eine perfekte Ausstrahlung. Annika lehnte sich zurück. Der Stuhl federte leicht. »Wir werden Ihnen in dieser Woche Bescheid geben. Ihre Gehaltsvorstellungen haben Sie ja angegeben.« Sie hob die Unterlagen ein wenig vom Schreibtisch hoch, um besser sehen zu können. Die Summe, die er genannt hatte, überstieg bei weitem ihr eigenes Gehalt. »Gibt es noch Fragen oder Anmerkungen von Ihrer Seite?« Der Mann auf der anderen Seite des Tisches hielt kurz inne.

»Nein. Doch, vielleicht, daß es nett war, Sie kennenzulernen, und daß ich mich freuen würde, mit Ihnen zusammenzuarbeiten.« Er stand auf und lächelte. Die Zähne blitzten weiß in seinem sonnengebräunten Gesicht. Er streckte die Hand aus. Annika drückte sie.

»Wir lassen von uns hören, wenn wir uns entschieden haben.« Das war reine Formsache. Annika hatte bereits ihre Entscheidung getroffen. Rickard Löfling hatte den Job.

Widerwillig wählte Annika die Telefonnummer ihrer Mutter. Beim dritten Klingeln ging sie dran.

»Ja, Viveka.«

»Hallo Mutter, ich bin's.«

»Hallo!« Zuerst klang sie richtig froh, dann veränderte sich ihr Tonfall, und sie sagte vorwurfsvoll: »Annika ...«

»Entschuldige.« Annika schluckte. »Ich meine, *Viveka.*«

»Ich verstehe nicht, was daran so schwierig ist.«

»Entschuldige. Du ...« Annika wollte das Gespräch so kurz wie möglich halten. »Könntest du möglicherweise am Samstag abend auf die Kinder aufpassen?« Die Antwort kam prompt.

»Tut mir leid, am Samstag kann ich nicht.« Annika seufzte, sie hatte es auch nicht anders erwartet. »Ich habe eine Verabredung mit den Mädels.«

»Schade.«

»Für mich nicht.«

»Nein, Mutter, für mich. Und für Tom. Und die Kinder. Sie hätten dich sicher gern mal wieder gesehen.«

»Hör doch auf, mir ein schlechtes Gewissen einzureden. Du weißt, daß ich mein Leben lebe.«

»Ich wollte dir auch kein schlechtes Gewissen einreden.«

»Und warum seufzt du dann so laut?«

»Weil es schön gewesen wäre, einmal zusammen mit Tom auf eine Party zu gehen.«

»Jetzt versuchst du es schon wieder!«

»Was denn?«

»Mir ein schlechtes Gewissen zu machen. Du mußt akzeptieren, daß mein Leben Vorrang hat. Und am Samstag treffe ich meine Freundinnen. Ich besuche Andrea und Mikael gerne ein anderes Mal. Aber nicht am Samstag. Kann deine Schwiegermutter nicht babysitten?«

»Nein, nicht abends. Sie läßt Sten nicht gern allein.«

»Mein Gott! Wie alt ist der Kerl denn wohl? Drei?«

»Nein, aber er ist ein bißchen gebrechlich.« Annika war kurz angebunden. Sie hatte keine Lust, auch noch Sten zu verteidigen. »Okay, da kann man wohl nichts machen.«

»Ihr findet sicher eine Lösung.«

»Möglich«, murmelte Annika. »Dann bis demnächst.« Sie verabschiedeten sich und legten auf. Annika war sauer. Das war sie schon, bevor sie anrief. Eigentlich wußte sie ja, was dabei herauskommen würde. Normalerweise bat sie Viveka nicht um Hilfe, es lohnte sich fast nie. Auf ihre Art liebte ihre Mutter die Enkelkinder, aber wenn sie Einschränkungen in ihrem Privatleben in Kauf nehmen sollte, um die zwei zu sehen, dann war ganz schnell Schluß. Und so war es beinahe immer. Lag es nicht an der Arbeit, dann waren es die Freundinnen. Oder ein Kurs. Ständig neue Kurse und Workshops: Afrikanischer Tanz, befreiende Atmungstechniken, feministische Meditation. Immerhin konnte man sagen, daß sie darauf achtete, aktiv zu bleiben.

»Ich bin sechsundfünfzig«, hatte sie barsch geantwortet, als Annika sie einmal gefragt hatte, ob ihr das nicht alles etwas zuviel wurde. »Was soll ich deiner Ansicht nach tun, mich hinlegen und sterben?« Ja, warum eigentlich nicht, hatte Annika kurz wütend gedacht. Vielleicht war es wirklich besser, daß sie so aktiv war. Annika hatte noch gut die Zeit nach der Scheidung in Erinnerung. Wie ihre Mutter zu Hause im Bett gelegen und geweint hatte, es nicht mehr geschafft hatte, Essen zu kochen, ihre Hausaufgaben nicht mehr angeschaut hatte, auf keinen Elternabend mehr gegangen war. Nur wenn die »Mädels« dagewesen waren, hatte sie sich zusammengerissen. Obwohl das auch meist mit einer Heulerei geendet hatte. Am Ende des Abends haben sie immer alle geflennt. Annika hatte sich angewöhnt, ihre Zimmertür zuzumachen, um nichts hören zu müssen, aber die Stimmen drangen durch die dünnen Wände. So war sie gezwungen, die tragische Geschichte von »Görans Verrat« mit anzuhören. Annika haßte es, wenn ihr Vater Göran genannt wurde. Wenn Viveka zu der Stelle kam, wie Göran die Scheidung einreichte und seine Ingalill nach Rio de Janeiro mitnahm, versammelten sich die Damen wie Klageweiber um ihre Mutter herum.

Daß die Scheidung auch für Annika schwer war, daran dachte niemand. Auf jeden Fall hatte niemand es so schwer wie Viveka.

Annika saß eine Weile da und schaute aus dem Fenster, bevor sie schwermütig wieder zu ihrer Arbeit überging. Sie mußte die Statistik vom dritten Quartal erstellen. Schon letzte Woche hätte sie damit beginnen sollen, aber die Daten aus Finnland waren noch nicht dagewesen. Jetzt hielt sie das Papier in der Hand. Sie waren schlechter als erwartet, so daß Annika den Entschluß faßte, umgehend mit Tobias zu reden. Vielleicht gab es eine Erklärung, die ihr entgangen war. Ansonsten sah es gut aus. Im großen und ganzen lag das Ergebnis über den Erwartungen, und Tord würde mit dem Bericht sicherlich zufrieden sein. Und nächste Woche würde auch Rikard Löfling anfangen, dann würde der Verkauf wahrscheinlich wieder richtig in Gang kommen. Obwohl er noch nicht einen Tag gearbeitet hatte, hatte sie vollstes Vertrauen in seine Fähigkeiten. Er war gut, das hatte sie im Gefühl.

Sie hatte versprochen, allerspätestens um vier Uhr am Kindergarten zu sein. Jetzt war es zwanzig vor vier, und Annika war klar, daß sie es niemals schaffen würde. Sie schaltete den PC aus. Einen Moment lang war sie versucht, Tom anzurufen und zu fragen, ob er sich auf den Weg machen könnte. Aber es wäre ungerecht, er hatte Mikael schon morgens abgeliefert, und sie wußte, daß er an einem wichtigen Artikel saß. Ihn zu bitten, zum Kindergarten zu fahren, weil sie im Internet die Abendzeitung gelesen hatte, wäre keine gute Idee.

Es war ihr peinlich, mit dem Taxi zum Kindergarten zu fahren, und ihr Gewissen meldete sich, als sie die hundertachtzig Kronen bezahlte.

Keine der Erzieherinnen machte ihr einen Vorwurf. Sie kam ja nur eine Viertelstunde zu spät, und in der Regel waren Tom und sie sehr pünktlich. Die Kinder sollten nicht länger im Kindergarten sein als nötig, war ihre Meinung. Auf keinen Fall mehr als acht Stunden. Keiner wollte die Kinder so müde abholen, daß man sie im Spielzimmer erschöpft einsammeln mußte, sie in die Jacken zwängen und unter Gebrüll und Geheule heimtragen mußte. Sie sahen es ja bei anderen Eltern. Andrea und Mikael sollten es besser haben. Da waren sie einer Meinung, Tom und sie, allerdings war es nicht einfach, es immer so hinzubekommen. Besonders jetzt nicht, da beide Kinder an verschiedenen Orten waren. Andreas Schule war ein Stück vom Kindergarten entfernt. Dafür brauchten sie nun am Morgen fast eine halbe Stunde länger und am Nachmittag auch.

Annika fand Mikael am Computer. Er machte ein Puzzle. Sie war erstaunt, wie geschickt er sich dabei anstellte. Die elektronische Stimme lobte ihn jedesmal, wenn er ein Puzzleteil an der richtigen Stelle abgelegt hatte. Er bemerkte gar nicht, daß sie da war, bevor sie sich neben ihn hockte und ihn in den Nacken küsste.

»Hallo Mikael. Wollen wir heimgehen?«

»Gleich«, sagte er, ohne den Blick vom Bildschirm abzuwenden. Als das letzte Puzzleteil am richtigen Platz angekommen war, hörte man den Computer sagen: *Glückwunsch! Das hast du gut gemacht! Willst du es noch einmal probieren?* Mikael ignorierte die Frage und sprang vom Stuhl herunter. »Jetzt«, sagte er, »jetzt können wir gehen.«

Andrea war sauer, als sie zum Kinderhort kamen. »Ihr seid zu spät«, sagte sie und schaute auf ihre Mickey-Maus-Uhr, ein Geburtstagsgeschenk vom Opa aus Rio.

»Entschuldige.« Annika wollte sich erst auf die viele Arbeit rausreden, überlegte es sich aber anders. Es war ihr eigener Fehler, dazu mußte sie stehen. »Ich habe die Zeit vergessen.«

»Hast du keine Uhr?« Seit Andrea die Uhr lesen konnte, war ihr die Zeit sehr wichtig geworden. Sie wußte genau, ob es noch vier Minuten bis zu ›Tabaluga‹ waren oder ob Mama sie vor zweiundzwanzig Minuten hätte abholen sollen.

»Ich habe vergessen draufzuschauen. Tut mir leid«, sagte Annika noch einmal. Andrea zog sich an, und alle drei gingen hinaus auf die Straße. »Wir müssen noch einkaufen.« Annika hatte ein schlechtes Gewissen. Es war unfair, daß sie sie jetzt auch noch zum Einkaufen mitschleppte, wo sie doch schon zu spät gekommen war. Um diese Zeit mußte sie mit langen Schlangen rechnen. Die Kinder beschwerten sich nicht. Bei Vivo bekamen sie jeder einen Kindereinkaufswagen, das machte das Einkaufen etwas interessanter. Mikael brauste davon und begann, nach Gutdünken Dinge in den Wagen zu legen. Annika versuchte, ihn davon abzuhalten. »Mikael! Du darfst nur nehmen, was wir brauchen!«

»Aber das sollen wir kaufen!« Er schaute demonstrativ auf die Kekse, Glühlampen und Fruchtzwerge, die er in den Wagen geschmissen hatte.

»Nein, stell das zurück. Wir brauchen Spaghetti, Milch, Kefir und Saft.«

»Mama, ich mag keine Spaghetti.« Andrea sah zu Annika auf. »Ich will lieber diese Spiralen.«

»Dann nehmen wir eben die.« Was spielte das für eine Rolle? Aufgetaute Hackfleischsoße paßte zu Spiralennudeln ebenso gut wie zu Spaghetti.

»Aber ich mag keine Spiralen. Ich will Röhrchennudeln!«

»Du magst Spiralen sonst immer, Mikael. Das nächste Mal nehmen wir Röhrchennudeln.«

»Nee.« Mikael fing an zu heulen und setzte sich auf den Boden. Annika versuchte, ihn hochzuheben. Es war Viertel nach fünf. Sie hatte nichts eingekauft, noch kein Nudelwasser aufgesetzt. Es würde sicher noch eine Dreiviertelstunde dauern, bis das Essen auf dem Tisch stand. Mikael ließ sich nicht hochheben. Er entzog sich ihrem Griff, fing noch heftiger zu weinen an und schmiß sich der Länge nach hin. Annika drehte sich zu Andrea um, die daneben stand und zusah. »Andrea, Liebes, können wir nicht doch Röhrchennudeln nehmen?« Sie deutete auf den schreienden Mikael, um Andrea klarzumachen, daß sie, die beiden Vernünftigen, sich nun opfern sollten. Eine ältere Frau kam vorbei und schaute irritiert auf das Kind, das auf dem Boden lag und jammerte. Eine Mutter mit Kinderwagen lächelte Annika mitfühlend zu.

»Okay«, seufzte Andrea.

»Danke!« Annika atmete auf. »Hast du gehört, Mikael?« Sie hob ihn auf und wischte ihm den Rotz weg, der ihm über die Oberlippe gelaufen war. »Du bekommst Röhrchen.« Er beruhigte sich ein wenig, und Annika ergriff die Gelegenheit, ihre Trumpfkarte zu spielen. »Und jetzt kaufen wir Eis. Wollt ihr das als Nachtisch?« Mikael hörte auf zu heulen und nickte. Andrea stimmte ebenfalls zu. Annika beeilte sich, einzupacken, was sie brauchten, und stellte sich in die Schlange. Vier Leute mit vollen Einkaufswagen vor ihnen. Sie bat Andrea, noch einmal loszulaufen und zwei Päckchen Rosinen zu holen. Als sie zurückkam, gab Annika jedem Kind eins. Um diese Zeit waren alle Mittel erlaubt. Jetzt war Rosinenstunde.

Tom war bereits zu Hause, als sie in die Wohnung kamen. Es war viertel vor sechs.

»Wo wart ihr so lange?«

»Rate mal.« Annika stellte die Einkaufstüten auf dem Boden ab. »Du kannst uns gern helfen«, sagte sie säuerlich und fing an, Mikael auszuziehen. »Und setz doch das Nudelwasser auf.«

»Kocht schon.« Tom beugte sich hinunter, um Andrea beim Reißverschluß zu helfen, während er die Kinder fragte, wie ihr Tag gewesen war. Annika tat es leid, daß sie ihn angefahren hatte, aber sie konnte sich nicht überwinden, sich zu entschuldigen.

»Toll, daß du schon das Wasser aufgesetzt hast«, sagte sie so locker wie möglich.

»Hast du daran gedacht, Spaghetti mitzubringen?«

»Es gibt keine Spaghetti, es gibt Röhrchennudeln«, klärte Andrea ihn auf und gab eine kurze Zusammenfassung von Mikaels Aufstand im Laden. »Und zum Nachtisch gibt's Eis«.

Als das Essen fertig war, war Mikael so müde, daß er in den Nudeln nur noch stocherte. Andrea war sauer, weil sie das Kinderfernsehen verpaßt hatten und es nicht erlaubt war, vor dem Fernseher zu essen.

»Mutter kann am Samstag nicht.« Annika wandte sich Tom zu.

»Welche Mutter?« fragte Mikael und steckte einen Finger in eine Röhrchennudel. »Schau mal, ich bin ein Monster!« sagte er und wedelte mit den Händen, so daß die Nudel auf den Boden flog.

»Meine Mutter. Viveka. Oma.«

»Was ist am Samstag?« frage Andrea.

»Wir sind zu einem Fest eingeladen, Papa und ich. Bei Bigge.«

»Ich will auch auf ein Fest gehen.« Andrea machte ein beleidigtes Gesicht.

»Das ist ein Fest für Erwachsene.« Tom machte einen enttäuschten Eindruck.

»Was machen wir dann?«

»Keine Ahnung.« Annika zuckte mit den Schultern.

»Dann mußt du allein hingehen.«

»Es wäre schöner, zusammen zu gehen.«

»Mmh.« Tom nahm einen Schluck Wasser. »Mikael, hör auf, mit dem Essen zu spielen!«

»Ich will Eis haben! Mama hat gesagt, daß wir noch Eis bekommen.«

»Noch drei Happen.« Tom nahm die Gabel und fütterte den widerwilligen Mikael. »Noch zwei.«

»Aber ich bin satt.«

»Noch zwei.«

»Deine Mutter können wir wohl kaum fragen?«

Tom sah traurig aus. »Du weißt, wie sie ist. Sie hat solche Angst, daß Vater etwas passieren könnte, wenn sie fort ist. Du weißt doch noch, wie es an unserem Hochzeitstag war.« Annika seufzte.

»Miesepeter«, murmelte sie. Tom tat so, als hätte er es nicht gehört. Eine Weile aßen sie schweigend. Die Kinder hatten mitsamt Eis den Tisch verlassen.

»Vielleicht ist es am besten, wenn wir sagen, daß du alleine hingehst?« Tom sah sie an.

»Aber, ist das für dich in Ordnung?«

»Mmh.«

»Ja ... dann machen wir das so.«

Die Musik war schon im Treppenhaus zu hören, als Annika an der Haustür klingelte. Bigge öffnete selbst, in engen schwarzen Jeans, Stiefeln mit hohen Absätzen und einer schwarzen, tief ausgeschnittenen Bluse, die auch den flachen Bauch etwas hervorschauen ließ. Ihr dunkles, glattes Haar glänzte vom vielen Bürsten, und sie war sorgfältig geschminkt. Annika fand sich mit einem Mal häßlich. Häßlich, häßlich, häßlich! Angefangen bei den unmodernen Stiefeln bis zu dem neu erstandenen Top von H & M. Sie hatte es seit Ewigkeiten nicht mehr geschafft, zum Friseur zu gehen und ihre halblange Frisur war mittlerweile so herausgewachsen, daß kein Haarspray der Welt sie retten konnte. Mit dem Make-up hatte sie getan, was sie konnte, aber beim Anblick von Bigges schimmernden Wangenknochen hatte sie das Gefühl, ein bißchen Labello hätte es auch getan.

»Hallo! Herzlich willkommen! Gut siehst du aus!« Bigge drückte sie fest.

»Danke.« Annika hatte keine Lust zu widersprechen. »Du auch.«

»Leg deine Sachen ab, dann stelle ich dich vor. Hier sind ein Menge neuer Leute aus dem Büro. Ich glaube nicht, daß du sie schon kennst.«

»Ach, wie nett.« Annika hängte ihren Mantel auf den leeren Bügel, den Bigge für sie geholt hatte. Sie warf einen schnellen Blick in den Spiegel im Flur, bevor sie ihr ins Wohnzimmer folgte. Vielleicht sah sie doch nicht so schlecht aus? Sie mußte es nur vermeiden, direkt neben Bigge zu stehen.

»Das sind Jonas und Mick. Und dann Sisela, sie ist Art Director, aber ihr kennt euch wohl schon?« Annika nickte, während sie der kleinen Gruppe gut angezogener Leute die Hand schüttelte. »Charlotta ist auch da! Wo ist sie denn bloß? Da!

38

Charlotta, komm her, du wolltest doch Annika wiedersehen!«
Eine große, schlanke Frau mit wildem rotem Schopf kam auf
sie zu.

»Annika, haben wir uns lange nicht gesehen!« Sie drückte
Annika kurz und küßte neben ihren Wangen in die Luft. »Wie
geht es dir?«

»Danke, gut. Und dir?«

»Super! Zur Zeit bin ich in Barcelona. Zumindest noch eine
Weile. Wir eröffnen dort gerade ein neues Geschäft. Es gibt
unglaublichen Bedarf an skandinavischem Design! Als würde
man Bonbons an Kinder verkaufen!« Sie lachte laut und warf
den Kopf nach hinten, daß ihre beeindruckende Lockenmähne
um ihr Gesicht herumwirbelte. Annika versuchte, eine freundliche Miene zu machen. Sie hatte Charlotta noch nie ausstehen
können. Sie hatten zusammen Marketing studiert, sie, Charlotta und Bigge. Charlotta jobbte damals nebenbei als Model
und hatte hochtrabende Pläne für ihre Zukunft. Es sah aus, als
seien sie in Erfüllung gegangen. »Wir werden auch Kleidung
verkaufen«, fuhr sie fort. »Nur ein paar ausgewählte Marken:
Grafitti, Neostyle, Helle Jakobsen . . . Ihr wißt schon.« Charlotta verstummte für einen Moment, und Annika nickte, als
würde sie dies für eine gute Auswahl halten. Nicht einen von
diesen Namen hatte sie jemals gehört. »Und was ist mit dir?
Bist du noch bei . . .?«

»Computec. Ja.«

»Wie läuft das jetzt im IT-Bereich? Mäßig, oder?«

»Im großen und ganzen ja, aber bei uns läuft es ausgesprochen gut.«

»Wie lange bist du jetzt dort?«

»Ja, wie lange eigentlich . . . neun Jahre sind es wohl nun.«

Charlotta war nahezu entsetzt. »Dann mußt du den Laden
wirklich mögen.«

»Ich mache ja heute nicht mehr das gleiche wie am Anfang.
Ich bin jetzt im Marketing, als Koordinatorin für die nordischen Länder.«

39

Annika beschloß, es damit gut sein zu lassen. Es gab überhaupt keinen Grund, Charlotta auf die Nase zu binden, daß es hauptsächlich um die Abwicklung der Aufträge und um Verkaufsstatistiken ging.

»Soso. Du, ich muß mal zurück zu Xavier. Er fühlt sich sicher etwas verloren, er spricht doch nur Spanisch. Hasta luego!« Sie entschwand, und Annika sah, wie sie neben einer Antonio-Banderas-Kopie Platz nahm, die sich am anderen Ende des Raumes versteckte.

Bigge hatte ein kleines Büffet hergerichtet, das sie gerade eröffnete. Annika holte sich einen Teller und nahm Chilikrabben, Serranoschinken und Ciabatta, als sie plötzlich eine Stimme hinter ihrem Rücken hörte.

»Soso, die Chefin ist unterwegs und amüsiert sich.« Sie drehte sich um. Einen Moment lang war sie völlig verwirrt, doch dann lachte er, und als seine weißen Zähne im sonnengebräunten Gesicht leuchteten, erkannte sie ihn.

»Rickard!« Sie sah sich um, als würde sie eine Erklärung dafür suchen, daß er da war. »Ähh ... kennen Sie Bigge?«

»Nein. Aber Maria. Meine Freundin. Sie hat gerade bei Citizen Art angefangen.«

»Ach so, verstehe. Ja, Bigge hat davon gesprochen. Daß neue Kollegen aus dem Büro da seien.«

»Sie steht dort.« Rickard zeigte auf eine Frau, die in ein Gespräch mit ein paar anderen Männern aus dem Büro verwickelt war. Waren das nicht Jonas und Mick? Sie sah nicht im geringsten so aus, wie sie sich Rickard Löflings Freundin vorgestellt hatte. Ehrlich gesagt – sie hatte sich überhaupt keine Freundin vorgestellt. Annika sah noch einmal hin. Die Frau, die nun also Maria hieß, trug einen schwarzen Rock und einen langen roten Blazer. Sah exklusiv aus. Ihre Sandalen waren elegant und hatten hohe Absätze. Sehr hohe. Vermutlich, um sie ein bißchen größer zu machen. Sie war klein. Und hatte Kurven. Allerdings nicht in der Art von Pamela Anderson, eher so, als hätte sie eine Vorliebe für Daim und Gebäck. Ihr

Haar war blond und schulterlang. Trotz ihres runden und fast kindlichen Gesichts sah sie aus wie eine Karrierefrau auf einer Cocktailparty. Lässig, aber mit wachem Blick.

»Sieht nett aus, Ihre Freundin.« Wieso hatte sie ihn sich eigentlich unbeweibt vorgestellt? Annika drehte sich zu Rickard um. Das Etikett ihres H&M-Tops kratzte im Nacken. Sie hätte es abschneiden sollen.

»Ja, nett. Das ist sie.« Rickard sah nachdenklich aus.

»Haben Sie Kinder?« Annika war selbst über ihre Frage erstaunt.

»Nein.« Rickard mußte lachen. »Wir sind seit dem Gymnasium zusammen, aber wir werden wohl zeitlebens Freund und Freundin bleiben.« Annika war nicht ganz klar, wie diese Bemerkung zu verstehen war.

»Vielleicht ist das gut so. Wenn man die Arbeitszeiten von Verkäufern bedenkt«, fügte sie schnell hinzu.

»Ja, vielleicht. Und Sie? Ist Ihr Mann auch da?« Er hatte sie offensichtlich besser durchschaut. War ja auch nicht so schwer, immerhin glänzte ihr Goldring an der linken Hand.

»Nein, wir haben keinen Babysitter bekommen.« Gleichzeitig merkte sie, daß sie ihr Kommentar sehr unglamourös erscheinen ließ. Man sprach bei solchen Veranstaltungen einfach nicht von Kindern. Hier ging es um Reisen, Politik, Karriere, Autos, Klamotten ... Man sprach über alles, was nicht mit Familienleben zu tun hatte. Darüber konnte man bei gemeinsamen Abendessen mit Freunden wie Milla und Fredrik reden. Da waren alle in der gleichen Situation, und man mußte sich nicht entschuldigen, wenn man um elf Uhr aufbrechen mußte, weil der Babysitter vor Mitternacht zu Hause sein sollte. Oder wenn man einfach nach einer Woche mit fiebrigen Kindern, die ununterbrochen aus dem Schlaf schreckten, furchtbar müde war. In dieser Gesellschaft war das kein Problem.

»Was macht Ihr Mann beruflich?«

»Er ist Journalist. Er arbeitet in einer Presseagentur«, sagte sie. Sie hätte noch ausführen können »die Artikel an Mitarbeiter- und Fachzeitschriften verkauft«, ließ es aber sein. Das hätte nicht so viel Eindruck gemacht, dachte sie. Als Annika Tom kennenlernte, war er freier Mitarbeiter. Manchmal arbeitete er viel und verdiente ziemlich gut. Er konnte sich tagelang in sein Büro einschließen und fast rund um die Uhr Artikel schreiben, um einen Großauftrag fertigzubekommen. Dann konnten Wochen kommen, in denen er nichts hatte. Nicht, daß er arbeitslos war. Nein, es kamen schon Aufträge zwischendurch, aber unregelmäßig. Als Andrea auf die Welt kam, schlug er sofort vor, sich eine Festanstellung zu suchen. Mit einem Baby konnte man sich unmöglich tagelang einschließen. Oder null Einkommen haben, wenn die Ratenzahlungen für die Wohnung fällig waren. Es war kein Opfer, fand er. Wenn die neue Stelle auch weniger Freiheiten und weniger spannende Aufgaben versprach, so war es doch schön, nicht selbst auf die Jagd gehen zu müssen, sagte er. Feste Arbeitszeiten zu haben und nicht den Streß der freien Mitarbeiter. Wenn er wollte, konnte er ja jederzeit wieder umsatteln. Später.

Rickard fragte nicht weiter. »Ich freue mich darauf, bei Ihnen anzufangen«, sagte er statt dessen. »Das wird sicher spannend.«

»Wir freuen uns auch. Ich hoffe, Sie werden sich bei uns wohl fühlen. Es ist wirklich ein sehr angenehmer Arbeitsplatz.« Einen Moment lang schwiegen sie. Dann entschuldigte sich Annika und verzog sich Richtung Küche. Nicht weil sie dort etwas suchte, sie wollte nur Rickard nicht länger aufhalten. Sie aß ihre Krabben und stellte den Teller beiseite. Der Chili brannte auf ihren Lippen. Sie nahm ein paar Schlucke Wein. Wie spät war es? Halb zehn. Sie fühlte sich abgespannt. Jetzt konnte man wohl kaum schon gehen? Sie ging zurück ins Wohnzimmer und schenkte sich einen Wodka-Tonic an der großzügig eingerichteten Bar ein. Hielt small talk, so gut es ging. Sie redete mit Bekannten und Unbekannten über Reisen,

Karriere, Autos und Klamotten. Ein bißchen später tauchte Bigge auf.

»Gefällt es dir?«

»Super. Ein sehr schönes Fest.«

»Wirklich schade, daß Tommy nicht kommen konnte.«

»Ja.« Annika meinte es ernst. Sie vermißte ihren Mann.

»Wie läuft es denn bei euch?« Diese Frage hatte schon lange niemand mehr gestellt. Als ob sie irrelevant geworden sei, seit sie geheiratet und Kinder bekommen hatten.

»Ach danke.« Sie dachte kurz nach. »Gut, glaube ich.«

»*Glaubst* du?«

»Ja.« Annika mußte über ihre eigene Wortwahl schmunzeln. »Ich habe ja nie Zeit, darüber nachzudenken.«

»Dann denk doch jetzt darüber nach.« Bigge sah sie an. »Ihr macht zumindest den Eindruck, als würdet ihr eine richtig gute Ehe führen.«

Annika war erstaunt. »Wir kommst du denn darauf?«

»Ihr kümmert euch umeinander, finde ich. Unterstützt euch irgendwie gegenseitig ...« Sie verstummte.

»Ja, stimmt. Wir unterstützen uns. Manchmal habe ich das Gefühl, daß wir nur damit beschäftigt sind, uns gegenseitig zu unterstützen, damit der Alltag funktioniert. Da bleibt so gut wie keine Zeit für Romantik ...«

»Aber ihr liebt euch doch?«

»Ja, schon.« Annika lachte über Bigges besorgtes Gesicht. »Warum?«

Bigge sah ein wenig verlegen aus. »Ihr seid mein Vorbild. Wenn ich die ganzen verheirateten Paare um mich herum sehe, die sich trennen, muß ich an euch denken. Tommy und Annika schaffen es auf jeden Fall, denke ich dann. Wenn ich jemanden kennenlernen würde, dann wünsche ich es mir so wie bei euch. Mit zwei süßen Kindern und so!« Sie grinste. »Aber der Weg dahin ist lang, oder ...?«

»Mein Gott, wenn du jemanden kennenlernen willst, dann kannst du das doch aus dem Stand! Du bist doch ständig unterwegs und hast Verabredungen! Ich dachte, du liebst dieses Leben?« Annika war nun wirklich überrascht. Sie wäre nie auf die Idee gekommen, daß Bigge sie beneiden könnte. Sie hatte es eher umgekehrt gesehen.

»Ach, das ist doch nie etwas Festes. Aber im Grunde will ich dieses andere. Was ihr habt. Ich bin bald siebenunddreißig, wenn ich noch ein paar Jahre so weitermache, ist es zu spät!«

Annika wollte gerade antworten, irgendwas Schlaues sagen, als plötzlich jemand die Musik aufdrehte. Ein alter Song von Simply Red erfüllte den Raum, und die Gäste begannen zu tanzen. Bigge wurde von einem gutaussehenden Model-Typ in Jeans und aufgeknöpftem Hemd weggezogen. Er sah nicht aus wie ein Familienvater. Annika stand eine Weile da und sah zu. Mittlerweile war es Viertel nach elf. Ihr Glas war leer, und noch einen Drink wollte sie nicht. Sie war müde. Sie winkte Bigge unauffällig zu, die von der breiten Brust des Schönlings aufschaute. Annika wies auf ihr Handgelenk und legte eine Hand wie ein Kissen unter ihr Ohr. Bigge verstand und warf ihr zum Abschied eine Kußhand zu.

Es war still und dunkel, als sie heimkam. Auf der Spüle standen eine Schale mit Chipsresten und zwei leere Bierflaschen. Toms Samstagabend. Bevor sie ins Bett ging, schlich sie ins Kinderzimmer. Der schwache Schein des Nachtlichtes reichte aus, um die Umrisse zu erkennen. Andrea hatte sich die Decke weggestrampelt, und Annika deckte sie vorsichtig wieder zu. Die Kleine seufzte tief im Schlaf. Mikael hatte seinen geliebten Nussebär als Kopfkissen. Sein Schlafanzugoberteil war hochgerutscht, so daß sein kleiner runder Bauch unter der Bettdecke hervorlugte. Eine ganze Weile stand sie da und sah sie an. Dann ging sie leise hinaus und schloß behutsam die Tür.

Sie waren verliebt und frisch verheiratet und hatten gerade ihr ganzes Geld in eine wunderschöne Wohnung mit einer Badewanne auf Füßen und einem nicht funktionstüchtigen Kachelofen gesteckt. Alles war so perfekt. Die Schwangerschaft war zwar nicht geplant gewesen, aber daran dachten sie damals nicht.

In den letzten Monaten, bevor Andrea zur Welt kam, verging kein Tag, an dem nicht einer von ihnen mit einer Kleinigkeit für das Baby nach Hause kam. Winzige Kleider, Spielsachen, ein Mobile für den Wickeltisch, ungebleichte Waschlappen, kuschelige Decken, Öle, Cremes... Für Annika war es, als sei eine Fee gekommen und hätte ihren Zauberstab über ihr Leben geschwungen. Nie hätte sie sich das zu träumen gewagt: Mann, Kind unterwegs, eigene Wohnung... Manchmal überkam sie eine Angst, daß dies alles zu schön war, um wahr zu sein. Daß dafür noch irgendeine Rechnung käme. Daß Tom etwas zustoßen könnte. Oder daß das Kind nicht gesund war. Tom machte ihr klar, daß nicht an jeder Ecke eine Katastrophe lauerte. Sie durften dieses Glück genießen, die Probleme würden mit der Zeit von alleine kommen. Aber darüber brauchten sie sich doch jetzt noch keine Gedanken zu machen.

Als Andrea in einer Nacht im November geboren wurde, war das Bild komplett. Sie war das perfekteste kleine Wesen, das sie jemals gesehen hatten. Jeder Zeh, jedes der zehn kleinen Fingerchen war vollendet. Annika bekam noch immer eine Gänsehaut, wenn sie an dieses magische Gefühl dachte, als sie ihr Kind zum ersten Mal spürte. Und sie konnte sich genau daran erinnern, wie der glitschige kleine Körper nach der Geburt an ihre Brust gedrückt wurde.

Dann folgte eine chaotische Zeit. Ungeschickt versuchten

sie zu lernen, wie man das Kind fütterte und ihm die Windeln wechselte. Es anzog und auszog. Meistens war das Baby zufrieden. Manchmal aber weinte es, und dann wurde Annika todunglücklich. Was machten sie nur falsch? Hatte sie Hunger? Tat ihr etwas weh? Sie fühlten sich, als seien sie auf einem fremden Planeten ausgesetzt worden, auf dem jeder seine eigene Landkarte erst einmal zeichnen mußte.

Milla tröstete sie und gab gute Ratschläge. Annika nahm sie an, so gut es ging. Es war eine Hilfe, jemanden zur Seite zu haben, der besser Bescheid wußte, der das alles schon kannte. Tom und sie wälzten die einschlägigen Bücher. Natürlich auch das ›Still-Buch‹. Es war fast immer aufgeschlagen: Schlafenszeiten, Nachtmahlzeiten, Milchschorf, Schnuller, Zufüttern und zementharte Brüste waren die Stichworte. Eine anstrengende Zeit. Von Schlafmangel, wunden Brustwarzen und all den anderen Dingen hatte sie gehört. Aber nicht von den Gefühlen, die sie übermannten. Der tierische Instinkt, der schuld daran war, daß sie sich jeden Fremden in der U-Bahn als potentiellen Axtmörder vorstellte, oder zumindest als Bakterienherd, der seine unheimlichen Krankheiten auf ihr kleines Baby übertragen wollte. Und dann die Angst, daß etwas passieren könnte. Atmete die Kleine? Entwickelte sie sich richtig? Bekam sie die Nährstoffe, die sie brauchte? Immer war da etwas, was man beobachten mußte.

Trotzdem: Das Allerschlimmste war, das Bewußtsein zu haben, daß sie sterblich war. Das war brutal. Sie, die nie Angst vor dem Tod gehabt hatte, bekam plötzlich ein Gefühl dafür, wie zerbrechlich das Leben sein konnte. Und das machte ihr zu schaffen. Sie kaufte häßliche Fahrradhelme und zwang Tom, auch einen aufzusetzen. Mit Schrecken las sie Artikel über Menschen, die auf dem Zebrastreifen überfahren wurden, mit dem Flugzeug abstürzten, mit Schiffen untergingen oder lebensbedrohlich erkrankten. Das alles durfte ihr jetzt nicht mehr passieren! Sie mußte überleben. Sie hatte doch ein kleines Kind, um das sie sich kümmern mußte.

Das Leben schrumpfte zusammen. Die Tage gingen ineinander über. Tom und Annika hatten plötzlich überhaupt keine gemeinsame Zeit mehr miteinander. Oder besser: füreinander. Milla hatte sie gewarnt. »Einer von euch wird sich ganz dem Kind widmen, und einer wird die Hälfte seiner Zeit dazu nutzen, sich um den anderen zu kümmern. Das, was übrigbleibt, muß reichen, all das zu bewältigen, was ihr sonst zu zweit geschafft habt. Putzen, einkaufen, Rechnungen bezahlen ...

Trotzdem war es, als würde ihre Liebe noch tiefer werden, seit Andrea da war, trotz aller Anforderungen. Andrea war ja perfekt. Und war es nicht die Kombination ihrer Gene, die das zustande gebracht hatte? Andrea war der Beweis dafür, daß sie füreinander bestimmt waren.

»An was denkst du?« Tom sah vom Fernseher auf, als gerade ein Werbespot lief.

»Was meinst du?« Annika erschrak fast.

»Du hast in der letzten Viertelstunde über keinen Witz gelacht.«

»Nein, ich war mit den Gedanken woanders«, erklärte sie.
»Bei den Kindern.« Tom nickte.

»Wir dürfen nicht vergessen, daß Mikael morgen Obst mitnehmen soll. Sie machen einen Ausflug.«

»Okay.« Eine Weile war es still. Abgesehen von der Reklame, die weiterlief.

»Worüber hast du denn nachgedacht?«

Annika überlegte kurz, bevor sie antwortete. »Daß man so unglaublich viel Zeit und Energie und Liebe in seine Kinder steckt, und das nur mit dem Ziel, sich selbst überflüssig zu machen.«

»Wie meinst du das?«

»Na ja, ich habe irgendwo gelesen, daß die Kinder, die eine sehr behütete Kindheit haben, ihre Eltern später am wenigsten brauchen, wenn sie erwachsen sind.«

»Du meinst also, keiner dankt uns unsere Mühe ...« Tom mußte lachen.

»Ja. Ist das nicht ungerecht! Überleg mal, wenn man so viel Energie in seine Arbeit stecken würde wie in die Kinder ...«

»Mmh, Bill Gates hat keine Kinder, oder?«

»Nein, ich glaube nicht. Und die auch nicht«, stellte sie trocken fest und deutete in Richtung Bildschirm, auf dem sechs Freunde ihr sorgenloses Leben in Manhattan wiederaufnahmen.

Sie sahen die Sendung zu Ende an, als der Nachspann lief, stellten sie aus. Tom stand auf, aber Annika blieb auf dem

Sofa sitzen. Sie sollte eigentlich ins Bett gehen. Die letzten Nächte waren unruhig gewesen. Mikael hatte Alpträume und weckte mit seinem Weinen Andrea auf. Die Lösung war, Mikael zu ihnen ins Schlafzimmer zu holen. Da schlief er besser. Aber dafür seine Eltern kaum.

Sie ging ins Badezimmer, wo Tom die Wäsche aufhängte.

»Ich gehe jetzt ins Bett«, sagte sie und holte die Zahnbürste heraus.

»Mach das«, antwortete Tom. »Ich muß diesen Artikel noch mal durchgehen.«

»Welchen?«

»Über den Reha-Chor in Hallunda. Muß morgen fertig sein.«

Annika stellte die Zahnbürste in den Becher zurück, als sie fertig war. Sie blieb kurz in der Tür stehen und sagte gute Nacht. Eine Weile später dachte sie im Dunkeln des Schlafzimmers, daß sie sich keinen Gute-Nacht-Kuß gegeben hatten. Aber eigentlich war das nicht so schlimm, überlegte sie sich, bevor sie die Augen schloß, morgen gibt es ja auch einen Abend.

»Wir würden Sie gern einmal zum Abendessen einladen, haben Sie in dieser Woche Zeit? Zur Begrüßung.« Annika schaute Rickard freundlich an.

»Sehr gern!« Er holte seinen Kalender hervor. »Donnerstag?« Annika schaute in ihrem Kalender nach. Am Mittwoch hatte Andrea ihr Tanzen, und am Freitag war Tommy mit einem Freund verabredet. Das war schon lange geplant.

»Donnerstag ist gut«, sagte sie. »Wenn Tord Zeit hat, kommt er auch mit. Anderenfalls müßten Sie sich mit meiner Gesellschaft begnügen.«

Tord Schönfeldt war Annikas Chef. Ein übergewichtiger Mann in den Fünfzigern, der gerne Zigarre rauchte und sich vor dem Abendessen einen Grog erlaubte. Er hatte in der Elektronikbranche seine Schäfchen ins Trockene gebracht und konnte sich heute, nach zwanzig Jahren, zurücklehnen und die Ernte einfahren. Die Kurve des Unternehmens zeigte noch immer leicht, aber eindeutig nach oben. Aus Computec AB war Computec Nordic AB geworden mit nahezu hundert Angestellten, von denen die meisten in der Produktion arbeiteten. In der Zentrale saßen nur gut zwanzig. Und dann gab es noch die Vertriebsleute, die zwar ihren festen Platz hatten, aber selten im Haus waren.

Tord hatte Annika die Verantwortung für den Verkäuferstab überlassen. Offiziell zwar nicht, denn sie hatte weder die formale Zuständigkeit noch das entsprechende Gehalt. Aber sie hatte ihre kleine Gruppe unter Kontrolle. Jens, der dort am längsten arbeitete. Länger als sie selbst. Ein Stolperstein. Und dann Tobias und Janet, beide knapp unter Dreißig. Tüchtig, aber ein bißchen unzuverlässig, zumindest Tobias. Seine Ergebnisse konnten ziemlich schwanken, aber im Schnitt war er gut. Und nun eben Rickard Löfling. Tord hatte ihre Entscheidung unterstützt. Er verließ sich auf ihren Instinkt, und Annika glaubte nicht, daß sie ihn enttäuschen würde. »Halb acht im La Gondola. Ist das in Ordnung?«

»Klingt ausgezeichnet.« Rickard notierte sich den Termin im Kalender. »Dann werde ich jetzt mal loslegen«, beendete er das Gespräch. Er hatte schon eine Einführung bekommen und war den anderen Abteilungen vorgestellt worden. Jetzt hatte er einen Stapel Unterlagen zu lesen und begab sich in sein neues Büro.

»Fragen Sie mich jederzeit, wenn etwas unklar ist«, fügte Annika hinzu, bevor er aus der Tür verschwand. Er drehte sich um.

»Danke, das werde ich tun.«

Es kam nicht oft vor, daß Annika Repräsentationspflichten außerhalb des Büros hatte. Es war ein etwas lächerliches Gefühl von Wichtigkeit, als sie dem Oberkellner antwortete, der Tisch sei auf den Namen Computec Nordic reserviert. Nicht für Lindén. Sie war dort in ihrer Funktion als Geschäftsfrau und zog noch schnell ihren Blazer zurecht, während sie zum Tisch geführt wurden. Für Rickard war das etwas Alltägliches. Die Außendienstler waren viel unterwegs, und ein Essen im La Gondola machte vermutlich keinen größeren Eindruck auf ihn. Dennoch wirkte er nicht blasiert.

»Das klingt alles wahnsinnig lecker«, sagte er beeindruckt, als er die Speisekarte überflog. Sie ließen sich viel Zeit für die Auswahl. Schließlich nahm ein formvollendeter Ober ihre Bestellung auf. Während sie auf das Essen warteten, nippten sie an ihrem Martini.

»Und wie geht es Ihnen mit dem neuen Job?« fragte sie, um ein Gespräch zu beginnen.

»Sehr gut. Nächste Woche werde ich mit Jens nach Oslo fahren, und danach hoffe ich, Finnland und Dänemark der Reihe nach abgrasen zu können. Ich will so schnell wie möglich in Gang kommen.«

»Klingt gut.« Annika sah ihn an. Er trug einen dunklen Anzug, wahrscheinlich italienisch, ein graues Hemd und eine Krawatte. Trotzdem sah er nicht altmodisch aus. Das Jackett war aufgeknöpft. Die derben Schuhe und der Gürtel in der Hose gaben seinem Stil eine dezent-modische Note. Er machte einen völlig unbeschwerten Eindruck. Rickard war es gewohnt, sich im Anzug zu bewegen, das konnte man spüren. Irgendwie war er der Prototyp des Verkäufers: attraktiv, aufgeschlossen, gepflegt. Aber irgendwie auch wieder nicht. Er hatte etwas Sanftes an sich. Einige Male hatte sie ihn schon beobachtet, wie er völlig abwesend aussah. »Waren Sie schon immer im Vertrieb?«

»Ja. Eigentlich schon. Nach dem Gymnasium habe ich ein bißchen Betriebswirtschaft studiert – vor ungefähr hundert Jahren, aber das Studieren lag mir nicht. Dann habe ich eine Weile gejobbt. Habe ein paar Jahre in Australien gelebt ...«

»Was haben Sie dort gemacht?«

»Ach, das Übliche. Gesurft, in einer Bar gearbeitet ... Das Leben genossen!« Er lachte.

»Klingt gut.«

»Das war es auch.«

Annika zögerte einen Moment. »Ich habe auch so eine Phase gehabt«, sagte sie versonnen. »In London. Als ich einundzwanzig war.« Rickard schien das zu gefallen.

»Ach! Ich liebe London. Nur zum Surfen ist es nicht so geeignet!« Sie lachten. »Aber Sie haben doch Kinder, war das nicht so?«

»Ja, stimmt, eine Tochter und einen Sohn. Die kamen aber erst viel später zur Welt. Da war ich schon über dreißig.«

»Huch, ist das spät? Ich bin fast vierzig!« Er verzog verschreckt das Gesicht.

»Nein, so habe ich das nicht gemeint!« Annika war es etwas peinlich. »Ich meine, da lagen einige Jahre dazwischen, in denen ich mich orientiert habe, bis die Kinder kamen.«

»Wie sind Sie denn in der Computerbranche gelandet?«

»Ja . . . gute Frage. Ich habe hier eine Weile einen Vertriebs-
job gemacht. Doch darin war ich nicht besonders gut. Also
habe ich nebenbei Marketing studiert und dann die Stelle als
Koordinatorin für die nordischen Länder bekommen, als das
Unternehmen expandierte.«

»Hat es Sie nie gereizt, das Unternehmen zu wechseln?«

»Schon . . .« Annika überlegte eine Weile. »Aber als Bewer-
ber mit kleinen Kindern ist man nicht besonders attraktiv. Jedenfalls nicht als Frau. Ich hatte schon vor, mich weiter zu be-
werben, wenn die Kinder ein bißchen größer geworden sind.«

»Wie alt sind denn die beiden?«

»Drei und sechs, fast sieben.« Rickard überlegte.

»Das ist ungerecht«, resümierte er. »Genau deshalb will
Maria keine Kinder haben«, fügte er hinzu. »Die Werbebran-
che ist viel zu hart. Sie sagt, sie würde sofort rausgekickt.« Er
sah kurz ein bißchen traurig aus.

»Ja, wahrscheinlich ist es so. Es ist schade, daß viele meinen, sich müssen sich für das eine oder andere entscheiden.«

»Haben Sie es nie bereut?«

»Doch. Jeden Tag!« Annika mußte lachen. »Aber natürlich
steht fest, daß ich es niemals ändern wollte. Ich kann mir ein
Leben ohne Kinder nicht mehr vorstellen. Der Preis ist sicherlich hoch. Viel höher, als ich es mir früher vorstellen konnte.
Aber man bekommt so wahnsinnig viel zurück.«

Sie verstummte. Wie privat das Gespräch geworden war. Es
war ihr etwas unangenehm. Richtige Karrierefrauen saßen sicher nicht da und redeten bei ihren Geschäftsessen über ihre
Familie. Der Ober rettete sie, indem er jedem seinen Teller servierte. Es duftete wunderbar. Sie lächelten sich an, bevor sie
mit dem Essen begannen. Wie ein Startsignal.

»Möchten Sie einen Nachtisch?« Annika sah Rickard fragend an, der gerade die Aussicht über Stockholms Altstadt
genoß.

»Sehr gern. Sie auch?«

»In jedem Fall. Schokoladentorte.«

»Wundervoll. Ich habe das Gefühl, heutzutage ißt niemand mehr Nachtisch. Ich liebe Desserts, je gehaltvoller, desto besser. Maria meint, ich werde rund wie ein Schwein, wenn ich weiterhin so viele Süßigkeiten in mich hineinstopfe.« Annika mußte an die kurvenreiche Blondine denken. Woher nahm sie sich das Recht, den Süßigkeitenkonsum von anderen zu kommentieren? Sie sah nicht gerade aus, als würde sie sich selbst zurückhalten. Rickard schien zu ahnen, was sie dachte.

»Maria ist ständig am Hungern. Ich glaube, sie ist neidisch, weil ich nicht so schnell zunehme«, erklärte er. »Wissen Sie, was ich an der ganzen Sache so komisch finde?« fuhr er fort. »Man sagt immer, man wolle keinen Nachtisch, weil man schon satt sei. Was hat das denn damit zu tun? Man kann doch Käsekuchen und Kartoffelgratin nicht in einen Topf schmeißen, oder? Oder so einen kleinen Trüffel? Mmh...« Er klopfte sich auf den flachen Bauch. Wenn er viel Süßes aß, war es ihm jedenfalls nicht anzusehen. Liegt wahrscheinlich am Fitneßtraining, dachte Annika.

Zum Dessert nahmen sie noch einen Espresso und plauderten entspannt. Annika fühlte sich in Rickards Gesellschaft wohl wie lange schon nicht mehr.

Als das Essen zu Ende war und sie sich vom Tisch erhoben, legte Rickard eine Hand auf ihre Schulter. Er sah ihr in die Augen und lächelte sie an.

»Vielen Dank für den schönen Abend!« sagte er. »Es war sehr nett. Wirklich.«

»Ich danke Ihnen. Ja, das war ein schöner Abend.«

Sie nahmen ihre Mäntel und gingen ein Stück Richtung Mosebacke. Es war dunkel draußen. Kalt und ungemütlich, aber von dem kleine Pier aus konnte man die Lichter sehen, die auf dem Wasser glänzten. Beim letzten Sturm hatten die Bäume nahezu alle ihre Blätter verloren, und die Stadt bereitete sich auf den Winter vor. An der Schleuse verabschiedeten sie sich. Annika wollte ein Taxi nehmen, wenn sie nun schon die Kreditkarte der Firma dabeihatte. Rickard lehnte die Fahrt dankend ab. Er wolle noch ein bißchen spazierengehen, sagte er. Wenn man an die Schokoladentorte dachte, hätte sie das wohl auch tun sollen, aber sie schob den Gedanken sofort beiseite, als das Taxi vor ihren Füßen hielt.

»Wir sehen uns morgen«, sagte sie und nahm auf dem Rücksitz Platz, während Rickard darauf wartete, ihre Wagentür zu schließen.

»Ja, und nochmals vielen Dank«, sagte er und beugte sich über die Türöffnung. »Für ein sehr nettes Abendessen. Und eine sehr nette Gesellschaft.«

Annika stellte die Kaffeetassen auf den Tisch. Die Löffel klirrten, als sie einen auf jede Untertasse legte. Die Torte stand schon auf dem Tisch. Im Marzipan steckten sieben Kerzen und warteten darauf, angezündet zu werden. Mikael drückte sich an ihren Beinen herum.

»Darf ich mal probieren? Nur ein bißchen?«

»Nein, wir müssen warten, bis Oma und Opa da sind. Und Oma Viveka.«

»Nur einen kleinen Kuchen? Oder eine Schnecke?« Annika nahm einen Keks aus der Schale auf dem Tisch und hielt ihn ihm hin.

»Aber dabei bleibt's.«

»Mmm.« Mikael biß zufrieden ab. Erst den oberen, dann den unteren mit der Schokolade.

»Andrea, bist du soweit?« rief Annika.

»Nein«, war aus dem Badezimmer zu hören. »Ich finde meine Kette nicht.«

»Welche Kette?«

»Die mit dem Herz.« Andrea kam in die Küche. Sie hatte ein anderes Kleid an.

»Wolltest du nicht das rote anziehen, das ich dir hingelegt habe?«

»Nein, ich wollte lieber dieses hier anziehen.«

»Okay.« Es war ihr Geburtstag, da war es wohl mehr als gerecht, daß sie das selbst entscheiden durfte. »Hast du im Schmuckkästchen nachgesehen?«

»Nein.« Andrea verschwand, um weiterzusuchen. Morgen sollte ihr richtiges Fest stattfinden. Mit ihren Freunden. Höchstens zehn, hatten Tom und Annika gesagt, obwohl Andrea protestierte. Sie wollte die ganze Klasse einladen. Doch davon war keine Rede, zehn Siebenjährige waren mehr als genug.

56

Doch der morgige Tag machte Annika weniger Bauchschmerzen ...

»Ich bin da!« Toms Stimme erklang aus dem Flur. »Hier ist die Milch.« Er stellte die Pakete auf der Küchenbank ab. »Ich hoffe, dir ist nicht noch etwas eingefallen, was fehlt.«

»Nein.« Annika öffnete eines der Pakete und goß die Milch in eine Kanne, die sie auf den Tisch stellte. »Nun kommt schon«, murmelte sie vor sich hin. »Damit wir es über die Bühne bringen.« Und genau in diesem Augenblick klingelte es. Es war punkt zwei. Sten und Kerstin standen da.

»Hallo, kleines Geburtstagskind, alles Gute zum Ehrentag!« Kerstin streckte Andrea, die sich erwartungsvoll zu Tom in den Flur gestellt hatte, ein Paket entgegen. Schnell nahm sie es und bedankte sich.

»Darf ich gleich auspacken?«

»Ja, darfst du.« Andrea zupfte am gekräuselten Geschenkband, während Tom seiner Mutter aus dem Mantel half.

»Ein Halstuch«, rief Andrea artig und ein wenig enttäuscht, als sie das Band entfernt und den Karton geöffnet hatte.

»Dazu gibt es noch passende Handschuhe«, erklärte ihr Kerstin. »Die müssen in der Schachtel sein, schau mal nach.« Andrea zog passende Fingerhandschuhe heraus, in Lila und Rosa. Jetzt strahlte sie.

»Tolle Farben«, sagte sie. »Lila finde ich gut.« Tom wandte sich seinem Vater zu, der noch kein Wort gesprochen hatte, seit sie durch die Tür gekommen waren.

»Hallo Vater! Wie geht's? Soll ich dir mal die Jacke abnehmen?«

»Ja. Meine Schultern sind so steif, daß ich kaum herauskomme. Da, zieh mal da hinten! Vorsichtig.«

»Seid ihr gut hergekommen?«

»Was soll man sagen. Für meine Knie ist der Weg von der U-Bahn entschieden zu lang. Und ein Bus fuhr nicht.«

»Jetzt kannst du dich hinsetzen und dich ausruhen, Sten«, sagte Kerstin und ging geradewegs Richtung Küche.

»Hallo, Annika, da bist du ja, schön dich zu sehen!« rief sie vor Freude. Annika war gerade dabei, Kaffee in einen Filter zu stopfen.

»Ja, hallo!« Annika umarmte ihre Schwiegermutter. »Und hallo Sten!« Sie winkte ihm kurz zu. »Macht es euch bequem! Viveka wird jeden Augenblick dasein.« Als sie sich gesetzt hatten, kam Mikael angerannt, sein Mund war schokoladenverschmiert.

»Ich habe Geschenke für euch«, sagte er und zog zwei Blätter hervor, die er hinter dem Rücken versteckt hielt. »Eins für dich. Und eins für dich.« Sten und Kerstin betrachteten die Bilder, auf denen einige eilig hingeschmierte Tuschestreifen zu sehen waren.

»Oh, das ist aber schön«, sagte Kerstin. »Was soll das sein?«

»Ich weiß nicht. Wohl einfach Striche«, antwortete Mikael aufrichtig. »Ich kann noch mehr malen, wenn ihr wollt.« Er verschwand aus der Küche. Wieder klingelte es an der Tür. Annika warf Tom einen hastigen Blick zu und holte tief Luft, bevor sie in den Flur ging, um zu öffnen. Andrea kam hinterher.

»Viveka, wie schön, daß du kommen konntest!«

»Tut mir leid, daß ich spät dran bin. Ich mußte erst noch ein Geschenk besorgen.« Annika schämte sich, daß Andrea die Worte ihrer Großmutter zu hören bekam. Geschenke waren etwas Besonderes. Die kaufte man nicht auf die Schnelle, auf dem Weg zum Fest. Zumindest mußte man das nicht noch so unverblümt sagen. »Nein, tatsächlich, ist da das große Mädchen?« Viveka umarmte Andrea und zog ein Paket aus der Tasche. »Bitte schön.« Andrea nahm das zugeknotete Päckchen und begann, das Band aufzufummeln. Unterdessen hängte Viveka ihre Jacke auf und warf ihren Schal auf die Hutablage.

»Was ist das denn?« Andrea hatte das Seidenpapier abgewickelt und hielt einen kleinen Gegenstand vor sich in die Luft.

»Das ist ein Traumfänger. Den mußt du über dein Bett hängen, dann fängt er alle bösen Träume.«

»Wie geht das?« Andrea schaute skeptisch.

»Durch Magie. Er kommt von den Indianern.«

Andrea nickte. »Vielen Dank.« Vermutlich würde die Geschenkausbeute am folgenden Tag erfreulicher ausfallen.

Viveka wandte sich Annika zu. »Ich habe ihn in Isis Kammer gekauft. Du glaubst nicht, was es dort für wunderschöne Dinge gibt! Sind Sten und Kerstin auch schon da?«

Annika nickte. »Hier, in der Küche. Komm rein.«

Viveka begrüßte Toms Eltern.

»Du siehst gut aus, Viveka.«

»Ich war heute morgen im Yoga-Kurs. Das gibt einem so richtig Energie. Hast du das mal ausprobiert?«

»Nein.« Kerstin lachte nervös. »Aber manchmal gehe ich zur Seniorengymnastik«, fiel ihr ein.

»Eine Reihe alter Frauen, die in einem Gymnastiksaal Dehnübungen machen. Das soll Sport sein?« Sten schnaubte verächtlich.

»Da sind nicht nur Frauen. Männer kommen auch, Sten.«

»Na ja, das macht in dem Alter wohl auch keinen großen Unterschied.«

»Ach Sten, charmant wie immer.« Vivekas Tonfall klang leicht schnippisch. Tom unterbrach.

»Wer möchte Kaffee? Andrea, kannst du bitte Mikael holen?« Tom schenkte Kaffee in die Sonntagstassen ein. Richtig echten aufgebrühten Kaffee. Nicht zu stark. Nicht zu schwach. Zuckerwürfel in einer Dose und Milch zum Hineinrühren. Kalte Milch. Keine warme.

»Ich möchte gern Tee.« Viveka drehte sich zu Annika um. »Hast du grünen Tee?«

Mikael kam mit dem Arm voller Blätter, die er aus dem Malblock herausgerissen hatte, in die Küche. Auf einigen waren die gleichen spärlichen Pinselstriche wie auf den ersten Bildern. Ein paar waren völlig leer, die hatte er offensichtlich vergessen. Als ihm das zusammengeknüllte Geschenkpapier, in dem der Traumfänger eingepackt gewesen war, unter die Augen kam, brach es empört aus ihm heraus.

»Andrea hat Geschenke bekommen. Ich will auch welche!«

»Aber kleiner Mann, heute ist doch Andreas Geburtstag, du bekommst Geschenke, wenn du Geburtstag hast«, versuchte Tom zu trösten. Es half nur wenig.

»Nein, das ist gemein!« Mikael ließ den Stapel Papier auf den Boden fallen und trat mit den Füßen darauf. Sten seufzte, so laut er konnte. Annika spürte, wie sich ihr Magen zusammenkrampfte.

»Hast du noch mehr von den schönen Bildern gemalt«, versuchte sie, den Ausbruch zu beenden.

»Nee!« Mikael trat mit dem Fuß in den Papierberg hinein.

»Mikael!« Toms Stimme wurde scharf. Der Junge horchte auf. »Komm mal mit.« Tom verließ die Küche, und Mikael trottete widerwillig hinterher. Annika versuchte ein Lächeln und kümmerte sich nun um Vivekas Tee. Sten räusperte sich verärgert.

»Was sind das hier nur für fürchterliche Stühle. Die bohren sich ja geradezu in den Rücken hinein!« Er rieb sich das Kreuz, um zu unterstreichen, welchen Torturen er ausgesetzt war. Als Tom und Mikael zurückkamen, war Mikael wieder bestens gelaunt.

»Oma bekommt auch ein Bild«, sagte er und hob die Zeichnungen vom Boden auf. Er verteilte seine Geschenke. Die Großeltern bekamen jeder ein neues, und Kerstin staunte und lobte, Sten legte seins gelangweilt zu dem anderen. Viveka bedankte sich artig für ihre Bilder.

»Du kannst mich Viveka nennen, Mikael. Ich heiße so. Das weißt du doch.« Wenn sie es nicht mochte, Mutter genannt zu werden, so war das noch kein Vergleich zu dem Wort Oma! Eine Oma war alt. Per definitionem. Und das war sie doch nicht. Nicht Viveka.

Annika zündete die Kerzen auf der Torte an, und Andrea

durfte sie ausblasen. Alle klatschten und sangen »Viel Glück und viel Segen«, als alle Lichter aus waren. Annika bat Kerstin, die Torte anzuschneiden. Stens Stück war zu groß, sagte er, alle anderen schienen zufrieden zu sein. Zumindest mit der Torte. Während Kerstin in nervöses Lachen verfiel, wechselten Tom und Annika sich damit ab, Vivekas und Stens Giftigkeiten gegeneinander unter Kontrolle zu halten. Als Viveka einen kleinen Vortrag über Energiemassage hielt, die Sten kurz als Hexenwerk bezeichnete, begann Tom von ihrer Badezimmer-Renovierung zu erzählen. Und als Sten sich über die lahmen Kassiererinnen beschwerte und Viveka über die Rentner fauchte, die in den Haupteinkaufszeiten die Schlangen an den Kassen blockierten, holte Annika flugs die Urlaubsfotos heraus und begann Bild für Bild zu erklären. Als die Gäste nach einer Ewigkeit von zwei Stunden endlich gegangen waren, hatte sie donnernde Kopfschmerzen und fuhr die Kinder völlig unnötig an, die sich – mit Ausnahme von Mikaels niedergeschlagenem Aufstand – vorbildlich aufgeführt hatten. Zweimal im Jahr war es nötig, diese Scharade durchzustehen. Zwei Geburtstage, bei denen Stens beispielloses Gejammer und Vivekas scharfer Sarkasmus schonungslos aufeinandertrafen. Bis zum nächsten Mal hatten sie nun ein knappes halbes Jahr Ruhe. Gott sei Dank.

Tom hatte sein Buch zur Seite gelegt und strich Annika übers Haar. Sie waren zusammen unter eine Decke geschlüpft, und Annika hatte ihren Kopf an Toms Schulter gelehnt. Sie hatten vor dem Fernseher eine Flasche Wein getrunken, und mit zwei Alvedon waren die Anspannung und die Kopfschmerzen am Ende verschwunden. Jetzt war sie vor allem müde. Tom hatte den Nachmittag besser verkraftet. Er konnte das alberne Benehmen seines Vaters besser verkraften als Annika das ihrer Mutter. Er war sowieso viel gelassener als sie. Ausgeglichener. Sie war labiler, empfindlicher. Sie ergänzten sich ziemlich gut, dachte Annika. Manchmal konnte sie sich zwar über seine

Trägheit aufregen, daß er so selten vor Begeisterung überspru-
delte. Aber wenn sie genauer darüber nachdachte, dann tat sie
das vielleicht auch nicht gerade häufig in letzter Zeit. Sicher,
ihre Stimmung war schwankender als seine, aber im Moment
pendelte sie eigentlich nur noch zwischen Ärger und Frustra-
tion hin und her. Von Überschwang konnte da wirklich nicht
mehr die Rede sein. Plötzlich war ihr ganz traurig zumute.

»Was hast du?« fragte Tom, als wäre in ihr so einfach zu lesen wie in dem Buch, das er gerade zur Seite gelegt hatte.

»Ich bin so traurig.«

»Warum denn?« Er küsste sie auf die Stirn.

»Weil ich nicht mehr glücklich bin. Weil ich mich über die
Kinder aufrege. Und über dich.«

»Habe ich etwas angestellt?«

»Nichts. Gar nichts. Du hast nichts angestellt. Ich bin diejenige, die . . . sonderbar ist. Ich habe an nichts mehr Spaß. Alles
ist so eintönig.«

»Und was willst du dagegen tun?«

Annika dachte einen Moment nach. »Abhauen. Irgendwo
auf einer einsamen Insel sitzen und nachdenken. Wieder zu
mir kommen.«

»Klingt ernst.«

»Ja. Aber ich weiß nicht mal, ob das helfen würde.« Annika
wurde still. »Manchmal, wenn ich bei der Arbeit sitze und
eigentlich aufstehen müßte, um die Kinder abzuholen, kann es
passieren, daß ich fast absichtlich sitzen bleibe und die Zeit
vergesse. Wenn ich an den Abend denke: Kinder abholen, einkaufen, Essen kochen, Waschmaschinen füllen, Kinder ins
Bett bringen . . .

»Ich weiß genau, was du meinst.«

Annika seufzte. »Manchmal fühle ich mich, als stünde ich
in einem Zimmer, das plötzlich zu schrumpfen beginnt, und es
gibt keinen Ausgang.«

Tom nickte. »So schlimm?«

»Es macht mich verrückt, daß es keine Pausen gibt.«

»Und die Arbeit?«

»Ist nicht gerade ein Highlight, aber es stimmt schon, wenn ich sie nicht hätte, *würde* ich wahrscheinlich verrückt werden.«

»Würde es dir guttun, mal ein Wochenende wegzufahren?«

Annika drehte sich erstaunt zu Tom um.

»Wohin denn?«

»Na ja, irgendwohin. Ein Wochenende in einem schicken Hotel. Oder jemanden besuchen fahren.«

»Geht das denn?«

»Natürlich geht das. Wenn du dein Leben hier so erlebst, mußt du etwas dagegen unternehmen.« Sie schwiegen. Annika malte es sich aus: ein ganzes Wochenende, nur für sich ... Was würde sie tun? In einer Pension wohnen. Vor dem Feuer im Lehnstuhl sitzen, Tee trinken und lesen. Ihr kamen fast die Tränen.

»Danke, Tom.« Sie löste sich aus seinem Arm, richtete sich auf und sah ihren Mann in dem gelblichen Licht der Nachttischlampe an. Dann beugte sie sich vor und küßte ihn. Seine Hand glitt über ihren Rücken und faßte ihre Taille. Er zog sie auf sich. Instinktiv stemmte sie sich gegen ihn. Da fühlte sie seine Enttäuschung, spürte, wie sein Griff sich sofort wieder lockerte. Wie schnell er aufgab, dachte sie. Ihre Blicke trafen sich. Sie sahen sich direkt in die Augen. Dann küßte sie ihn noch einmal. Sie wollte nicht, daß er aufgab. Nicht heute abend. Er sah sie erstaunt an, dann lächelte er und rollte sie auf die Seite.

Es war gut so. Es war schön. Es war schon lange her.

»Mensch, dann mußt du ins Landhaus Ektuna fahren! Dort ist es wunderbar.« Milla war sofort Feuer und Flamme. »Wir waren vor zwei Jahren dort. Ich habe es Fredrik zum Geburtstag geschenkt. Das ist genau das, wovon du träumst, da bin ich mir sicher!«

»Und was ist daran so klasse?«

»Also: Es ist ein kleines Haus mit zehn, fünfzehn Zimmern, jedes anders. Mit Liebe eingerichtet. Die Küche ist hervorragend und das Frühstück absolut einzigartig! Frischer Kuchen und selbstgemachte Marmeladen und so.«

»Gibt's vielleicht noch einen Kamin?«

»Aber klar! Ich habe doch gesagt, es ist das schönste kleine Hotel, das du dir vorstellen kannst! Sie servieren den Nachmittagstee in der Bibliothek, und dann machen sie den Kamin an.«

»Das klingt ja echt romantisch...« Annika begann ein wenig zu zweifeln.

»Ist es auch. Superromantisch. Ich würde auch gern mal allein hinfahren. Ich weiß, daß sie auch Einzelzimmer haben.«

»Wie heißt das noch mal?«

»Landhaus Ektuna. Du nimmst den Zug bis Gnesta und von dort ein Taxi. Das Haus liegt an einem kleinen See, man kann in den Eichenwäldern spazierengehen und...«

»Vielen Dank, das genügt!« Annika mußte lachen. »Ich glaube, ich habe begriffen.«

Beim Abendessen erzählte sie Tom von ihrem Plan. Das kommende Wochenende sei in Ordnung, sagte er. Am darauffolgenden Tag rief sie im Landhaus an und buchte ein Einzelzimmer. Sie habe Glück, hieß es, normalerweise seien sie sonst immer ausgebucht. Die Leute gönnen sich wohl gern ein bißchen Luxus in dieser trüben Jahreszeit. Das Iriszimmer sei frei, und sie hießen sie herzlich willkommen. Annika konnte den Samstag kaum erwarten. Als Kompromiß hatte sie sich mit Tom auf eine Übernachtung geeinigt, von Samstag auf Sonntag. Eine Nacht klang paradiesisch, fand Annika. Und der Zug zurück fuhr erst gegen fünf, so daß sie auch am Sonntag noch in den Genuß des Nachmittagstees kommen würde.

In der Mittagspause verdrückte sie sich in das kleine Einkaufszentrum in der Nähe von Computec. In der kleinen Parfümerie kaufte sie eine Gesichtsmaske und eine Haarkur und fühlte sich schon viel besser. Kurz hatte sie daran gedacht, Milla zu fragen, ob sie ihr Gesellschaft leisten wolle, aber dann hatte sie es sich anders überlegt. Ein Frauenwochenende wäre zwar sehr schön, aber doch etwas anderes. Sie hatte Gefallen an dem Gedanken gefunden, mal ganz allein zu sein. Ganz allein, mit Zeit zum Nachdenken und Lesen.

Sie strich ihren Arbeitsplan für den Nachmittag zusammen und kam zu dem Schluß, daß es ihr wohl niemand übelnehmen könnte, wenn sie heute ein wenig früher ging. Um halb vier war sie bereits bei Mikael im Kindergarten. Hätte er die Uhr schon lesen können, dann hätte er sich gewundert. Jetzt schaute er sie nur erstaunt an, während sie den kurzen Weg zu Andreas Schule liefen. Sie erzählte fröhlich, fragte ihn, wie es im Kindergarten gewesen war, erzählte von einem Wolf, von dem sie in der Zeitung gelesen hatte, sie lachte, schmunzelte. Irgendwie war sie ganz anders.

Durch die Scheibe konnte sie aus dem Taxi das flache Hofgebäude erkennen und die bunten Lichter, die vor dem Eingang brannten. Sie zahlte und nahm ihre Tasche. Die rauhe Novemberluft schlug ihr entgegen, als sie ausstieg. Sie fröstelte auf dem kurzen Stück zur Eingangstür. Innen war es warm. An der Rezeption war niemand, also wartete sie eine Weile und sah sich um. Milla hatte recht gehabt. Es war wirklich gemütlich. Der Hof mußte ungefähr zweihundert Jahre alt sein, schätzte sie. Die Räume waren sehr niedrig und die Einrichtung aus Holz. Auf der einen Seite standen gelaugte Kiefernsessel mit rosakarierten Kissen. Auf der Rezeptionstheke stand eine Petroleumleuchte neben einer großen Schale mit Äpfeln. Durch einen offenen Türspalt konnte sie in einen Raum sehen, der vermutlich die Bibliothek sein mußte. Es duftete leicht nach Kaminfeuer.

Da tauchte eine Frau mit Schürze auf und begrüßte sie herzlich. Annika bekam den Schlüssel, auf dem eine Iris aufgemalt war, und erfuhr, wie sie zu ihrem Zimmer kam. Der Tee würde zwischen zwei und vier Uhr serviert, Abendessen gab es ab sieben. Annika bedankte sich und machte sich auf den Weg zu ihrem Zimmer.

Es war nicht groß, aber sehr hübsch. Obwohl es erst Mittag war, war es nicht sehr hell, und sie knipste die Lampe an. Durch das Sprossenfenster konnte sie in den Garten schauen, der im Frühling sicher wunderschön war, wenn alle Obstbäume blühten. Nun ragten die kahlen Äste schwarz gegen den grauen Himmel. Sie hängte ihren Mantel an den Haken, packte ihre Tasche aus und stellte ihren Kulturbeutel in das kleine Badezimmer (das leider keine Badewanne hatte, was sie sehr bedauerte). Dann ließ sie sich auf dem Bett nieder und legte die Hände hinter den Kopf. Kurz darauf war sie eingeschlafen. Als sie erwachte, war es schon fast dunkel. Es war Viertel nach drei. Sie stand auf und spritzte sich ein bißchen kaltes Wasser ins Gesicht, damit sie richtig wach wurde. Für den Tee war noch Zeit genug.

In der Bibliothek brannte tatsächlich schon ein Feuer im Kamin. In den Sitzgruppen saßen zwei Paare, beide hatten Tassen vor sich auf den Tischen. Annika bestellte Tee und Scones bei einem jungen Mädchen, das die gleiche Schürze trug wie die Frau an der Rezeption. Dann suchte sie sich einen Sessel nahe am Kamin. Noch immer war sie von ihrem ungewohnten Mittagsschlaf ein bißchen dösig, und so saß sie lange Zeit da und schaute ins Feuer. Ihre Gedanken flossen langsam, hierhin, dorthin. Die Kinder, Tom, Viveka, die Arbeit. Kurze Bilder, die schon verschwunden waren, ehe sie überhaupt ein Gefühl hervorgerufen hatten. Sie fühlte sich leer, angenehm leer, und als der Tee kam, trank sie ihn ohne Eile und ließ sich von den Flammen hypnotisieren. Das Buch, das sie mitgenommen hatte, lag ungeöffnet auf dem Tisch. Schließlich, nachdem sie mindestens einen Scone zuviel gegessen hatte, erhob sie sich aus ihrem Sessel und verließ die Bibliothek, die mittlerweile leer geworden war. Ein Spaziergang vor dem Abendessen würde ihr guttun.

Der Genuß einer Haarkur in der Dusche war nicht derselbe wie in einer Badewanne, stellte Annika fest, als sie sich die Brause zwischen die Knie klemmte, um sich die nach Honig duftende Masse in die Haare zu schmieren. Sie war noch immer nicht dazu gekommen, zum Friseur zu gehen. Die letzten Male war sie in einer Mittagspause in einem Salon im Einkaufszentrum gewesen. Ein Mädchen, Mitte Zwanzig, vermutlich auch aus Syrien wie der Besitzer selbst, hatte sich ihrer angenommen. Uninteressiert hatte sie sich angehört, als Annika zu beschreiben versuchte, wie sie ihre Haare haben wollte, und dann hatte sie sie völlig anders geschnitten. Trotzdem war Annika nach ein paar Monaten wieder dorthin gegangen. Der

Friseur in der Stadt, bei dem sie sich früher immer die Haare hatte schneiden lassen, nahm nun an die siebenhundert Kronen für einen Haarschnitt und hatte über einen Monat Wartezeit. Der Salon Beauty war sicher nicht besonders gut, aber er lag in der Nähe ihrer Büros, und der Haarschnitt kostete nie mehr als zweihundert Kronen. Es war längst an der Zeit, ihm wieder einen Besuch abzustatten. Das letzte Mal war lange her. Sie hatte damals Strähnchen färben lassen, um sich vor dem Sommer ein bißchen frischer zu fühlen. Leider waren sie viel zu gelblich geworden. Und mittlerweile waren sie herausgewachsen und betonten dadurch nur die ausgefransten Spitzen. Am Dienstag würde sie einen Termin machen, beschloß sie. Vielleicht sogar einen in der Stadt. Wenn sie schon so lange gewartet hatte, kam es auf einen Monat mehr oder weniger auch nicht an. Und siebenhundert Kronen war sie sich wert, wenigstens ein einziges Mal.

Als sie mit dem Duschen fertig war und sich großzügig mit ihrer Körperlotion eingecremt hatte, zog sie sich die Sachen an, die sie für das heutige Abendessen vorgesehen hatte. Eine relativ neue graue Hose und einen schlichten beigen Pullover. Sie schminkte sich, zu Ehren ihrer Gesellschaft. Am Ende legte sie eine Kette um, sah ein letztes Mal in den Spiegel und zog los, um zu dinieren. Mit sich selbst.

Der Speisesaal war fast voll. Nur zwei Tische waren noch frei. Annika bekam den kleineren. Sie schaute sich um: nur Paare. Das störte sie nicht im geringsten. Sie war nicht einsam. Sie befand sich auf Abenteuer, hatte Mann und Kinder zu Hause gelassen. Das war ein Unterschied. Sie genoß das Essen und den Wein, wenn es auch ein ungewohntes Gefühl war, mit niemandem zu sprechen. Das mußte sie Tom erzählen, wenn sie nach Hause kam. Er hatte ihr verboten anzurufen.

Gerade als das Mädchen mit der Schürze das warme Essen servierte, erschien ein weiteres Paar in der Türöffnung. Annika warf einen flüchtigen Blick hinüber, es waren sicherlich diejenigen, für die der letzte Tisch neben ihr vorgesehen war.

Dann stutzte sie. Bigge! Im gleichen Moment fiel Bigges Blick auf Annika. Sie sahen sich mit großen Augen an. Der Mann, der sie begleitete, ging voran. Er wurde von der älteren Frau mit Schürze zu ihrem Tisch geführt. Als Bigge herankam, hatte Annika sich wieder einigermaßen gefaßt.

»Bigge! So eine Überraschung! Was machst du ... oder besser ihr hier?« Annika beäugte neugierig den Mann, der sich soeben gesetzt hatte.

»Ja, was für ein Zufall.« Bigge lächelte etwas angestrengt. Als sie Annikas fragenden Blick bemerkte, wandte sie sich dem Mann zu. »Das ist ... äh, Kjell.« Kjell erhob sich andeutungsweise von seinem Stuhl und streckte Annika zur Begrüßung die Hand entgegen.

»Ihr kennt euch?« fragte er erstaunt.

»Ja«, antwortete Bigge eilig. »Das ist Annika, eine gute Freundin von mir. Ich habe dir sicherlich schon von ihr erzählt.«

»Ja, ich erinnere mich ...« Das klang nicht sehr überzeugend.

»Und du bist mit Tommy hier?« Bigge wies auf den leeren Platz gegenüber von Annika.

»Nein, ich habe ein freies Wochenende geschenkt bekommen. Familienfrei«, erklärte sie mit einem Blick auf Kjell. Er mußte husten.

»Wie nett.«

»Und ... ihr?« Annika konnte es nicht lassen, obwohl sie Bigges Widerwillen spürte.

»Wir, äh ...«, setzte Kjell an. Bigge fuhr fort.

»Einfach ein ruhiges Wochenende. Mal ein bißchen in die Natur.«

»Ja, es ist schön hier«, bestätigte Annika. Sie fühlte sich so, als hätte sie gerade jemandem sein privates Fest vermiest. Bigge rutschte auf ihrem Stuhl hin und her, als sie die Speisekarte von der Frau mit der Schürze entgegennahm, die anschließend Annika ansprach, ob sie noch ein Dessert wolle. Sie

69

hatte sich eigentlich auf einen Nachtisch gefreut, denn in der Speisekarte klang das Angebot vielversprechend, aber nun hatte sie mit einem Mal das Gefühl, daß es nicht angebracht war, noch länger sitzen zu bleiben. Bigge war von ihrer Anwesenheit ganz offensichtlich nicht begeistert, und Kjell sah aus, als hätte man ihm etwas sehr Unbequemes auf den Stuhl gelegt. Sie lehnte dankend ab, wenn auch mit Bedauern, schob aber hinterher, daß sie gerne einen Kaffee hätte. In der Bibliothek, wenn das möglich wäre. Dann erhob sie sich von ihrem Stuhl, wünschte den erleichterten Nachbarn einen guten Appetit und verließ den Saal mit einem dankbaren Blick von Bigge. Nicht daß sie die allerengsten Freundinnen waren, aber Annika war in der Regel genauestens über die Lage an der Front von Bigges Eroberungen informiert. Allerdings war sie sicher, daß von einem Kjell nie die Rede gewesen war. Sonderbar, dachte sie. Er machte einen liebevollen Eindruck, anders als die anderen Typen, mit denen Bigge auftauchte. Irgendwie mehr eine Art Familienvater.

Das Wochenende war schneller vorüber, als sie gedacht hatte. Als sie ihre Tasche nahm, um in das wartende Taxi zu steigen, stellte sie mit einem Funken schlechten Gewissens fest, daß sie gar nicht dazu gekommen war, ihre Familie zu vermissen. Es war herrlich gewesen, ohne das Gezeter der Kinder am Morgen aufzuwachen, obwohl aus ihren Plänen auszuschlafen auch nicht viel geworden war. Sie war vor sieben aufgewacht, wie jeden Tag, und dann konnte sie nicht mehr einschlafen. Aber allein, im Bett liegen zu bleiben und zu dösen, ein paar Kapitel in dem Buch zu lesen, das sie seit Monaten fertiglesen wollte, gab ihr das luxuriöse Gefühl von Erholung. Vor dem Frühstück hatte sie ein wenig Herzklopfen, es wäre ihr peinlich gewesen, Bigge und Kjell noch einmal über den Weg zu laufen, aber ihre Angst war umsonst gewesen. Sie waren nicht in Sicht, vermutlich genossen sie ihr Frühstück im Bett. Wahrscheinlich verbrachten sie dort überhaupt viel Zeit.

Gerade als sie im Taxi Platz nahm, sah sie die beiden durch die Tür kommen. Jeder hatte eine gepackte Tasche in der Hand. Vermutlich waren sie auch auf dem Heimweg. Bevor sie aus Annikas Blickfeld verschwanden, sah sie noch, wie sie am Kofferraum eines Wagens haltmachten. Ein großer dunkelblauer Volvo Kombi. Annika lächelte in sich hinein, das sah vielversprechend aus. Vielleicht hatte Bigge dieses Mal den Richtigen erwischt.

Die Kinder begrüßten sie zu Hause wie eine Königin, und endlich einmal kam sie dazu, sich im Kinderzimmer auf den Boden zu setzen und eine Weile mit ihnen zu spielen, bevor es Zeit war, gute Nacht zu sagen. Tom hatte ein herrliches Fischgratin gemacht, und als sie die Kinder hingelegt hatten, nahm sie sich ein großes Stück, obwohl sie nach der Scones-Orgie vom Nachmittag noch immer sehr satt war. Tom setzte sich ihr gegenüber an den Küchentisch.

»Na, wie war es?«

»Phantastisch! Ich hätte gut noch eine Woche dranhängen können.«

»Aha.« Tom schien ein bißchen geknickt.

»Es wäre natürlich noch schöner gewesen, wenn du dabeigewesen wärst«, fügte sie hinzu. »Vielleicht können wir ja mal zusammen hinfahren?«

»Ja. Wie auch immer das zu bewerkstelligen wäre.« Tom seufzte etwas hoffnungslos. Wer würde die Kinder schon ein ganzes Wochenende nehmen? Annika wollte sich jetzt nicht den Kopf darüber zerbrechen. Sie wollte noch in ihrem Ausflug schwelgen, wenigstens noch diesen Abend. Morgen würde eine neue Woche beginnen, und sie konnte sich nur schwer vorstellen, wie der Luxus eines freien Wochenendes den Alltag nachhaltig auf Abstand halten konnte. Statt dessen erzählte sie Tom von dem kleinen See, vom Iriszimmer, vom Essen, vom Wein, vom Nachmittagstee vor dem Kaminfeuer und von Bigges plötzlichem Erscheinen. Tom schaute sie nachdenklich an. »War dieser Kjell nicht auf Bigges Fest?«

»Nein, ich wollte nicht danach fragen, aber das muß ganz frisch sein. Sie hat es nicht einmal mir erzählt. Aber vielleicht hat das auch nichts zu bedeuten, wenn man verliebt ist, kann so was ja untergehen. Falls du dich erinnerst...?« Annika lachte und reckte ihre Hand über den Tisch. Tom nahm sie und streichelte sie.

»Doch, ich erinnere mich.«

»Ich habe schon gedacht, daß du mich meidest. Ich weiß nicht, wie viele Nachrichten ich auf verschiedenen Anrufbeantwortern für dich hinterlassen habe«, sagte Annika in einem vorwurfsvollen Ton, als sie Bigge endlich im Büro erwischt hatte.

»Nein, wie kommst du denn darauf?« Bigge lachte ein wenig nervös. »Ich hatte so wahnsinnig viel zu tun, und bei euch kann man abends nicht gut anrufen, stimmt's? Mit den Kindern und so.«

»Kein Problem. Nach neun ist Ruhe.«

»Ach so.« Es wurde still.

»Und? Darf man nach dem mysteriösen Kjell fragen?«

»Ich weiß nicht ...«

»Na komm schon, ich bin's doch nur!«

»Ja. Doch ...«

»Wo habt ihr euch denn kennengelernt? Läuft das schon lange?«

Bigge zögerte einen Augenblick. »Es ist nicht so einfach ...« Sie wurde leiser. »Er ist Kunde hier im Büro.«

»Okay, verstehe. Kannst du besser reden, wenn du nicht bei der Arbeit bist?«

»Mmh. Vielleicht.«

»Ich wollte dir nur sagen, daß er einen netten Eindruck auf mich machte. Anders.«

»Ja.« Irgendwie reizten Bigges knappe Antworten Annika, noch mal nachzuhaken.

»Ich mußte daran denken, was du zu mir und Tommy gesagt hast, daß du auch so leben willst. Vielleicht ist das der Anfang davon. Er wirkt irgendwie so reif. Ich hoffe, du nimmst es mir nicht übel, aber deine Freunde fahren in der Regel doch keinen Volvo Kombi ...?«

73

»Nein ... Du, ich muß Schluß machen. Wir haben ein Meeting. Ich rufe dich später zurück.«

»Okay.«

»Tschüs.«

Annika legte den Hörer auf und nahm sich den Bericht wieder vor, an dem sie gesessen hatte, bevor sie Bigge ans Telefon bekam. Als Rickard in ihrer Tür auftauchte, staunte sie. Sie hatte ihn die ganze Woche noch nicht gesehen. So war das mit den Vertriebsleuten. Sie machten ihre eigenen Zeitpläne und teilten Annika nur mit, wenn sie losfuhren, wohin und wann sie zurückkommen würden. Rickard war in Oslo gewesen, das fiel ihr eben ein.

»Hallo Rickard, kommen Sie rein! Schön, Sie zu sehen.«

Rickard trat ein und setzte sich auf den Stuhl vor ihrem Schreibtisch. Ein leichter Duft seines Rasierwassers folgte ihm. Annika atmete tief ein. Es roch gut, frisch. Nach Zitrone. Sie konnte Rasierwasser, das nach Kiefernnadeln stank, nicht ausstehen. Altmänner-Geruch. Wahrscheinlich hielten sie es für männlich, aber sie fand, es roch nach billigen Tanzlokalen. Tom benutzte kein Parfüm.

»Wie lief's in Oslo?«

»Gut.« Er strich sich mit der Hand über sein dichtes blondes Haar. »Ich habe Nortrade und die Einkäufer von Hasselman getroffen. Ich glaube, daß wir Anfang nächster Woche einen ziemlich guten Auftrag bekommen werden.«

»Klingt ja vielversprechend. Sie haben in diesem Jahr noch nicht viel geordert.«

»Ja, das hat er gesagt, sie hatten Probleme mit den Händlern. Das hat sich nun anscheinend geklärt.« Annika nickte zufrieden.

»Gutes Gefühl?«

»Ziemlich.« Er stand auf und bewegte sich Richtung Tür. Bevor er hinausging, drehte er sich zu ihr um. »Haben Sie für die Mittagspause schon etwas vor?«

»Nein.« Sie hatte zwar im Kühlschrank eine Brotdose stehen, aber die konnte auch bis morgen dort bleiben. »Was schlagen Sie vor?«

»Ich wollte kurz rausgehen und einen Salat in der Pizzeria essen. Es wäre schöner in Gesellschaft.«

»Gut! Ich muß nur zuerst diesen Bericht fertigmachen. Wie wäre es um halb eins?« Rickard nickte und verließ ihr Zimmer. Annika beeilte sich, den Absatz fertigzuschreiben, an dem sie gerade arbeitete. Um halb eins kam er mit dem Jackett über dem Arm zurück. Sie sprachen auf dem Weg zu Angelos nicht viel. Rickard bestellte einen gemischten Salat, aber als er hörte, daß Annika eine Pizza wollte, änderte er seine Meinung.

»Ich nehme auch eine Pizza. Napoli«, fügte er hinzu, nachdem er die Karte über der Kasse kurz angeschaut hatte. Sie bezahlten und nahmen sich dazu noch einen kleinen Salat, bevor sie sich an einen freien Tisch setzten. Rickard sah abwesend aus. Annika wurde ein bißchen unruhig.

»Wie gefällt es denn . . . äh, Ihrer Freundin bei Citizen Art?« Es kam ihr sonderbar vor, eine erwachsene Frau Freundin zu nennen, aber in ihrer Nervosität fiel ihr der Name nicht mehr ein. Und seine Frau war sie ja nicht.

»Maria?« Rickard wirkte etwas zerstreut. »Gut. Sie hat bereits den Etat des größten Kunden als Projektleiterin übernommen. Sie ist sehr zufrieden.«

»Das muß für Sie ziemlich anstrengend sein. Ich meine, beide mit neuen Jobs.«

»Ja, ist viel Arbeit.« Er wurde still und nahm eine Gabel voll Salat. »Eigentlich wollten wir an diesem Wochenende wegfahren, aber Maria muß arbeiten.«

»Wie schade.«

»Wir hatten versucht, die Wochenenden freizuhalten, aber bei diesem Job will sie Zähne zeigen. Das kann ich verstehen.« Er zuckte mit den Schultern. Er strahlte kein wirkliches Verständnis aus, es war eher Enttäuschung. Annika wußte nicht, was sie sagen sollte.

»Es wird ja noch mehr Wochenenden geben. Und bald sind auch Weihnachtsferien.«

»Das stimmt.«

»Was machen Sie Weihnachten?« Es war gerade die erste Woche im Advent. Annika hatte schon begonnen, Streß zu verbreiten. Wegen der Weihnachtsgeschenke, wegen des Essens, und vor allem wegen der bevorstehenden Besuche bei den Schwiegereltern. Trotzdem versuchten sie wie immer, die Hektik so gut es ging zu unterdrücken. Einen Gang runterzufahren, und solange sie unter sich waren, lief es auch recht gut.

»Wir wollen mit ein paar Freunden in die Berge fahren.«

»Oh, ein richtiges George-Michael-Weihnachten!« Annika begann zu summen. »*Last christmas I gave you my heart* . . .«

Rickard mußte lachen und sang weiter. »*. . . but the very next day you gave it away* . . . Leider ist da sogar ein Fünkchen Wahrheit dabei«, fügte er hinzu. »Das andere Pärchen befindet sich mehr oder weniger in Trennung, aber es ist Marias beste Freundin, und sie war der Ansicht, wir sollten trotzdem mitfahren.«

»Aus welchem Grund?«

»Als eine Art Vorwand, um ihrer Ehe noch eine letzte Chance zu geben. Ich weiß nicht, ob die Idee so gut ist.«

»Nein . . .«

»Ich würde Weihnachten gern zu Hause feiern«, fuhr Rikkard fort. »Das haben wir noch nie getan. Immer waren wir unterwegs. Letztes Jahr waren wir in China, im Jahr davor in Malaysia, das Jahr zuvor bei der Familie von Marias Schwester . . . Ein richtig prächtiges Fest, auf dem ihre gesamte Verwandtschaft versammelt war. Ich fand das schön, aber Maria mochte es gar nicht.«

»Und Ihre Familie?«

»Ich habe keine. Meine Eltern sind tot, und Geschwister

habe ich nicht. Maria ist meine Familie.« Annika wußte nicht recht, was sie darauf sagen sollte. Sie musterte ihn, um herauszubekommen, wie sensibel das Thema war.

»Sind Ihre Eltern schon lange ...?« wagte sie sich letzten Endes vor. Rickard schaute mit Verwunderung auf.

»Ja, das ist schon viele Jahre her. Mein Vater starb an einem Herzinfarkt. Er kannte nur die Arbeit. Rauchte, machte keinen Sport. Eigentlich hat es mich nicht sehr gewundert. Aber ich glaube, Mutter hat sich nach seinem Tod nie wieder gefangen, sie wurde immer weniger. Dann bekam sie Krebs und starb zwei Jahre nach ihm.«

»Das muß für Sie ja schrecklich gewesen sein. Beide Elternteile so kurz hintereinander zu verlieren.« Annika versuchte es sich vorzustellen. Das war nicht so einfach. Ihr Vater hatte nun schon so lange im Ausland gelebt, daß er eigentlich gar nicht mehr zählte. Es war fast drei Jahre her, daß sie ihn zuletzt gesehen hatte. Als Mikael noch ein Baby war.

Rickard zuckte mit den Schultern. »Ja, das war es wohl schon. Vor allem bei meiner Mutter.« Er wurde still. Annika versuchte, seinen Blick einzufangen, aber er sah sie nicht. Er schaute ein paar Sekunden aus dem Fenster hinaus. Dann zuckte er leicht und nahm das Besteck in die Hand, das er auf dem Teller abgelegt hatte.

Eine Weile aßen sie schweigend. Der zerlaufene Käse auf der Pizza war schon fest geworden. Annika ärgerte sich, daß sie nicht doch nur einen Salat genommen hatte. Sie schob den Teller beiseite. Rickard war bereits fertig.

»Möchten Sie einen Kaffee?« fragte er. Sie lächelte.

»Gern.«

Sie tranken den Kaffee eilig. Es war schon spät geworden. Dann nahmen sie ihre Sachen, nickten dem Wirt kurz zu und verließen die Pizzeria. Auf dem kleinen betonierten Platz wirbelten ein paar vereinzelte Schneeflocken durch die Luft. Die Parkbänke, die in der Mitte des Platzes um den abgestellten Springbrunnen aufgestellt waren, waren leer. Wahrscheinlich wollten nicht einmal die Trinker an so einem Tag hier draußen sein. Der Wind fühlte sich kälter an als die minus zwei Grad, die Annika am Morgen abgelesen hatte. Sie zog den Mantel ein wenig fester. Dann beeilten sie sich auf dem Weg zurück ins Büro.

Tom war an der Reihe, die Kinder abzuholen, und Annika wollte noch Weihnachtsgeschenke kaufen, bevor sie nach Hause ging. Sie stieg in die U-Bahn zum Hauptbahnhof und ging zu Åhléns. Das war allerdings keine gute Idee. Menschenmassen schoben sich durch die Gänge und standen dicht gedrängt auf den Rolltreppen. An den Kassen stauten sich die Schlangen. Oben in der Spielzeugabteilung war es noch schlimmer. Eine Weile überlegte sie, ob sie kehrtmachen sollte, doch nach kurzem Nachdenken war ihr klar, daß es in den nächsten Wochen nur noch schlimmer werden würde. Mit Hilfe ihrer Ellenbogen kämpfte sie sich zu dem Regal mit den Plastikdinosauriern vor. Es widerstrebte ihr, so ein blödes Spielzeug zu kaufen, aber Mikael wünschte sich einen, und sie wußte, daß er enttäuscht sein würde, wenn er keinen bekäme. Sie überlegte eine Weile, ob sie einen Tyrannosaurus oder einen langhalsigen Grasfresser nehmen sollte, den Namen wußte sie nicht mehr. Wahrscheinlich stand der Tyrannosaurus, der wütend das Maul aufriß, höher im Kurs, und so legte sie ihn widerwillig in ihren Korb. Bevor die Kinder kamen, war sie überzeugt gewesen, daß sie nie dieses häßliche, schrillend bunte Plastikspielzeug anschaffen würde. In der Innenstadt gab es ein Lädchen mit himmlischen, niedlichen Holz- und Stoffspielsachen, sanft anthroposophisch gefärbt. Sie liebte es, doch nach mehreren Versuchen mit ergonomischen Bauklötzen und pflanzengefärbten Puppen, die die Kinder nach einem schnellen Blick interesselos in die Ecke pfefferten, hatte sie nur noch Malblöcke mit den neuesten Disneymotiven und batteriebetriebene Autos mit Sirenen und blinkenden Lampen gekauft.

Annika ging weiter zu dem Regal mit den Zauberartikeln. Als sie Andreas krakeligen Wunschzettel durchgegangen waren, hatten sie beschlossen, ihr etwas zum Zaubern zu Weihnachten zu schenken. Sie versuchten, die Zahl der Geschenke einzugrenzen. Trotzdem waren es immer wieder Berge, wenn alle Pakete von den Großeltern unter dem Weihnachtsbaum zusammentrafen. Sie stand einen Moment vor dem Regal mit den Zauberkästen und überlegte. Auf dem einen waren eine Menge Kaninchen abgebildet. Auf dem anderen mit dem Titel Mister Magic's Magic Box, schwang ein kleiner Junge mit schwarzem Umhang seinen Zauberstab über einen hohen Hut. Gerade hatte sie sich für die Kaninchen entschieden, als sich ein Arm nach vorne streckte und die letzte Packung griff. Annika drehte sich erbost zu dem Mann neben ihr um. Erst wollte sie eine unwirsche Bemerkung machen, doch dann ließ sie es. Der Mann sah sie verwundert an.

»Kennen wir uns nicht...«, begann er etwas zögerlich. Annika half nach.

»Ja. Kjell, oder?«

»Ja.«

»Annika. Wir haben uns kürzlich im Landhaus Ektuna kennengelernt.«

»Ach ja, natürlich.« Sein Blick lief unruhig hin und her. »Wolltest du das gerade nehmen?« Er hielt ihr den Kasten mit den Kaninchen hin. »Ich muß sowieso los. War nett, dich zu treffen.« Und schon war er weg. Annika stand eine Weile da, mit der Packung in der Hand, dann ging sie zur Kasse. Es war unglaublich, wie die Leute heute hetzten.

Tom war schlechtgelaunt, als sie nach Hause kam.

»Wolltest du nicht um sechs zu Hause sein?« fuhr er sie an, als sie zur Tür hereinkam.

»Ja, aber bei Åhléns waren wahnsinnige Schlangen, wie du dir denken kannst.« Tom warf einen Blick auf die Tüten mit den Paketen, die auf dem Boden im Flur lagen. Er beruhigte sich etwas.

»Die sollten wir vielleicht verstecken, bevor...« Weiter kam er nicht, denn in dem Moment kamen die Kinder in den Flur gestürmt.

»Was ist das? Ist das für mich?« Mikael fing an, an den Tüten zu zerren.

»Was ist denn das hier? Hast du für mich auch was gekauft?« Andrea schubste ihren Bruder zur Seite, um besser sehen zu können. Annika war heilfroh, daß sie sich die Zeit genommen hatte, auch noch an den Schlangen vor den Tresen anzustehen, an denen die Geschenke eingepackt wurden. Sie hob die Tüten über die Köpfe der Kinder hinweg.

»Das werdet ihr am Heiligen Abend sehen«, sagte sie streng. »Und jetzt geht ihr kurz in die Küche, damit ihr nicht seht, wo ich die Tüten verstecke.«

»Ich will es aber sehen!« rief Mikael und lief ihr ins Wohnzimmer hinterher.

»Nein, das ist verboten!« Andrea hielt Mikael am Arm fest. »Laß das!«

»Komm endlich, Mikael!« rief Tom. »Das Essen ist fertig.« Annika ergriff die Gelegenheit, ins Schlafzimmer zu schlüpfen. Vorerst sollten die Pakete im Kleiderschrank liegen. Wenn die Kinder ins Bett gegangen waren, mußte sie sich etwas Besseres ausdenken. Als sie in die Küche kam, saßen schon alle am Tisch. Es war fast halb sieben. Kein Wunder, daß die Kinder quengelig waren. Das müssen viele Rosinentüten gewesen sein, dachte sie sich mit einem ziemlich schlechten Gewissen.

Um ihr verspätetes Heimkommen wiedergutzumachen, kümmerte sich Annika darum, daß die Kinder die Zähne putzten und sich die Schlafanzüge anzogen. Dann ging sie mit ihnen ins Kinderzimmer und las vor, für Mikael eine Geschichte von einem Kaninchen, dem die Tatze weh tat, und für Andrea ein Kapitel von Madita. Sie holte noch ein Glas Wasser und drehte mit Mikael eine Extrarunde zur Toilette, bevor sie zum letzten Mal gute Nacht sagte, das Zimmer verließ und sich zu Tom auf das Sofa setzte. Er hatte noch immer schlechte Laune.

»Bist du auf mich sauer?« fragte sie ihn.

»Nein.«

»Was hast du dann?«

»Nichts. Ich bin nicht sauer.«

»Nein, gar nicht.« Sie schauten wieder auf den Fernseher, ohne ein Wort zu sagen. Um Viertel nach zehn ging Annika ins Bad, um sich für die Nacht fertigzumachen. Während sie sich die Zähne putzte, sah sie sich im Spiegel an. Kein Grund, sich aufzuregen, dachte sie sich. Manchmal war Tom sauer, und dann wieder sie. Vielleicht war er eifersüchtig auf ihr Wochenende, vielleicht war er auch nur überarbeitet. Sie wußte, daß es sinnlos war zu versuchen, ihn zum Reden zu bringen, wenn er in dieser Stimmung war. Bevor sie das Bad verließ, warf sie sich den Morgenmantel über. Dann überlegte sie es sich wieder anders und hängte ihn zurück an den Haken. Vielleicht konnte sie ihn auf andere Gedanken bringen. Im Wohnzimmer war die Luft kühl, so daß sich ihre nackten Brustwarzen zusammenzogen, das Parkett fühlte sich kalt an unter ihren Füßen. Als sie zum Sofa kam, auf dem Tom saß und MTV anschaute, hielt sie an. »Ich gehe jetzt schlafen.« Sie versuchte, ihrer Stimme einen weichen Klang zu geben, einladend zu klingen. Tom sah kurz auf.

»Tu das«, antwortete er. Sie stand noch einen Moment lang da und wartete. Sie kam sich blöd vor. Wie war sie nur auf den Gedanken gekommen, daß Tom sich von ihrem Körper verführen ließ? Als ob er sie nicht ständig nackt sah. Als ob ihr Körper auch nur einen Hauch von Spannung verhieß. Leise verdrückte sie sich Richtung Schlafzimmer.

»Annika!« Tom drehte sich zu ihr um.

»Ja?«

»Vergiß morgen nicht Andreas Sportzeug.« Er wandte sich wieder dem Fernseher zu.

»Nein«, murmelte Annika, als sie die Tür zum Schlafzimmer vorsichtig schloß. »Das tue ich nicht.«

Tord kam in ihr Büro mit einer Zigarette in der Hand. Er war der einzige im Geschäft, der rauchte, und er nahm sich die Freiheit heraus, es überall zu tun. Annika hustete demonstrativ, aber Tord nahm keine Notiz davon. Statt dessen griff er eine leere Kaffeetasse von ihrem Schreibtisch und benutzte sie als Aschenbecher.

»Du, Annika«, sagte er und stellte währenddessen seinen Fuß auf einen ihrer Besucherstühle. »Kannst du nicht deinen Vertriebstrupp zu einer kleinen Weihnachtsfeier versammeln?« Es war wie eine Frage formuliert, doch Annika war durchaus klar, daß das ein Auftrag war.

»Schon«, antwortete sie zögernd. Es gab bis Weihnachten noch so viel zu tun: im Geschäft, aber auch zu Hause. »Was stellst du dir vor?«

»Nichts Besonderes. Ein Abendessen irgendwo. Vielleicht mit Weihnachtsbüffet. Dir wird schon was einfallen.« Er lächelte und blies ihr etwas Rauch ins Gesicht. »Dienstag, der zweiundzwanzigste, würde gut gehen.« Er zwinkerte mit einem Auge. »Ich verlasse mich auf dich.« Dann ging er und hinterließ eine stinkende Wolke. Eigentlich mochte sie Tord gern, aber er hatte eine Art, sie so selbstverständlich einzuspannen, daß es sie ärgerte. Möglicherweise lag es daran, daß sie schon so lange dabei war. Vermutlich sollte sie mal mit ihm reden, darüber, aber auch über ihr Gehalt, aber es war schwer, die passenden Argumente zu finden. Seufzend legte sie die Bestellung zur Seite und griff nach dem Telefon. Wenn sie etwas bis zum zweiundzwanzigsten auf die Beine gestellt haben wollte, war es am besten, gleich anzufangen. Jens erreichte sie als ersten. Er blätterte lange in seinem Kalender, bis er zu dem Schluß kam, daß er wohl Zeit haben würde. Sehr enthusiastisch klang er allerdings nicht. Er hatte schon einige Weihnachtsfeiern hinter sich, und die Aussicht auf eine weitere war nicht gerade verlockend. Wahrscheinlich ging es den meisten im Vertrieb so, vor Weihnachten war es bei ihnen sehr hektisch. Annika versprach, daß sie sich etwas anderes einfallen lassen würde. Dann wählte sie Tobias' Nummer. Das ging schneller. Ja, er hatte Zeit, Annika würde sich wegen Ort und Uhrzeit noch einmal melden. Bei Janet lief der Anrufbeantworter, und Annika hinterließ eine Nachricht. Am Schluß rief sie Rickard an. Sie erwischte ihn auf Arlanda.

»Am zweiundzwanzigsten, sagten Sie? Wir wollen am dreiundzwanzigsten in den Hüttenurlaub losfahren. Eigentlich...« Er zögerte. »Vielleicht kann ich etwas später kommen? Und früher gehen?« Er lachte.

»Aber klar, keinen Streß. Tord lädt die ganze Runde halt gern noch mal vor Weihnachten ein. So oft sehen wir uns ja nicht.«

»Das ist wohl wahr. Ja, also dann sage ich zu!«

»Prima! Und wie gesagt, kommen Sie, wann es paßt. Ich melde mich wegen Ort und Uhrzeit noch einmal.«

Annika war zufrieden. Es lief besser, als sie gedacht hatte. Wenn nun auch noch Janet Zeit hätte. Jetzt mußte sie sich um das Restaurant kümmern. Auf keinen Fall etwas mit Weihnachtsbüffet. Sie überlegte eine Weile. Vielleicht Sushi? Oder Thailändisch? Ja, Thailändisch wäre eigentlich gar nicht so schlecht. Als sie und Tom in Thailand gewesen waren, hatten sie das phantastische Essen in vollen Zügen genossen, säuerliche Suppen und heiße Currygerichte. An den Abenden hatten sie dann, satt und zufrieden, in einer kleinen Bar am Strand gesessen, Bier getrunken und den tropischen Sternenhimmel angeschaut, den Wärmeblitze von Zeit zu Zeit durchkreuzten, und hatten dem entfernten Grummeln gelauscht. Das war eine der glücklichsten Zeiten ihres Lebens gewesen. Irgendwie war es ein bißchen traurig, das festzustellen, aber wahrscheinlich waren sie sich nie nähergekommen als damals. Natürlich war es phantastisch, als die Kinder auf die Welt kamen, aber auf eine andere Art. Da war das Glück schon geteilt. Mit den Kindern geteilt. In Thailand gab es nur sie und Tom. Tommy und Annika. Manchmal verließen sie den Strand nur, um beim Schnurren der Klimaanlage in ihrem Bungalow Sex zu haben. Wie scharf sie damals aufeinander waren. Nur ein Blick, ein Gedanke. Kaum zu glauben, daß das der gleiche Tom war, der sie nicht einmal mehr sah, wenn sie nackt vor ihm im Wohnzimmer stand. Aber es war ungerecht, Tom die Schuld zu geben. Sie war ja auch nicht besser. Manchmal tat sie so, als verstände sie seine Aufforderungen und Anspielungen nicht, meistens sogar. Vielleicht wäre es ehrlicher, zu sagen, daß es eigentlich an ihr lag, sie hatte ja keine Lust. Oder doch? Aber sie wollte ihn nicht verletzen. Also besser so tun, als würde sie ihn nicht verstehen und seine Bemühungen zu Boden sinken lassen wie Steine im Wasser.

Annika zuckte, als das Telefon klingelte. Es war Janet. Sie konnte auch. Super, der Trupp war versammelt. Nun ging es nur noch darum, einen Tisch zu reservieren. Und sie mußte sich mit Tom abstimmen, damit sie auch mitgehen konnte.

Kleine rote und gelbe Lämpchen leuchteten in dem üppig geschmückten Lokal. Wie in Thailand sah es nicht aus, mußte Annika feststellen, eher wie die exotische Variante eines Chinarestaurants. Eine hübsche junge Frau in einem bodenlangen türkisfarbenen Seidenkleid führte sie zu ihrem Tisch. Tord hatte über ihre Wahl ein wenig gemault. Was war an eingelegtem Hering auszusetzen? Aber den anderen gefiel ihre Idee, und sie machten es sich erwartungsvoll am Tisch bequem. Janet, wie üblich mit etwas zuviel Lidschatten und etwas zu dicken Schulterpolstern, nahm zwischen Tord und Tobias auf der einen Seite Platz, Annika und Jens auf der anderen. Rikkard würde später kommen. Tord machte der Bedienung ein Zeichen und bestellte, ohne seine Gäste zu fragen, Whisky für alle.

»Einen kleinen Appetitanreger brauchen wir schon!« Als

alle ihre Gläser in der Hand hielten, brachte Tord einen Trinkspruch aus. »Auf die Firma und auf Weihnachten. Beides hat seine guten Seiten«, erklärte er, »also können wir auch auf beides anstoßen.« Sie lasen die Speisekarte, diskutierten die einzelnen Varianten und einigten sich auf sechs Gerichte. Jens bestand darauf, obwohl die anderen heftig protestierten, Schlange zu bestellen. Er behauptete, er hätte so etwas schon einmal als junger Mann auf einer Asienreise gegessen. Schlange schmecke unglaublich gut, fast wie Hühnchen.

»Komisch. Alles schmeckt den Menschen irgendwie immer wie Hühnchen«, sagte Janet und lachte, »egal ob sie Menschen oder Warane gegessen haben!«

»Aber so war es«, behauptete Jens. In dem Moment tauchte Rickard auf. Er hatte Jeans und einen schwarzen Pullover an. Seine Haare, die üblicherweise nach hinten gekämmt waren, standen etwas störrisch ab, und seine Wangen waren von der Kälte draußen ganz rot. Zum ersten Mal sah Annika ihn nicht im Anzug.

»Rickard! Machen Sie es sich neben Annika bequem. Wir müssen die anwesenden Damen unter uns aufteilen!« Tord legte einen Arm um Janet und zeigte mit dem anderen auf den freien Platz neben Annika. Sie rückte auf dem Sofa ein wenig zur Seite, als Rickard sich setzte.

»Und, sind die Koffer schon gepackt?« fragte sie, während Tord ihm sein Whiskyglas herüberreichte.

»Na ja, ich muß den Rest wohl morgen früh erledigen. Ich mußte erst einmal in den Keller steigen, um Ski, Skistiefel und das ganze Zeug ans Tageslicht zu bringen.« Er lachte. »Maria hat fürchterlich geschimpft, als sie meinen antiquierten Skianzug sah. Sie selbst hat Ski und den Rest der Ausrüstung von einer Freundin geliehen, die nichts anderes tut, als ständig in die Alpen zu fahren. Neueste Technik, neueste Mode. Aber wen stört das, wir werden da doch keine Seele treffen!« Er nahm einen Schluck Whisky und grinste. »Haben Sie schon bestellt?« fragte er.

»Ja«, antwortete Tobias. »Wir essen Schlange...«

»Schmeckt wie Hühnchen«, ergänzte Janet. Dieses Mal mußte Jens auch lachen.

»Es wird interessant sein, was ihr hinterher sagt«, meinte er.

Nach einer Weile wurde das Essen gebracht. Es duftete köstlich nach Ingwer, Zitronengras und Kokos. Die Schlange kringelte sich auf der Platte. Janet machte ein angeekeltes Gesicht, als Jens nicht hinschaute. Sie würde das keinesfalls probieren, stellte sie klar. Tord achtete darauf, daß das Singha-Bier nicht ausging, und Jens fing an, Geschichten von seinem Asientrip zu erzählen. Tobias und Janet tratschen über Kunden und Kollegen in der Branche. Diejenigen, die die Schlange probierten, fanden wirklich, daß sie nach Hühnchen schmeckte. Gegen elf waren die letzten Teller leer gegessen und die Biere ausgetrunken. Annika war müde, aber die anderen protestierten, als sie andeutete, daß es so langsam an der Zeit sei.

»Aber Mutti! Jetzt geht der Abend doch erst los!« brüllte Tobias. »Tord, du bist der Chef, sag ihr mal, daß sie noch nicht gehen darf!«

»Aber Tobias«, Tord machte ein ernstes Gesicht, »natürlich kann Annika gehen. Es ist dann nur so, daß sie für Dezember kein Gehalt bekommt.« Tord blinzelte Annika zu, dann prustete er los. »Ruhig, ganz ruhig«, sagte er. »Ich nehme das in die Hand.« Dann griff er zu seinem Handy und wählte eine Nummer. »Hallo, alter Freund, hier ist Tord. Du, wir würden gern heute abend mit einer kleinen Mannschaft bei dir vorbeikommen. Geht das klar?« Er lauschte einen Moment. »Sechs Leute... perfekt!« Er machte mit dem Daumen das Okay-Zeichen, bevor er weitersprach. »Wir müssen bald mal zusammen auf die Piste gehen. Ich habe mir vom Weihnachtsmann neue Bars gewünscht!« Er lachte laut, dann beendet er das Gespräch und winkte mit seiner Kreditkarte der jungen Frau im Seidenkleid zu. »Fräulein, können wir zahlen? Und zwei Taxis, bitte.«

Der Wagen fuhr vor dem allseits bekannten Eingang in der Birger Jarlsgata vor. Die Schlange war lang. Annika, Rickard und Tobias warteten zitternd darauf, daß Tord endlich aus seinem Taxi herauskommen würde. Jens und Janet waren schon ausgestiegen. Annika warf einen mißtrauischen Blick auf die Türsteher. Wie sollte das funktionieren? Tord kam auf sie zu, hatte noch das Portemonnaie in der Hand. Dann wandte er sich an den breitschultrigen Mann, der an der Tür stand und wechselte ein paar Worte mit ihm. Der Security-Mann sah in seiner Liste nach, nickte und entfernte das magische Seil, das die Grenze zwischen Drinnen und Draußen markierte. Annika war es peinlich, als sie an der Warteschlange vorbeilief. Doch das war schnell vorbei, als sie eintrat. Auch ihre Müdigkeit war wie weggeblasen. Sie spürte eher ein erwartungsvolles Kribbeln. Rickard, der ihren Protest unterstützt hatte und auch längst nach Hause wollte, nahm ihr den Mantel ab.

Tord führte sie Richtung Theke. »Den ersten Drink zahle ich«, teilte er mit. »Für den Rest müßt ihr selber sorgen!« Sie beobachtete ihn, als er sich zur Bar vordrängte. Mit seinem gepflegten grauen Bart und dem kugeligen Bauch hätte er im Kindergarten einen wunderbaren Weihnachtsmann abgegeben. Um ihn herum standen dürre Models mit Unmengen Gloss auf den Schmollmündern und Typen mit aufgeknöpften Hemden, so daß man im Licht der Deckenhalogenlampen ihre haarlose Brust glänzen sah. Er war sicherlich doppelt so alt wie sie, dachte sie noch, als sie sich plötzlich selbst im Spiegel erblickte und erschrak: Gott, wer war das denn? Die Heilsarmee? Mit dem Jackett sah sie ja aus wie eine Staatssekretärin auf einer Raveparty. Sie zog es schnell aus und hängte es über den Arm. Das weiße Top, das sie darunter trug, war eng und ärmellos. Stand ihr wirklich gut. Wenn sie während des Abends nicht zu ausladend gestikulierte, würde niemand merken, daß sie sich seit ein paar Wochen die Achseln nicht rasiert hatte.

Rickard kam zurück und schloß neben ihr auf. Sein Blick fiel ein bißchen zu lange auf ihre nackten Arme.

»Und das, wo ich eigentlich früh heimgehen wollte«, schrie er ihr ins Ohr. An der Bar war die Musik extrem laut. »Die Fahrt morgen wird lang.« Annika nickte und schrie zurück.

»Und ich muß um acht Uhr beim Kindergartenabschlußfest sein!« Sie lachte. Und wie egal ihr das plötzlich war. Zum ersten Mal seit langem war es ihr völlig egal, wann sie nach Hause kam. Plötzlich hatte sie Lust, zu tanzen, Drinks zu bestellen und sich vollaufen zu lassen. Alles, was Mütter einfach nicht tun. »Kommen Sie!« sagte sie zu Rickard und zog ihn in den Raum, wo eine kleine Tanzfläche war. Sie hatte Mühe, ihr Getränk nicht zu verschütten, das ihr Tord in die Hand gedrückt hatte, bevor er zu eigenen Abenteuern verschwand.

Es war eng, heiß und roch nach Schweiß. Sie nahm Rickard sein Glas ab und stellte es mit ihrem zusammen auf ein Fensterbrett an der Tanzfläche. Dann fing sie an zu tanzen. Es war ein ungewohntes Gefühl, die erste zu sein. Sie kannte weder das Lied noch die Leute um sie herum. Sie sah Rickard an. Er zögerte ein wenig und bewegte sich nur langsam zur Musik, fast schüchtern. Dann wurde er von einem Mädchen in schenkelhohen Stiefeln und ausgefranstem Oberteil angerempelt, das deutlich temperamentvoller tanzte. Annika mußte grinsen. »Nun kommen Sie schon, das geht in die Beine!« Sie nahm seine Hände, und mit der Zeit entspannten sie sich und bewegten sich im Rhythmus der Musik. Je länger sie tanzten, desto mehr Platz brauchten sie auf der Tanzfläche. Sie ließen ihre Blicke nicht voneinander. Annika lachte. Sie fühlte sich gerade richtig glücklich. Wie lange war das her, daß sie zuletzt getanzt hatte! Warum tat sie das eigentlich nie? Ach was, egal! Jetzt war sie ja hier. Sie hatte keine Ahnung, wie lange sie schon tanzten, als Rickard sich zu ihr durchkämpfte und ihre Hand nahm.

»Kommen Sie, ich muß etwas trinken«, sagte er und zog sie hinter sich her Richtung Fensterbrett. Sie tranken hastig und in großen Schlucken. Annika konnte kaum stillstehen. Der Schweiß lief, aber ihr Körper wollte noch immer tanzen. Sie trank aus und sah Rickard bittend an. Seine blonden Haare hatten sich in der feuchten Wärme gelockt.

»Mehr tanzen?« Sie klang wie Mikael: Mehr spielen? Bitte, nur noch ein kleines bißchen? Rickard legte den Arm um ihre Taille und schob sie zurück auf die Tanzfläche. Der Körper fand schnell in den Rhythmus zurück. Dieses Mal tanzten sie enger. Als die fetzige Musik plötzlich in eine langsame, eindringliche Melodie überging, die sie aus dem Radio kannte, standen sie plötzlich ganz nah beieinander. Rickards Arm um ihre Taille. Ihrer um seinen Hals. Er war nicht so groß wie Tom. Sie roch Zitronenduft. Schloß die Augen. Er tanzte gut. Sie spürte nicht einmal mehr, daß sie tanzten. Vielleicht standen sie ganz still, und alle anderen um sie herum tanzten? Sein Körper schob sich dicht an ihren heran.

Da fühlte sie es. Zum ersten Mal seit sie mit Tom zusammen war, fühlte sie es. Das Verlangen nach einem anderen Mann.

Es war in Paris, kurz nachdem sie sich kennengelernt hatten. Sie hatten die zwei Betten im Hotelzimmer zusammengerückt, aber der Spalt dazwischen war so unbequem, daß sie schließlich doch in einem der beiden schmalen Betten landeten. Sie lagen nackt nebeneinander. Annikas Beine schlangen sich um Toms, sein Arm unter ihrem Nacken. Ein Frühstückstablett stand auf dem Boden, das Frühstück nur halb aufgegessen. Der Pariser Himmel draußen war grau, aber das war nicht der Grund, warum sie den Vormittag auf dem Zimmer verbringen wollten. Die Reise war eigentlich überflüssig, sie wollten nichts als den ganzen Tag zusammensein. Außerdem waren sie ja beide schon in Paris gewesen.

»Und, mit wie vielen Frauen warst du schon im Bett?« Ihr Tonfall war provokativ, die Frage kindisch. Sie stellte sie im Spaß. Hauptsächlich im Spaß. Aber Ehrlichkeit würde ein Teil des Spiels sein, ein Teil des Kleisters, der sie zusammenhalten würde.

»Willst du das wirklich wissen?«

»Ja.«

»Und was ist, wenn ich mit mehreren hundert Frauen geschlafen habe. Wäre das für dich ein Problem?«

Annika überlegte einen Moment. »Schon.«

»Oder wenn es mit dir das erste Mal gewesen wäre?«

»Dann mußt du wirklich ein Naturtalent sein.« Annika richtete sich auf und stützte sich auf den Ellenbogen. Sie küßte ihn. »Na? Und?«

»Weniger als fünfzig.«

»Fünfzig!?«

»*Weniger* als fünfzig.«

»Immerhin, fünfzig ...« Annika wußte nicht recht, was sie sagen sollte. Das war nicht die Antwort, die sie erwartet hatte.

Aber was hatte sie erwartet? Fünfzehn, zwanzig vielleicht. Wie sie selbst, oder ein paar mehr. Gerade richtig, um einen gründlichen Erfahrungsschatz anzusammeln. Gerade richtig, um sich nicht den Vorwurf anhören zu müssen, man habe durch die Gegend gebumst.

»Das sind im Schnitt nicht mal drei pro Jahr.« Tom schien amüsiert.

»Aber mit Sofia warst du doch drei Jahre zusammen, hattest du da auch einen Schnitt von dreien im Jahr?«

»Nein, mit ›im Schnitt‹ meine ich ›durchschnittlich, aufs ganze gesehen‹. Nach Sofia war ich ja nur noch auf der Piste. Mußte irgendwie wieder Fuß fassen. Aber es sind sicher keine fünfzig, wenn dich das beruhigt. Vierzig vielleicht.«

»Na ja, immerhin.« Annika legte sich wieder hin.

»Und du?«

Annika zögerte ein wenig mit der Antwort. Sie war nicht eifersüchtig, das war sie nie gewesen, aber diese »Fünfzig« brachte sie einen Moment ins Schwimmen. Wieso fühlte sie sich so unterlegen? Eigentlich spielte das, was zurücklag, ja keine Rolle. Aber was sagte das über Tom aus? Das Komische war, daß diese Zahl in ihr eher ein Gefühl von Stolz hervorrief. Er war ein attraktiver Mann, das hatte natürlich nicht nur sie bemerkt. Aber jetzt hatte sie ihn. »Zwölf«, antwortete sie langsam. Tom machte nicht den Eindruck, als würde ihn die Angabe besonders verwundern. Er nickte nur still. Sie lagen eine Weile ruhig da. Dann hakte sie noch mal nach:»Kannst du dich noch an ihre Namen erinnern?« Tom lachte.

»Meine Güte! Das ist ja mit vielen schon über fünfzehn Jahre her!« Jetzt machte Tom Anstalten, sich aufzusetzen. »Das macht dir doch nichts aus, Annika?« fragte er sanft und strich ihr über das Haar. Es war still im Zimmer. In der Ferne hörte man das Knattern eines Mopeds. Er küßte und streichelte sie, aber der Gedanke an die vierzig namenlosen Frauen, die nackt unter diesem Mann ins Stöhnen geraten waren, ließ sie nicht los. Dann liebten sie sich noch einmal und schliefen für eine Weile ein. Als sie aufwachten, war es fast vier Uhr. Sie hatten Hunger. Jetzt mußten sie an die frische Luft und etwas in den Magen bekommen.

Annika war gerade dabei, sich anzuziehen, als Tom aus der Dusche kam. Er hatte sich das Handtuch um die Hüfte gebunden. Sein dunkles Haar war naß, und kleine Tröpfchen fielen auf seine Brustbehaarung. Er reckte sich nach seinen Kleidern, die über dem Stuhl hingen. »Bist du schon mal fremdgegangen?« fragte er mit einem Mal. Annika sah auf.

»Nein«, sagte sie ganz erstaunt. »Noch nie.«

»Mama riecht nach Schwimmbad.« Mikael rümpfte die Nase.

»Das sagt man aber nicht, oder?« Tom schaute belustigt.

»Darf ich mal schnuppern?« Andrea ging zu Annika und zeigte aufmunternd auf ihre Nase. »Hier!«

»Ich rieche nicht nach Schwimmbad!« Annika versuchte, den Kopf wegzudrehen, aber Andrea triumphierte.

»Ja, stimmt! Mama riecht nach Schwimmbad! Mama riecht nach Schwimmbad!« Mikael sprang vom Stuhl herunter und begann, mit Andrea in der Küche zu tanzen. Annika versuchte, sich zusammenzureißen. Der Kopf dröhnte, ihre Zunge fühlte sich an, als wäre sie die Schlange von gestern, die noch dort auf der Lauer lag. Sie war noch immer nicht richtig nüchtern, obwohl sie Unmengen Wasser getrunken hatte, bevor sie um kurz vor vier ins Bett gefallen war. Drei Stunden hatte sie geschlafen. In einer Dreiviertelstunde war die Weihnachtsfeier im Kindergarten. Zum Glück hatten die Kinder beschlossen, sich nicht zu streiten. Andrea hatte zwar schon zum dritten Mal ihren Pullover gewechselt, aber das war ja nicht der Rede wert. Sie gingen zu viert, Andrea wollte auch mitkommen, sie hatte schon Ferien. Jetzt hätten sie noch schön im Bett liegen können, dachte Annika, als sie auf die Straße hinauskamen. Noch immer war es dunkel, und es fiel ein stiller Regen auf die nassen Gehwege – schöne Weihnachtsstimmung. Es würde ein mittleres Wunder brauchen, jetzt noch weiße Weihnachten herbeizuzaubern.

Im Kindergarten war es eng. Kinder und Geschwister, Eltern und Großeltern versuchten, in dem kleinen Saal einen Platz zu bekommen. Auf einem Tisch standen eine Pumpthermosflasche mit Kaffee und ein Korb mit Pfefferkuchen, an der Decke prangten Girlanden. Es war gemütlich, trotz der Unruhe. Annika sprach mit einigen Eltern. Sie versuchte, nicht in ihre Richtung zu atmen. Sie sah sich die Bilder und Basteleien der Kinder an, die an den Wänden hingen.

Eine Weile später war es Zeit für den Heimweg. Annika hatte versprochen, sich tagsüber um die Kinder zu kümmern, damit Tom die ausstehenden Weihnachtsgeschenke kaufen konnte. Er sagte es nicht deutlich, aber ihr war klar, daß ihm das Geschenk für sie noch fehlte. Sie selbst war mit dem Geschenk für Tom recht zufrieden. Er sollte Springsteens Gesamtausgabe auf CD bekommen. Er hatte sie zwar auf Schallplatte, und das war der einzige Grund, warum sie noch immer den alten häßlichen Plattenspieler herumstehen hatten. Das war ein ungeheuer großzügiges Geschenk, fand sie. Vielleicht nicht direkt, was den Wert betraf, aber wenn man das Opfer bedachte, das sie brachte. Sie konnte Springsteen nicht ausstehen. Levis' Rock für musikalische Angsthasen, nannte sie seine Musik. Tom war einmal wahnsinnig wütend geworden und hatte gesagt, daß ihr jegliche musikalische Allgemeinbildung fehle, denn wenn man Springsteen nicht schätzte, dann würde man im Grunde Musik als solche ablehnen. Später hatte er sich dafür entschuldigt. Sie sich auch.

Als sie aus dem Kindergarten kamen, war es heller geworden, der Himmel war aber noch immer grau. Regengrau, nicht schneegrau. Bevor Tom sich von Annika und den Kindern verabschiedete, um zur U-Bahn zu gehen, beugte er sich zu ihr hin und gab ihr einen Kuß. »Du riechst nach Schwimmbad«, flüsterte er ihr mit einem Lächeln ins Ohr und winkte zum Abschied.

Annika blieb mit den Kindern zurück, die um sie herumhüpften.

»Mama, was machen wir jetzt?« fragte Andrea.

»Wir können auf den Spielplatz gehen«, versuchte Mikael. Annika schauerte, sie konnte sich gerade nichts Schlimmeres vorstellen, als auf einem leeren, nassen Spielplatz zu frieren.

»Wir gehen lieber nach Hause«, schlug sie vor. Die Kinder machten ein unzufriedenes Gesicht. »Wir könnten Pfefferkuchen backen!« Was für eine prima Idee, warum war sie nicht früher darauf gekommen? Auf dem Heimweg gingen sie an einem Laden vorbei und kauften fertigen Pfefferkuchenteig und Puderzucker.

Zwei Stunden später war die Küche mit Zuckerguß, der viel zu flüssig geworden war, völlig zugekleistert. Kleine Stückchen Pfefferkuchenteig lagen auf dem Boden verteilt, das heißt die, die nicht in den Strümpfen der Kinder hängengeblieben waren. Ein Blech angebrannte Kekse lag im Mülleimer, der Rest auf dem Küchentisch. Mikael hatte den größten Teil seines Teigklumpens aufgegessen. Andrea hatte geschmollt, weil sie die Herzform nicht gefunden hatten. Annika hatte ihr ein Herz als Schablone aufgemalt und Andrea ein Messer gegeben, damit sie den Teig rundherum ausschneiden konnte. Das hatte von den Zähnen des Messers ordentliche Ritzer in der Tischplatte gegeben, was sie jetzt erst sah, als sie versuchte, die Unordnung zu beseitigen. Ihre Kopfschmerzen waren wieder da, und sie wollte nur noch schlafen. Mein Gott, daß man immer wieder die gleichen Fehler macht, dachte sie, als sie versuchte, einen Fleck grüne Zuckerfarbe vom Boden zu entfernen. Es ist einfach nicht wie in den Hochglanz-Weihnachtsbroschüren: Kinder, die in frischgebügelten Hemden und mit Schleifen im Haar dasitzen und strahlend abwarten, bis die Mama im seidenen Morgenrock und Papa in Weihnachtspantoffeln endlich aufhören, sich unter dem Mistelzweig zu küssen. Kinder machen alles dreckig, Kinder haben Langeweile, und Kinder haben überhaupt kein Interesse daran, daß Mama und Papa sich küssen. *Oder besser: Mama und überhaupt irgendwer.*

Annika nahm noch eine Kopfschmerztablette und holte stöhnend den Staubsauger heraus. Morgen war Heiliger Abend.

Um fünf nach drei klingelte es an der Tür. Typisch: Ganz Schweden saß auf dem Sofa und schaute traditionell Donald Duck, nur nicht Viveka Holmlund. Sie tat erstaunt, als Annika sie darauf hinwies.

»Seht ihr das immer noch an?« fragte sie kopfschüttelnd und folgte Annika in die Küche. Die Kinder winkten kurz vom Sofa aus, weigerten sich aber, den Platz am Fernseher zu verlassen. Tommy wünschte ihr Frohe Weihnachten, blieb aber auch sitzen. »Ich will nur schnell was abgeben. Für die Kinder«, sagte sie und legte eine Tüte voller Pakete auf dem Küchentisch ab. »Und fröhliche Weihnachten wünschen.«

»Aber du kannst doch wohl einen Moment bleiben. Magst du ein Glas Glühwein?« Annika hielt ihren eigenen Becher hoch und sah vorwurfsvoll auf Vivekas Jacke. »Wohin gehst du denn?« Sie hatten Viveka wie jedes Jahr an Weihnachten zu sich eingeladen. Nicht, weil sie sie nun unbedingt dabeihaben wollten, aber weil sie das Gefühl hatten, man dürfe niemanden außen vor lassen. Sie hatte abgesagt. Wie immer. Sie fuhr üblicherweise ins Ausland, mit einer ihrer Freundinnen, aber dieses Jahr hatte sie mit ihren Plänen hinter dem Berg gehalten.

»Ich will nach Hause zu einem . . . Freund«, sagte sie und lächelte ein wenig verlegen.

»Ach so. Und zu wem? Majken?«

»Nein. Ein . . . äh, es ist ein Mann.«

»Was!?« Das waren ja Neuigkeiten. Es war sicher nicht das erste Mal, daß Viveka sich mit jemandem verabredete, aber Weihachten zusammen feiern . . . »Du willst Weihnachten mit einem Mann feiern?«

»Ja. Nein. Ich meine: Wir werden etwas essen und ein Gläschen Wein trinken. Das mit Weihnachten, das ist doch nur...« Sie brachte den Satz nicht zu Ende. »Was ist daran denn so sonderbar? Glaubst du, ich brauche das nicht mehr? Glaubst du, ich habe aufgehört, ein sexuelles Wesen zu sein, nur weil Göran abgehauen ist?«

»Nein, warum sollte ich das glauben?« Annika versuchte, ihre Mutter zu bremsen. Es war das alte Lied, und sie war es so leid. Annika war sicher, daß es niemand besonders mochte, etwas über das Sexleben seiner Eltern zu erfahren, Viveka aber fand ihre Tochter gehemmt und prüde. Was ist daran so merkwürdig, daß ich onaniere und mit Männern schlafe? hatte Viveka einmal gefragt. Vermutlich gar nichts, wollte Annika antworten, außer daß du das mit deiner Tochter diskutieren mußt. Sie hatte einfach keine Lust mehr auf das Thema. Und schon gar nicht am Heiligen Abend und mit den Kindern in der Nähe. »Schön. Wie heißt er denn?«

»Stellan.« Viveka wurde rot. Es mußte etwas Ernstes sein.

»Wo habt ihr euch kennengelernt? Seid ihr... schon lange zusammen?«

»Wir gehen in den gleichen Kurs über intuitive Massage. Er ist Astrologe.« Viveka zögerte. »Er ist etwas jünger.«

»Aha.«

»Vierunddreißig.«

»Was?« Annika verschluckte sich beinahe an ihrem Glühwein. »Du triffst dich mit einem Mann, der jünger ist als ich!« In der Stille, die plötzlich da war, hörte man den Fernseher im Wohnzimmer. *Was ist wohl ein Ball in einem Schloß?*

»Stell dir vor!« zischte Viveka schlußendlich. »Ich wußte, daß du so reagieren würdest, deshalb habe ich ja nichts erzählt. Wäre ich ein Mann, hättest du nichts Besonderes daran gefunden.«

»Da kannst du Gift darauf nehmen, das hätte ich! Wenn du ein Mann wärst und dich mit einer zweiundzwanzig Jahre jüngeren Frau verabreden würdest. Weißt du, wie ich das genannt hätte?«

»Interessiert mich nicht.« Viveka ging hinaus in den Flur und

begann, sich die Stiefel anzuziehen. Annika folgte ihr. Sie wußte nicht, warum, aber sie ekelte sich. Ihr Kopf versuchte, diese
unangenehmen Gedanken abzuwehren. Es war ja Vivekas Leben. Und ein Vierunddreißigjähriger war schließlich ein er-
wachsener Mann. Doch es war vergeblich. Viveka verabschiedete sich von den Kindern, ehe sie die Tür hinter sich schloß.

»Ja, dann: Fröhliche Weihnachten«, sagte sie verkniffen, bevor sie die Tür zuknallte. Annika blieb noch eine Weile im Flur
stehen.

»Und frohe Weihnachten für dich«, murmelte sie, während
sie langsam ins Wohnzimmer zurückging.

»Wollte sie nicht dableiben?« Tom nahm eine Mandarine
vom Teller auf dem Couchtisch und fing an, sie zu schälen.

»Nein«. Als Tom Annikas frostige Stimme hörte, wurde er
hellhörig.

»Was ist?«

»Erzähle ich dir später.«

»Was denn?« fragte Andrea neugierig.

»Nichts weiter. Oma war hier und hat Päckchen gebracht.«

»Dürfen wir sie schon aufmachen?«

»Heute abend.« Annika drehte sich zu Tom um. »Ich gehe
in die Küche und kümmere mich um das Essen.«

»Willst du nicht Donald Duck sehen?«

Annika schüttelte den Kopf und rümpfte die Nase. »Ich
weiß schon, wie es ausgeht.« Sie stand auf und nahm die Tüte
mit den Kartoffeln aus dem Kühlschrank. Das kalte Wasser
aus dem Wasserhahn kühlte ihre Hände einen Moment. Sie
schälte ganz langsam, sorgfältig. Warum hatte sie sich so aufgeregt? Was war daran so schrecklich? Ihre Versuche, eine
Antwort zu finden, riefen Bilder hervor, die sie schon fast
vergessen hatte. Viveka, bevor sie Viveka wurde, als sie noch
Mama war. Mit starren, blondgefärbten Locken rund um das
süße, junge Gesicht. Annika mußte sich zwingen weiterzu-
schälen. Viveka war gerade dreißig, als Göran sie verließ. Zu
der Zeit hatte sie sich schon mehr als zehn Jahre um Annika,

ihr Zuhause und um sich selbst gekümmert. Sie war die hübscheste von allen Müttern in der Straße, trug rosa Lippenstift und Minirock. Die anderen Väter schauten ihr hinterher, wenn sie über die Straße ging, auf dem Weg zur Spielstube mit Annika oder zum Supermarkt, um Minutensteaks und Kräuterbutter einzukaufen. Trotzdem kam Göran immer später von der Arbeit nach Hause. Immer öfter saßen Mama und Annika allein am Abendbrottisch. Immer häufiger hörte sie ihre Mutter allein vor dem Fernseher weinen.

Majken und Stig waren die ersten in der netten kleinen Einfamilienhaussiedlung, die sich scheiden ließen. Es war auch Majken, die sich um Mama kümmerte, als Göran sie sitzenließ. Sie führte sie in den Kreis der »Mädels« ein. Die brachten sie dazu, den rosa Lippenstift und den Minirock abzulegen, »sich weiterzuentwickeln«, wie Mama, nun Viveka, es für gewöhnlich nannte. Sich eine Ausbildung und eine Arbeit zu beschaffen. Das waren harte Jahre gewesen, nicht zuletzt für Annika. Ihre süße, Schneckennudeln backende Mama, um die sie alle ihre Klassenkameraden so beneidet hatten, färbte sich plötzlich mit einer übelriechenden grünen Masse die Haare rot und hängte Annika einen Schlüssel um den Hals. Annika hörte das Echo von Majken und den anderen Freundinnen, als Mama mitteilte, daß nichts mehr wie vorher sein würde und daß sie nun an sich selber denken müsse. Daß sie sich weiterentwickeln müsse. Womit war Viveka wohl gerade beschäftigt? Mit einem vierunddreißigjährigen Astrologen bei einem Glas Rotwein, der ihr vermutlich bis in die Nacht eine ordentliche Dosis intuitiver Massage verpassen würde.

Immerhin ist sie ehrlich gewesen, dachte Annika und stellte den Topf mit den Kartoffeln auf den Herd. Nichts war wie vorher.

So langsam wurde es elf Uhr. Der Spielfilm mit Chevy Chase war zu Ende. Tom drückte auf die Fernbedienung und stellte den Fernseher aus. Getrocknete Mandarinenschalen lagen auf dem Couchtisch, und Berge von Weihnachtspapier türmten sich auf dem Boden. Annika hatte keine Lust mehr aufzuräumen. Ihr lagen die ganzen Süßigkeiten schwer im Magen. Es war ein schöner Heiliger Abend gewesen. Sie hatten um den Baum getanzt und köstlichen Weihnachtsschinkenbraten gegessen. Sie hatte von Tom ein schönes Armband zu Weihnachten bekommen, ihr Vater hatte von Rio aus angerufen, und die Kinder hatten gestrahlt wie in einem dieser Hochglanz-Weihnachtsprospekte. Annika versuchte, sich vom Sofa zu erheben, doch Tom zog sie zurück.

»Morgen müssen wir dann meine CDs probehören, oder?« murmelte er ihr ins Ohr. »Alle auf einmal.« Annika kicherte, als sie versuchte, aus Toms Armen loszukommen. Sein Griff wurde fester. Dann war das Spiel mit einem Mal vorbei. Zwei scharfe Signale vom Handy unterbrachen die Stille in der Wohnung. »Meins ist ausgeschaltet, das muß deins sein«, behauptete er verwundert. Annika ging in den Flur und zog das Handy aus der Jackentasche. *Kurzmitteilung empfangen.* Sie drückte auf die kleinen Tasten. *Fröhliche Weihnachten. Und danke für den schönen Abend.*

Sie war von Rickard.

Annika und Bigge hatten sich einen Tisch am Fenster ausgesucht, und durch die schmutzige Glasscheibe sahen sie, wie die Leute draußen mit vollbepackten Taschen vorbeihetzten. Weihnachten war vorüber, und trotzdem schien der Konsumrausch in vollem Gang. Bigge hatte angerufen und gefragt, ob sie nicht mit ihr zum Schlußverkauf kommen wollte. Annika beschloß, nach einem Schneeanzug für Mikael zu schauen, und Andrea brauchte neue Stiefel. Bigge und sie hatten ausgemacht, daß sie ihre Einkäufe jede einzeln erledigen und sich gegen zwei Uhr zum Kaffeetrinken treffen würden.

Bigge stellte ihre Taschen neben dem Stuhl ab. Sie hatte im Champagne ein weinrotes Samtjackett gekauft. Von 5799 Kronen auf 3499 heruntergesetzt, wirklich günstig. Außerdem zwei Tops. Gute Basics, fand sie, als sie die Teile in die Papiertüte von Max Mara zurücklegte. Die Stiefel in Hellbeige und Mokka waren zwar kaum Basics, das mußte sie zugeben, aber sie waren etwas Schönes zum Ausgehen. Und hatten ja nur 1200 gekostet.

Annika war auch zufrieden. Sie hatte einen Schneeanzug für Mikael gefunden, der nur noch die Hälfte gekostet hatte. Wahrscheinlich war er zu groß, aber er sollte ja auch noch im nächsten Winter passen. Andrea würde wohl kaum in Jubel ausbrechen, wenn sie die Stiefel sah, die sie gekauft hatte. Dunkelgrau mit einem praktischen Band zum Zuziehen. Vielleicht kam sie noch einmal damit durch, aber bald würde sie für Andrea nicht mehr einfach das kaufen können, was sie richtig fand. Sie hatte pastellfarbene Lederstiefel mit Fransen und Pelz am Rand im Laden gesehen. Was für ein Glück, daß Andrea nicht dabeigewesen war. Es wäre schwer gewesen, der Tochter klarzumachen, welche Vorteile die festen Stiefel hatten, für die Annika sich entschieden hatte.

Annika schenkte sich Tee ein. Sie hielt einen Moment inne. Bigge mußte eigentlich wissen, was jetzt kommen würde. Annika wollte ihr die Gelegenheit geben, selbst auf das Thema zu sprechen zu kommen. Bigge räusperte sich.

»Wahrscheinlich fragst du dich wegen Kjell...?« sagte sie schließlich.

»Mmh.« Annika wollte nicht allzu neugierig erscheinen. Sie nahm einen Löffel von der Zitronenschaumcreme.

»Es ist ein bißchen kompliziert.« Bigge sah sie prüfend an.

»Davon sprachst du schon. Er war wohl Kunde bei euch...«

»Mmh. Nicht nur das.« Sie zögerte kurz und holte noch einmal tief Luft. »Er ist verheiratet.« Annika erstarrte.

»Verheiratet?«

»Aber er wird sich trennen.« Bigge sah unglücklich aus. »Ja, ich weiß, das ist das typische Klischee, aber er wird sich wirklich scheiden lassen.«

»Und du bist dir sicher?«

»Er wird mit seiner Frau reden, sobald es geht. Er wartet nur noch auf die richtige Gelegenheit. Man kann so eine Bombe ja nicht gerade am Heiligen Abend zünden...« Bigge beugte sich vor und stützte die Stirn auf die Hände. Langsam schüttelte sie den Kopf. »Ich weiß doch selbst, wie das klingt. Ich komme mir vor wie ein Idiot.« Sie sah auf, mit einem fast trotzigen Blick. »Es ist aber so, daß ich ihm vertraue. Er hat mir gesagt, wie es ist, also glaube ich ihm.« Annika fehlten die Worte. Ruhig schluckte sie die Zitronencreme herunter. Sie war sehr süß, fast schon eklig.

»Seit wann seid ihr...?«

»Seit diesem Herbst. Noch nicht so lange. Zwei Monate... Und vier Tage«, fügte sie nach einer kurzen Pause hinzu. Sie saßen eine Weile schweigend da. Annika hatte den großen dunklen Volvo vor Augen.

»Hat er Kinder?«

Bigge schluckte, kaum hörbar. »Ja«, sagte sie. »Zwei. Zwölf

und vierzehn.« Annika merkte, daß Bigge ihr in die Augen schauen wollte. »Ich weiß, was du denkst. Daß ich eine furchtbare Frau bin. Daß er ein furchtbarer Mann ist. Aber so ist es nicht!« Langsam hörte sie sich verzweifelt an. Annika sah auf.

»Ich denke gar nichts. Ich ... ich ...« Sie zuckte mit den Schultern. »Was soll ich dazu sagen? Ich kann wohl nicht gerade gratulieren.«

»Nein.« Bigge sank in sich zusammen. »Ich habe hin und her überlegt. Mir den Kopf zerbrochen, wie die Sache zu einem guten Ende kommt, aber ...« Sie schwieg.

»Warum machst du dann nicht Schluß?«

»Weil ich verliebt bin. Weil wir beide verliebt sind. Es ist verrückt, ich weiß. Auf der einen Seite trete ich das Leben von mehreren Menschen kaputt, auf der anderen habe ich die Stirn, herumzulaufen und glücklich zu sein!« Bigge sammelte sich für einen Moment. »Ich wünschte wirklich, Kjell wäre nicht verheiratet. Und hätte keine Kinder. Aber ich kann mir nicht wünschen, daß wir uns nie begegnet wären. Das kann ich einfach nicht.«

»Ja, ja.« Annika versuchte zu lächeln. Bigge lächelte nicht zurück.

»Alles, was ich tun kann, ist, ihm zu vertrauen«, sagte sie statt dessen.

»Einem Mann, der seine Frau betrügt?« Annika sah, daß ihr Kommentar Bigge verletzt hatte. »Entschuldige«, schob sie hinterher. »Ich will nicht gemein sein. Aber ich bin in einem Zuhause aufgewachsen, das von einem untreuen Ehemann zerrissen worden ist ...« Sie wurde still. Trank einen Schluck Tee.

»Sind sie nicht verheiratet, dein Vater und ...?« fragte Bigge plötzlich.

»Ingalill. Doch, schon.«

»Wie lange sind sie das schon?«

»Keine Ahnung ... Es müssen auf jeden Fall schon über zwanzig Jahre sein.«

»Länger, als er mit deiner Mutter verheiratet war.«

»Ja . . .«

»Sind sie glücklich?«

»Ja . . . Ich weiß nicht, ich habe sie schon lange nicht mehr gesehen.«

»Aber was denkst du denn?«

»Ja, doch . . . wahrscheinlich schon.« Annika gefiel die Wendung nicht, die ihr Gespräch jetzt nahm. Warum sollte sie jetzt die Beweise dafür liefern, daß Bigge sich den richtigen Mann ausgesucht hatte?

»Was ich sagen will, ist, daß vielleicht nicht jede Scheidung ein schlechtes Ende nimmt.«

»Das ist möglich«, antwortete Annika kurz angebunden. »Kannst du sagen, welche?«

Ihr Gespräch begann frostig zu werden, und sie beendeten ihr Treffen rasch. Die Umarmung beim Abschied war steif. Von beiden Seiten. Sie versprachen, bald wieder von sich hören zu lassen, und trennten sich.

Annika drängelte sich mit ihren Taschen in die U-Bahn. Als sie auf dem Bahnsteig wartete, mußte sie unwillkürlich an Bigge und Kjell denken. Und an die namenlose Frau, die zu Hause mit den zwei Kindern wartete, während ihr Mann mit seiner Geliebten ein Wochenende in einem Landhaus verbrachte. Es drehte ihr den Magen um. Lieber versuchte sie, sich auf die Werbung in der U-Bahn zu konzentrieren. Das ging ohne weiteres.

Tom und die Kinder kamen fast gleichzeitig mit Annika nach Hause. Sie waren im Schwimmbad gewesen. Natürlich rappelvoll, weil Weihnachtsferien waren, aber Mikael war von der Wasserrutsche völlig begeistert, und Andrea, die im Sommer schwimmen gelernt hatte, hatte sich getraut, vom Sprungbrett zu springen. Annika hörte ihren begeisterten Berichten zu und beobachtete Tom, wie er das Abendbrot auspackte. Sah den Adventslichterbogen im Fenster, sah, wie Tom die Fleischwurst in Scheiben schnitt und sie in die Bratpfanne legte. Sah die Topfpflanzen, die Wasser brauchten. Brotkrümel unter dem Küchentisch. Ein Heim. Eine Familie. So selbstverständlich, daß sie noch nie auf den Gedanken gekommen war, daß diese Familie zerbrechen könnte. Daß Tom eines Tages nach Hause kommen und erzählen könnte, er hätte eine Frau kennengelernt.

Annika stand plötzlich auf und ging auf Tom zu, der vor dem Herd stand, legte die Arme um ihn und zog seinen überraschten Blick auf sich.

»Ich liebe dich«, sagte sie laut. Sie sahen sich an.

»Ich liebe dich auch, Papa!« Andrea warf sich von hinten an ihren Vater, und prompt stand auch Mikael vom Boden auf und umklammerte Toms Bein.

»Und ich auch! Ich liebe Papa auch!« Tom mußte lachen.

»Und Mama«, sagte Andrea und begab sich auf Annikas Seite.

»Und Mama«, wiederholte Mikael. Annika schossen Tränen in die Augen. Tom sah sie an. Es knisterte aus der Bratpfanne.

»Und ich liebe dich«, sagte er.

Am Silvesterabend waren sie bei Milla und Fredrik eingeladen. Ein Familienfest, hatten sie beschlossen. Wenigstens zu Beginn, später sollten die Kinder ins Bett gehen. Am Silvesterabend einen Babysitter zu finden, war völlig ausgeschlossen. Sie müßten wohl mit dem Taxi heimfahren, dachte Annika, während sie Andreas Strumpfhose im Wäschekorb suchte. Es würde schön sein, rauszukommen. Außer dem Besuch bei den Großeltern waren sie die ganzen Weihnachtsferien über zu Hause gewesen. Die Kinder waren überdreht, sie und Tom fuhren sich immer häufiger an, und die Wohnung schien viel enger als sonst. Annika wartete sehnsüchtig auf das Ende der Ferien. Und schämte sich dafür. Man sollte die Zeit mit seinen Kindern schließlich genießen. Und nicht auf sie wütend werden und sich wünschen, daß Schule und Kindergarten bald wieder öffneten, damit man seine Ruhe hatte. Eigentlich war es absurd, daß sie nur bei der Arbeit Zeit für sich selbst fand. Nur dort war es möglich, die Tür hinter sich zu schließen und ganz allein zu sein. Es war ein Luxus, das war ihr nach einer Woche zu Hause bei der Familie klar.

»Bist du fertig?« Tom steckte den Kopf zur Badezimmertür herein. »Wir müssen bald mal los, wenn wir es schaffen wollen.«

»Nein, ich habe noch gar nicht geduscht.« Annika sah vom Wäschekorb auf. »Aber du kannst gern die Kinder anziehen, dann kann ich mich in der Zeit fertigmachen«, sagte sie gereizt. Sie warf die lilaglitzernde Strumpfhose wie einen kleinen Ball durch die Luft. Tom fing sie.

»Klar«, sagte er säuerlich und ging hinaus.

Annika duschte schnell und wusch sich die Haare. Tom hatte recht, sie waren spät dran. Sie trocknete sich ab und holte den Fön heraus. Beugte den Kopf vornüber, um ein bißchen Volumen in die dünnen Haare zu bekommen. Noch immer war sie nicht zum Friseur gekommen. Nur noch die Mascara, ein paar Striche mit dem Rougepinsel und Gloss auf die Lippen. Es sah nicht so gut aus, wie sie es sich vorgestellt hatte. Die Bluse, die sie schon am Morgen gebügelt hatte, hing auf einem Bügel über der Badewanne. Sie zog sie an und besah sich im Spiegel. Falsche Farbe. Die hellgrüne Seide ließ ihr Gesicht noch blasser erscheinen. Also was anderes. Aber was? Sie ging ins Schlafzimmer, öffnete den Kleiderschrank, als ob sie nicht wüßte, was darin war, und ging die Bügel durch. Wie immer entschied sie sich für den schwarzen Pullover. Und eine schwarze Hose. Wow, richtig festlich ... Vielleicht mit einem knallroten Lippenstift? Sie ging wieder ins Badezimmer und nahm die golden glänzende Hülse aus ihrer Kulturtasche. Schon besser. Nicht gut, aber besser. Vielleicht noch Ohrringe? Annika ging zurück ins Schlafzimmer und fing an, in ihrem Schmuckkästchen zu wühlen. Tom tauchte auf.

»Wir *müssen* jetzt los«, sagte er. »Die Kinder sind fertig. Wir warten nur noch auf dich.« Annika seufzte und schlug den Deckel der kleinen Schachtel wieder zu. Also keine Ohrringe. Das Armband mußte genügen. Das neue, von Tom. Tom half ihr beim Zuknöpfen. »Du bist sehr hübsch«, sagte er liebevoll.

»Danke.« Sie glaubte ihm nicht. Und spielte es denn eine Rolle? Sie gingen ja nur zu Milla und Fredrik nach Hause. Es war ja nur Silvester.

»Anton und Filip! Kommt und sagt hallo!« Millas Stimme hallte durch das ganze Haus. Tommy und Annika hatten sich und die Kinder aus den Wintermänteln geschält und standen in der Küche. Sie hatten ein Taxi genommen, um noch rechtzeitig zum Essen dazusein. Völlig umsonst, wie sich herausstellte, denn das Essen war alles andere als fertig. Als Milla die Tür aufgemacht hatte, trug sie noch ihren Jogginganzug und einen Handtuch-Turban auf dem Kopf. Fredrik war im Keller, um ein Thermostat zu reparieren, das sich auf tropische Wärme eingestellt hatte, erklärte Milla. »Seid ihr so lieb und paßt mal auf den Ofen auf, dann kann ich mich anziehen«, sagte sie entschuldigend und war verschwunden. Als sie die Treppe hinaufging, wandte sie sich auf halber Höhe um. »Und nehmt euch schon etwas zu trinken!« rief sie. »Im Eisfach sind Gin und Wodka, Limonade ist im Kühlschrank. Dann verschwand sie im Obergeschoß. In diesem Moment kam Fredrik aus dem Keller. Er hatte es immerhin schon geschafft, sich umzuziehen, und trug ein frisch gebügeltes Hemd.

»Herzlich willkommen! Wie schön, euch zu sehen!« Er umarmte Annika und streckte Tom die Hand entgegen. »Euch auch. Wie groß ihr geworden seid!« Er strich Mikael über die Haare. »Sehr hübsche Strumpfhose!« Er nickte Andrea zu, die rot wurde und einen Schritt hinter Annika trat. »Habt ihr schon etwas zu trinken bekommen?«

»Nein, aber Milla hat uns gesagt, wo die Getränke stehen.«

»Wir hatten hier sozusagen ein bißchen Streß.« Fredrik holte Flaschen und Gläser. »Anton hatte heute nachmittag ein Hockeyspiel.« Er schüttelte den Kopf. »Kapiert ihr das? Wer denkt sich so was aus? Ein Turnier an Silvester... Wodka oder Gin?« Auf der Treppe war Trampeln zu hören, und kurz darauf standen die Jungs in die Küche. Anton, der ältere, hielt einen Gameboy in der Hand. Filip versuchte, ihm das Spielzeug wegzunehmen, aber Anton hielt die Arme hoch über den Kopf.

»Du bekommst ihn *danach*«, sagte er zu seinem kleinen Bruder. Filip war ein gutes Jahr älter als Andrea, aber er wirkte jünger. Wenn Andrea ruhig, gesprächig und vernünftig war, war Filip umtriebig, bockig und anstrengend. Junge und Mädchen, dachte sich Annika. Daß das so ein Unterschied war. Mikael liebte die beiden Jungs. Ihr Zimmer war das reinste Abenteuerland mit blinkenden und trötenden Spielsachen, Schwertern und Autos. Andrea war eher zurückhaltend. Zumindest am Anfang.

»Jungs, wollt ihr Andrea und Mikael mal eure Zimmer zeigen?« schlug Fredrik vor.

»Okay«, sagte Anton und übernahm die Führung.

Als Milla zurückkam, immerhin schon im Kleid, die nassen Haare noch immer umwickelt, hatten sie ihre Getränke bekommen und es sich im Wohnzimmer bequem gemacht. Auf dem Boden lagen Spielsachen, und die Sofakissen waren ganz offensichtlich zu einer Art Rutsche umfunktioniert worden.

»Wir haben es auch nicht mehr geschafft aufzuräumen, wie man sieht.« Milla fing an, die Sofakissen zu sortieren. »Diese Schulferien sind ein Alptraum«, sagte sie und setzte sich schließlich zu Annika aufs Sofa. »Eigentlich müßte man doch unendlich viel Zeit haben, statt dessen ist alles nur noch hektischer als üblich!«

Annika lachte müde. »Danke, ich glaube, ich weiß, wovon du redest.«

»Sobald man nicht mehr im Alltagstrott drinsteckt, geht alles drunter und drüber.« Milla seufzte.

Annika pflichtete ihr eilig bei. Das war das Schöne an Milla. Sie war grundehrlich. Zu anderen Eltern konnte man nicht sagen: »Mein Gott, wie ich diese Kinder satt habe!« Zumindest nicht ohne den Zusatz: »Aber ich liebe sie.« Bei Milla war das überflüssig.

Eine Stunde nachdem die Gäste angekommen waren, saßen sie am Tisch.

Das Essen war unruhig mit allen Kindern, aber trotzdem sehr schön. Annika konnte sich dennoch nicht entspannen. Der Ärger, den sie in den vergangenen Tagen gehabt hatte, ließ sie nicht los. Sie regte sich über Dinge auf, die Tom sagte, und konnte es nicht lassen, auf ihm herumzuhacken. Meistens ließ er es geschehen, aber manchmal warf er ihr einen verletzten Blick zu, dann tat es ihr sofort wieder leid. Aber sie konnte nicht aufhören. Sie machte Witze darüber, daß er zugenommen hatte, daß er sich nie etwas Neues zum Anziehen kaufte, daß er nicht Karriere machte, daß er nicht so viel putzte wie sie (was im übrigen eine glatte Lüge war). Manche spitzen Bemerkungen geschahen aus Versehen, andere dagegen mit voller Absicht.

Nach dem Abendessen, als die Kinder vor dem Fernseher geparkt waren, nahm Milla sie zur Seite.

»Wie läuft's?«

»Ich weiß nicht.« Annika seufzte, Milla anzulügen machte keinen Sinn. Sie kannten sich schon zu lange. »Ich bin einfach so sauer auf Tom.«

»Das merke ich.«

»Ist das so offensichtlich?«

»Allerdings. Wäre ich Tom, dann wäre ich dir wohl schon bei der Vorspeise ins Gesicht gesprungen. Was ist denn passiert?«

»Nichts.« Annika machte eine Pause. »Vielleicht ist es gerade das. Nichts passiert. Wir leben unser Leben. Wir arbeiten, kümmern uns um die Kinder, sitzen vor dem Fernseher... Weißt du, was ich meine?« Annika zuckte mit den Schultern, dann schluckte sie. »Manchmal schaue ich Tom an und fühle ... *gar nichts.*« Milla war einen Moment still.

»Wenn du ihn so provozierst«, sagte sie dann, »willst du vielleicht *irgend etwas* herbeireden?«

»Ich weiß nicht, warum ich das tue. Ich habe nur das Gefühl, daß mein Leben immer kleiner wird ...«

»Und unsichtbar«, fiel ihr Milla ins Wort. Annika nickte. »Hast du mit Tom darüber gesprochen?«

»Nein. Ich kann es ja nicht einmal selbst beschreiben. Wie soll ich es ihm dann erklären: Du, Tom, wenn ich dich ansehe, fühle ich *nichts* ... Das wäre keine gute Idee, oder? Außerdem geht es doch um mich.«

»Ja, aber es scheint ja wohl auch um ihn zu gehen?«

»Ja ... Weißt du, Bigge hat mir vor einiger Zeit erzählt, daß sie Tom und mich für ein tolles Paar hält. Aber mir ist, als hätte ich es vergessen.«

»Das klingt, als bräuchtet ihr ein bißchen Zeit füreinander.«

»Wir haben ja gerade gemeinsame Zeit gehabt. Eine ganze Woche lang!«

»Mit der Familie, ja. Ich meine aber nur euch zwei. Ein gemeinsames Wochenende, irgendwo hinfahren vielleicht.«

»Machst du Witze? Wo wir schon kaum für einen Nachmittag einen Babysitter bekommen. Wer würde die Kinder ein ganzes Wochenende nehmen?«

»Wir.«

Annika lächelte über das Angebot. »Das ist sehr lieb von dir, aber das können wir euch doch wirklich nicht zumuten.«

»Aber sicher. Im Ernst: Ein Wochenende schaffen wir schon.«

»Vielen Dank, Milla, ich behalte es im Kopf.« Annika lächelte. Sie würde Milla nie um so einen Freundschaftsdienst bitten.

Am Rest des Abends strengte Annika sich an, so gut es ging. Sie fühlte die Sticheleien auf der Zunge brennen, konnte aber meistens ihren Mund noch halten. Sie hatten versprochen, die Kinder, die auf dem Sofa eingeschlafen waren, gegen zwölf zu wecken. Andrea setzte sich irritiert auf, als Annika sie über den Rücken streichelte, aber Mikael weigerte sich aufzuwachen. Statt dessen legte Tom ihm eine Decke über, und dann gingen sie in den kalten Garten hinaus. Es lag noch immer kein Schnee, aber der Frost brachte die restlichen Blätter an den Bäumen zum Glitzern, denn durch die offene Tür fiel das Wohnzimmerlicht. Tom trug Andrea. Annika stand neben ihnen. Fredrik war zusammen mit Anton und Filip auf den Rasen gegangen, um ein paar Raketen zum Abschuß vorzubereiten. Man konnte schon den Lärm des Feuerwerks von den Gärten rundum hören. Die eine oder andere Rakete war am Himmel zu sehen. Still warteten sie den zwölften Schlag ab. Milla schaute auf ihre Uhr. Dann fing sie an zu zählen: Zehn, neun, acht ... Die anderen stimmten mit ein. Als sie »Null!«

riefen, fuhr Antons Rakete mit einem Zischen in die Luft. Es folgte ein Knall, und dann flogen grüne und rosa Lichtteilchen über den Himmel und begannen ganz langsam und funkelnd hinunter zur Erde zu segeln. Andrea schaute fasziniert auf das Feuerwerk um sie herum. Fredrik und die Jungs schossen noch einige Raketen ab, bevor Milla sie alle wieder hineinscheuchte. Annika und Tom standen noch einen Augenblick auf der Treppe.

»Frohes neues Jahr.« Annika drehte sich zu Tom um, der noch immer Andrea auf dem Arm hatte.

»Dir auch ein frohes neues Jahr«, antwortete er und versuchte, sie mit dem freien Arm zu umarmen. Das ging nicht besonders gut. Andrea war im Weg. Dann gingen sie hinein. Andrea war von der kühlen Luft wieder wach geworden. Sie protestierte, als Annika vorschlug, ein Taxi zu rufen. Annika bestand darauf, in ein paar Stunden würde es völlig unmöglich sein, einen Wagen zu bekommen. Tom schien auch etwas verwundert über ihre Entschlossenheit, sagte aber nichts. Als das Taxi kam, trug Tom den schlafenden Mikael vorsichtig ins Auto. Andrea kam hinterher. Milla machte einen besorgten Eindruck, als Annika sie zum Abschied drückte.

»Ruf mich mal an. Bald«, sagte sie.

»Ja. Und ich hoffe, ich habe euch den Silvesterabend jetzt nicht kaputtgemacht.«

»Nein, natürlich nicht. Ich mache mir nur etwas Sorgen um dich. Um euch.«

»Es ist wirklich nicht so schlimm. Es geht halt auf und ab.« Annika wirkte nicht sehr überzeugt. Sie ging zu dem wartenden Auto und setzte sich auf den Vordersitz. Dann winkte sie durch die Scheibe, und das Taxi fuhr davon.

Als sie die Kinder ins Bett gebracht hatten und Annika gerade unter die Decke zu Tom geschlüpft war, drehte er sich zu ihr um. Er sah traurig aus.

»Können wir nicht versuchen, aus dem neuen Jahr ein gutes

zu machen?« sagte er vorsichtig. Sie sah ihn erstaunt an. »Ich weiß, daß du mich sterbenslangweilig findest«, fuhr er fort. »Daß ich keinen Ehrgeiz habe, daß ich keinen Sport treibe, daß ich dich nicht genügend umwerbe... aber ich bin dein Mann.« Er schwieg. Annika schämte sich, sie fand nicht, daß Tom sterbenslangweilig war. Sie fand, daß *sie* sterbenslangweilig war. Wie sollte sie ihm das nur erklären? Bevor sie die richtigen Worte gefunden hatte, sprach Tom weiter, leise, wie für sich selbst. »Und das möchte ich gerne bleiben.«

Endlich war damals der Herbst gekommen, als Andrea ihren fünften Geburtstag gefeiert hatte und Mikael nun in den Kindergarten gehen sollte. Sie hatten abgemacht, daß sie versuchen würden, alles aufzuteilen. Annika würde wieder auf Vollzeit gehen, und Tom, der den letzten Teil der Elternzeit genommen hatte, freute sich darauf, wieder ins Büro zu kommen. Keiner von ihnen würde Teilzeit arbeiten. Aber sie waren sich einig, daß die Kinder nicht darunter leiden sollten. Höchstens acht Stunden im Kindergarten, eher weniger.

Mikaels erster Tag wurde anstrengend. Irgendwie hatten sie fest damit gerechnet, daß es beim zweiten Kind problemloser gehen würde. Aber er leistete wilden Widerstand. Weinte im ersten Monat jeden Tag. Lag im Flur und trat um sich, weigerte sich, sich anziehen zu lassen. Jeder Morgen war ein Kampf. Es tat in der Seele weh, diesen kleinen Jungen zu sehen, der mit allen Mitteln versuchte, seinen Willen durchzusetzen. Annika war jedes Mal völlig durchgeschwitzt, wenn sie den schreienden Sohn im Kindergarten abgeliefert hatte. Manchmal fing sie noch in der U-Bahn an zu weinen. Tom ging es ähnlich.

Auch für Andrea war die Lage natürlich heikel. Von ihr wurde nun noch mehr erwartet, daß sie die liebe große Schwester war. Sich zurückhielt, artig war. Aber diesen Schuh zog sie sich nicht widerstandslos an. Sie begann, auf ihre Art zu maulen. Machte alles im Schneckentempo. Konnte Tom und Annika zum Wahnsinn treiben, indem sie ihr Frühstück auf eine Stunde ausdehnte oder, wenn es am allerstressigsten war, anfing, sich umzuziehen oder ein Buch anzuschauen.

Annika kam selten pünktlich ins Büro und war in ihrem imaginären Gleitzeitkonto ständig im Minus. Sie hatte dauernd ein schlechtes Gewissen, weil sie zu spät kam und zu früh ging. Eine Weile lang versuchte sie, auch am Wochenende ins Büro zu fahren, um die Arbeit aufzuholen. Aber sie ließ es wieder sein, weil es sowieso niemanden gab, der dieses Engagement sah und honorierte. Statt dessen nahm sie sich Arbeit mit nach Hause und erledigte am Abend, was nötig war.

Auch Tom saß abends und nachts noch oft an seinen Artikeln. Er fuhr morgens schon immer vor sieben los, um so viel wie möglich zu schaffen, bis er die Kinder abholen mußte. Doch die Zeit war immer zu kurz.

Annika war langsam am Verzweifeln. Sie sah, wie andere mit Job und Kindern zurechtkamen, offenbar beschwerten sie sich nicht. Sie konnte nicht verstehen, was sie und Tom falsch machten. »Es geht doch allen so«, tröstete Milla sie, »wir sind nur nicht so gut darin, die Sache zu vertuschen.«

Nach einer Weile wurde es mit Mikael etwas besser. Tom und Annika atmeten auf. Wenn es nur im Kindergarten klappte, würde alles andere auch funktionieren, so war es doch bei allen.

Ein paar ruhige Wochen verstrichen. Dann bekam Andrea Grippe. Hohes Fieber, Schmerzen, Halsweh. Eine Woche lang verweigerte sie jedes Essen. War nur noch ein Strich in der Landschaft. Bestenfalls bekamen sie ein bißchen Suppe in sie hinein. Tom und Annika blieben abwechselnd bei ihr zu Hause. Es dauerte zwei Wochen, bis sie wieder in den Kindergarten gehen konnte. Drei Tage später bekam auch Mikael die Grippe. Und dazu eine Mittelohrentzündung. Dann wurde wieder Andrea krank. Erkältung. Zusammengerechnet war Mikael fast drei Wochen zu Hause. Andrea noch ein paar Tage mehr. Es wurde Dezember, bis die Kinder wieder so gesund waren, daß sie in den Kindergarten gehen und Tom und Annika an ihre Arbeitsstellen zurückkehren konnten.

Dann wurde Tom krank. Annika mußte die Fahrten zum Kindergarten allein organisieren, außerdem einkaufen, Essen kochen und die Kinder ins Bett bringen. Als es Tom wieder gutging, waren es noch knapp zwei Wochen bis Weihnachten.

Nicht ein Geschenk war eingekauft, nicht ein Lichterbogen stand im Fenster, es waren weder Weihnachtskekse gebacken noch selbstgemachte Fleischklößchen im Tiefkühlfach. In der Wohnung war es schmutzig wie noch nie. Der Staub lag in dicken Wollmäusen unter den Betten, die Schranktüren waren voller klebriger Kinderfingerabdrücke.

Annika starrte in den Himmel wie ein Seemann kurz vor dem Ertrinken. Versuchte, an die bevorstehenden Ferien zu denken. An die Tage, die die Lebensqualität wiederherstellen würden, die im Herbst verlorengegangen war.

Durch diese Weihnachtstage heulte sie sich hindurch. Erkannte sich selbst nicht wieder. Die Kinder wurden unruhig, maulig. Sogar Tom sah besorgt aus.

So nach und nach wurde es besser. In der Routine des Alltags fanden sie wieder zu ihrem Rhythmus zurück. Aber nach diesem Herbst war es, als hätten sie und Tom sich nie wieder richtig erholt. Sicher gab es auch bessere Zeiten, sogar einige wirklich gute, aber sie wurden immer kürzer. Immer mehr zu etwas Besonderem. Die Zeit reichte hinten und vorn nicht. Und wenn sie zu sehr seltenen Gelegenheiten doch Zeit füreinander hatten, dann fehlte ihnen die Kraft. Das Leben wurde zu einem einzigen Überlebenskampf. Sie stritten nicht. Aber die Liebe verkam zu einer praktischen Einrichtung für das Fortbestehen der Familie. Es gab keine Pausen, keinen Sauerstoff. Kein Spiel und keine Lust. Der Alltag hatte das Kommando übernommen. Und zwar richtig.

Annika sank in ihren Stuhl. Schaukelte prüfend ein wenig vor und zurück, drehte sich eine Viertelrunde. Dann beugte sie sich vor und schaltete den Computer an. Die Ferien waren vorüber, ein neues Jahr hatte begonnen, aber bei der Arbeit war alles wie gehabt. Die Kollegen holten sich ihren Kaffee, wünschten sich ein gutes neues Jahr, bevor jeder wieder in seinem Büro verschwand. Annikas Blick fiel auf den schlappen kleinen Christstern auf ihrem Schreibtisch. Sie opferte die Hälfte ihres Mineralwassers, aber die Erde war so trocken, daß das meiste über den Schreibtisch floß, der zum Glück leer war. Annika hatte vor dem Urlaub die Aktenstapel weggeräumt, so daß das kleine Rinnsal sich nun seinen Weg unter die Schreibtischunterlage suchte. Annika ging hinaus, um Servietten zu holen. Im Flur kam sie am Vertriebsbüro vorbei. Sie warf einen zaghaften Blick hinein. Jens saß an seinem Platz und las die ›ComputerWelt‹. »Gutes neues Jahr«, rief sie ihm zu und winkte. Er winkte zurück. Die anderen Büros waren leer.

Als sie den Schreibtisch abgewischt hatte, nahm sie wieder Platz. Auf dem Bildschirm blinkten Briefsymbole. Sie öffnete den Posteingang. Drei neue Mails. Eine vom dreiundzwanzigsten, Absender Tord, der allen ein schönes Weihnachtsfest wünschte. Eine von der Personalabteilung, abgeschickt heute morgen. Sie wollten alle Überstunden vor dem zehnten aufgelistet haben, ansonsten würden sie das Geld nicht mit dem Januargehalt auszahlen können. Und dann eine dritte Mail vom Tag zuvor. Von Rickard Löfling. Als Annika den Absender las, hielt sie inne. Es war aus dem Büro gesendet. Er mußte gestern hiergewesen sein. An einem Sonntag. Vielleicht mußte er noch etwas holen für die Reise. Wollte er nicht diese Woche nach Oslo? Wahrscheinlich wollte er sie nur darüber informie-

118

ren, schließlich war sie ja seine Vorgesetzte. Formal betrachtet. Sie zögerte. Sie mußte nur die Mail öffnen und lesen, was da stand. Dann wüßte sie Bescheid. Sie klickte auf das rote Ausrufungszeichen in der Zeile des Absenders.

Annika,
wollte nur mitteilen, daß ich nach Oslo gefahren bin. Bin am Donnerstag zurück. Habe wieder Verhandlungen mit Nortrade und Termine mit zwei neuen Kunden. Mehr davon am Freitag.
Mach's gut!
Rickard

Annika starrte auf den Bildschirm. Versuchte, nach unten zu scrollen, aber ein klarer Piepton teilte eindeutig mit, daß die Mail nicht länger war. Sie kam sich blöd vor. Was hatte sie erwartet? Sie sollte erleichtert sein. Es war völlig klar, daß Rikkard cooler war als sie. Und wenn schon, ein kleiner Flirt auf einem Betriebsfest. Mußte man darüber auch nur ein Wort verlieren?

Annika klickte die Mail weg. Lange Zeit saß sie da und schaute aus dem Fenster, bevor es sie schüttelte. Als wollte sie die Bilder, die sich in ihrem Kopf drehten, loswerden. Die Gefühle beiseite schieben, die sie während der ganzen Weihnachtszeit zu ignorieren versucht hatte. Mit einem Doppelklick startete sie Excel, und kurz darauf tauchte ein kompliziertes Zahlenmuster auf dem Bildschirm auf. Das würde sie schon auf andere Gedanken bringen.

Als der Tag vorüber war, war sie beruhigt, fast froh. Es war ihr, als sei sie im ungewissen über eine schwere Krankheit gewesen und als hätte sie nun den Bescheid erhalten, daß es nichts Ernstes sei. Der Tumor war gutartig. Sie würde wieder gesund werden.

Auf dem Heimweg hielt sie an einem Blumengeschäft, um zehn rote Rosen zu kaufen, überlegte es sich jedoch anders, als der Verkäufer den unverschämten Preis von vierzig Kronen pro Rose nannte. Tom würde sich über drei sicherlich genauso freuen, dachte sie, als sie die eingewickelten Blumen entgegennahm.

»Sind die für mich?« Tom wickelte das Papier ab, und die Rosen kamen zum Vorschein. »Warum?«

»Weil ... weil ...« Annika wußte nicht, was sie sagen sollte. Sie hatte nicht das Gefühl, daß es eine gute Gelegenheit wäre, ihm die Sache mit dem gutartigen Tumor zu erzählen. »Weil ich sie dir schenken wollte«, stotterte sie. »Weil du mein Mann bist.« Die Worte bewegten sie, fast als hätte sie sie nicht selbst gesagt. Ihr Magen zog sich zusammen, und Tränen schossen ihr in die Augen.

»Danke! Sie sind wunderschön. Was für eine Überraschung!« Er holte eine Vase, die weiße. Die, die ihnen Konrad und Lollo zur Hochzeit geschenkt hatten, Freunde, die sie seitdem nicht mehr gesehen hatten. »Ach, übrigens, Milla hat angerufen. Wir haben Mikaels Handschuhe bei ihnen vergessen. Sie hat gefragt, ob sie sie morgen abend vorbeibringen soll. Sie wäre sowieso in der Stadt.«

»Wunderbar.« Das Gefühl im Magen verzog sich. Annika dachte statt dessen an Mikaels Handschuhe. Sie hatte sie am Morgen gesucht.

»Erinnerst du dich, ich muß morgen nach Norrköping. Auf die Konferenz zum Thema Arbeitsleben ...«, fügte er hinzu, als er sah, daß Annika stutzte.

»Ach, natürlich, klar! Hatte ich ganz vergessen. Wirst du über Nacht weg sein?«

»Mhm.« Tom stellte die Vase mit den Rosen auf den gedeckten Küchentisch. Es sah ein bißchen komisch aus. Als ob plötzlich ein Pfau zwischen den Spatzen im Park herumstolzieren würde. »Andrea! Mikael! Kommt ihr bitte, das Essen ist fertig!« rief er und stellte die Schüssel mit der gebratenen Blutwurst auf den Tisch. Annika setzte sich und sah mit Ekel in die Schüssel. Sie hatte Blutwurst noch nie gemocht, weder im Speisesaal ihrer Schule noch hier zu Hause. Aber Tom liebte sie und bestand darauf, dieses »herrlich traditionelle Essen«, wie er sagte, zuzubereiten. Die Kinder hatte er auf seiner Seite – und Annika war schließlich erwachsen. Man mußte sich nur daran gewöhnen. Nach mehrmaligen Aufforderungen kamen die Kinder in die Küche und setzten sich an den Tisch. Sie redeten alle durcheinander. Mikael kleckerte prompt Preiselbeermarmelade auf seinen neuen Weihnachtspullover, und Andrea beschimpfte ihn. Tom wies sie zurecht und schenkte Milch ein. Der Geruch der Blutwurst hing dick in der Luft. Annika wurde langsam schlecht. Sie sah auf die Rosen, auf die hübschen dunkelroten Blätter. Wunderschön aufgeblüht. Als sie mit dem Essen an der Reihe war, lehnte sie dankend ab.

»Ich mache mir ein Brot«, sagte sie. Andrea regte sich sofort auf.

»Man *muß* aber essen, was auf den Tisch kommt! Wir müssen das auch!«

»Mir ist nicht so gut«, entschuldigte sich Annika. Das entsprach auch der Wahrheit. Und es würde ihr nicht bessergehen, wenn sie jetzt diese Wurst essen müßte. Tom sah sie fragend an. Sie schaute nicht zurück, sondern unentwegt auf die Rosen. Sie waren so schön. Sie richtete ihren Blick auf den Mann an der anderen Seite des Tisches, bot an, Mikaels Teller zu nehmen und seine Wurstscheiben in kleine Stücke zu schneiden. Die dunklen Haare, das Gesicht, das sie so gut kannte. Sie wartete darauf, daß sich das Gefühl in der Magenkuhle wieder einstellen würde. Wartete noch ein wenig, aber nichts geschah. *Nichts.*

Endlich schliefen die Kinder. Es hatte länger gedauert als üblich, Tom war ja unterwegs. Sie war es nicht gewohnt, alles allein zu machen. Es kam selten vor, daß sie abends allein zu Hause war. Die neue Krankenhausserie hatte gerade angefangen. Eine Tasse mit frischgebrühtem Tee stand auf dem Couchtisch. Eine Weile hatte sie überlegt, ob sie überhaupt fernsehen oder sich lieber hinsetzen und lesen sollte, aber die Bequemlichkeit hatte gesiegt. Sie genoß die Zeit. Als es an der Tür klingelte, fuhr sie zusammen. Wer konnte das sein? Jetzt noch? Sie schlich zum Spion an der Tür. Sie mußte ja nicht unbedingt aufmachen.

Milla stand vor der Tür. Annika öffnete. Doktor Greens aufgebrachte Stimme war aus dem Wohnzimmer zu hören. Anscheinend sollte gerade intubiert werden.

»Milla! Ich hatte ganz vergessen, daß du kommst. Komm rein!«

»Ich will auch nicht lange stören.«

»Du störst nicht.« Ganz richtig war das nicht. Annika hätte nichts dagegen gehabt, einen Abend allein zu verbringen. Milla kam herein und gab ihr Mikaels Handschuhe.

»Danke. Leg ab. Magst du einen Tee?«

»Gern.«

Annika ging in die Küche und schenkte Milla ein. Sie setzten sich auf das Sofa im Wohnzimmer. Einen Moment zögerte sie, doch dann stellte sie den Fernseher aus. Es wurde ganz still.

»Wo ist Tom?«

»In Norrköping, auf einer Konferenz. Er kommt morgen.«

»Und dann komme ich und störe deinen ruhigen Abend ...«

»Hör auf! Du störst gar nicht«, wiederholte Annika. Sie

tranken Tee, plauderten ein bißchen über die Kinder und über die Arbeit. Dann nahm Milla einen Anlauf. Es war eindeutig, daß sie diese Gelegenheit abgewartet hatte.

»Du, ich habe über das, was du über Tom und dich gesagt hast, nachgedacht ...«

»Aha.«

»Daß du nichts fühlst ... Es ist aber nicht so, daß du etwas für ... einen anderen fühlst?«

»Einen anderen?«

»Ja.« Milla war es offensichtlich peinlich. »Ich weiß nicht, wie ich darauf komme. Es ist nur so ein Gefühl. Daß du vielleicht versucht hast, diesen luftleeren Raum mit ... einem anderen zu füllen.« Annika wußte nicht, was sie darauf sagen sollte. Sie hatte niemandem von Rickard erzählt. Und, ganz im Ernst, was gab es schon zu erzählen?

»Nein, natürlich habe ich keinen anderen.« Annika lachte dazu noch ein bißchen, um zu demonstrieren, wie absurd dieser Gedanke war. Milla nickte erleichtert.

»Das ist gut. Ja, entschuldige, daß ich das gesagt habe. Ich dachte nur, daß so etwas leicht passiert in dieser Situation. Ich hoffe, du nimmst mir das nicht übel?«

»Nein.« Annika wurde still. »Da war tatsächlich eine kleine Sache ...«

Milla schaute sie fragend an.

»Äh, auf unserer Weihnachtsfeier ...« Annika lachte wieder. »Es war wirklich nichts.« Milla sah sie an. Sie war kein Stück erstaunt. Das machte Annika sauer. »Nicht, was du denkst! Ein kleiner Flirt auf einem Betriebsfest, was hat das schon zu bedeuten?« Annikas Lachen wirkte angestrengt. Milla gab keine Antwort, so daß die Frage im Raum stehenblieb. Um die Stille zu unterbrechen, sprach Annika weiter. »Einer der Außendienstmitarbeiter, der neue. Ich habe vielleicht von ihm erzählt? Rickard.« Milla nickte. »Nur ein kleiner Gutenachtkuß, wirklich nichts Ernstes! Es hatte keine Bedeutung. Ich habe heute eine Mail von ihm bekommen, die ist total harmlos. Er hat es nicht einmal erwähnt, so unschuldig war das.«

»War es unschuldig, weil er es nicht erwähnt hat – oder erwähnte er es nicht, weil es unschuldig war?«

»Macht das einen Unterschied?«

»Ja, findest du nicht?«

Annika zuckte mit den Schultern, sie schätzte Millas Ernsthaftigkeit gerade gar nicht und versuchte, die Sache ins Lächerliche zu ziehen. »Ja, wie auch immer, ich habe auf jeden Fall nicht vor, deswegen die Scheidung einzureichen...« Es klang nicht so witzig, wie sie es gedacht hatte. Sie setzte noch einmal an. »Es war einfach schön, sich wieder beachtet zu fühlen. Wir haben getanzt und hatten Spaß, das war so lange her. Ich weigere mich, dafür ein schlechtes Gewissen zu haben!«

»Das ist klar, du sollst kein schlechtes Gewissen dafür haben, daß du Spaß hast. Sicher kann so eine Sache harmlos sein, und wenn du meinst, das war so...«

»Es *war* so.« Annika versuchte, das Thema zu Ende zu bringen, sie wollte in Ruhe diese blöde Arztserie sehen und Tee trinken, aber Milla blieb hartnäckig.

»Und wie wäre es für dich, wenn Tom auf dieser Konferenz heute abend genau das gleiche täte? Ist das ein gutes Gefühl?« Annika dachte nach. Dachte an das Gutenachtküßchen, das überhaupt kein Küßchen war. Dachte an Hände, die über die Konturen der Kleider fuhren. Ihre. Seine. Worte, die er geflüstert, Dinge, die sie gesagt hatte. Der Gedanke an Tom in dieser Situation überraschte sie. Sie wurde nicht erbost, nicht sauer. Vielmehr überkam sie bei diesem Gedanken eine große Erleichterung. Sie würden damit quitt sein. Und das fühlte sich gut an.

»Ja, das wäre in Ordnung«, sagte sie ehrlich. Milla drang nicht weiter in sie ein. Sie sprachen noch eine Weile über alles mögliche, dann verabschiedete Milla sich. Annika zappte noch ein wenig durch die Programme, bevor sie seufzend aufgab und ins Bett ging.

Lange Zeit lag sie wach. Das Bett fühlte sich leer an ohne Tom. Sie dachte an ein Hotel in Norrköping, eine Band, eine Bar, und plötzlich war es kein so gutes Gefühl mehr. Überhaupt nicht.

Er würde nicht vor halb fünf nach Stockholm zurückfliegen, schrieb Rickard in seiner Mail, aber es gab einige interessante Unterlagen, die er ihr zeigen wollte. Am liebsten so bald wie möglich, sonst bestand die Gefahr, daß sie den Auftrag verlieren würden. Ob sie schon am Abend Zeit hätte?

Sie hatten sich knapp zwei Wochen nicht gesehen. Seit diesem Abend nicht mehr. Annika schluckte. Es war warm im Büro. Dann wählte sie Toms Nummer. Er schrieb gerade an einem Text und klang ziemlich zerstreut.

»Ob du heute später kommen kannst?« Er stöhnte leise. »Was ist denn so dringend?«

»Keine Ahnung«, antwortete Annika ärgerlich. »Rickard hat mich um ein Gespräch gebeten. Also, was ist jetzt?«

»Ja, geht schon irgendwie.«

»Du mußt gar nicht sauer sein. Wer von uns war denn gerade verreist?«

»Okay, du hast recht. Ich nur bin ein bißchen im Streß, muß diesen Bericht von der Konferenz fertigkriegen.«

»Es gibt von gestern noch Beefsteak. Du brauchst nur Kartoffeln zu kochen.«

»Gut. Dann bis heute abend, ich muß hier jetzt weitermachen.«

»Okay.« Annika legte auf und drückte auf die Antwortfunktion am Computer. Sie würde im Büro warten, bis er zurück sei, schrieb sie. Gut eine Minute später kam eine weitere Mail von Rickard.

Können wir uns in der Stadt treffen? Es geht schneller, wenn ich nicht durch den Berufsverkehr muß, um erst ins Büro zu kommen. In der Bar am Sergels Platz gegen 18.30 Uhr?

Annika antwortete sofort. Natürlich war das in Ordnung. Dann wäre sie auch schneller zu Hause. Sie überlegte kurz, ob sie es zwischendurch noch nach Hause schaffen würde, aber der Gedanke, dann mitten in die Hektik des Abendbrots zu platzen, stimmte sie um. Lieber blieb sie noch im Büro und schaffte ein bißchen was weg. Arbeit war ohnehin mehr als genug da.

Kurz vor sechs verließ sie das leere Büro und fuhr mit der U-Bahn zum Hauptbahnhof. Am Sergels Platz fuhr sie mit der Rolltreppe nach oben und landete in der wenig einladenden Malmskillnadsgata. Als sich die Glastüren des Hotels vor ihr öffneten, mußte sie sich zusammennehmen, um ruhig zu bleiben. Schon als Rickards erste Anfrage kam, hatte sie ein flaues Gefühl im Bauch. Es wurde stärker, je näher sie zur Bar kam. Sie sah sich um. Er schien noch nicht dazusein. In einem der Ledersessel nahm sie Platz. Holte diskret die Puderdose aus der Handtasche. Einmal kurz über die Nase. Es war eigentlich kaum nötig, denn sie hatte sich im Büro schon zurechtgemacht, bevor sie ging. Auch die Lippen mußten nicht nachgezogen werden, alles okay, was sie in dem kleinen Spiegel sah.

Annika schickte den Kellner wieder fort und begann statt dessen, in einer Abendzeitung zu blättern, die jemand auf dem Tisch liegengelassen hatte. Als sie aufsah, kam Rickard auf sie zu. Er lächelte. Seine Haare waren wie immer nach hinten gekämmt, nur eine kleine blonde Strähne war ihm ins Gesicht gefallen. Über dem dunkelgrauen Anzug trug er einen Mantel. Sie fragte sich, wie sein Hemd am Ende eines Tages so frisch gebügelt aussehen konnte. Er kam auf sie zu. Sie erhob sich und streckte ihm die Hand entgegen. Er ignorierte sie und nahm sie statt dessen in den Arm.

»Hallo, tut mir leid, daß du auf diese Art Überstunden machen mußt«, sagte er, während er den Mantel ablegte und sich in den Sessel neben ihr setzte. »Ich wollte eigentlich einen Flug früher nehmen, aber die Verhandlungen haben sich in die

Länge gezogen.« Er winkte dem Ober zu, der nun wieder an den Tisch kam. »Zwei Bier. Oder?« Er sah Annika fragend an.

»Ja, Bier ist gut«, antwortete sie. Das flaue Gefühl im Magen ging nicht weg. Ihr war vorher nie aufgefallen, *wie* gut er aussah. »Wie war es denn in den Bergen«, fragte sie so beiläufig wie sie konnte. Er mußte lachen.

»O Gott, frag nicht! Schlimmer als befürchtet, kann man wohl sagen. Ich glaube nicht, daß wir mit dieser Reise irgendeine Beziehung gerettet haben.« Waren es noch mehr Verhältnisse, die im argen lagen? Annika wagte nicht zu fragen. Das sollte auch eigentlich nicht Gegenstand des Gesprächs sein.

Rickard öffnete seine Aktentasche und legte einen Stapel Unterlagen auf den Glastisch, der vor ihnen stand. Ihre Biere wurden serviert, sie stießen an und tranken einen Schluck. Rickard erzählte von Oslo, seinem Besuch bei Nortrade und den überaus erfolgreichen Verhandlungen mit den neuen Kunden. Er war enthusiastisch und konnte mitreißend erzählen. Er strahlte Selbstsicherheit aus, dachte Annika. Selbstsicherheit, die sexy wirkte.

Sie gingen die Unterlagen durch. Es sah gut es. Enorm gut. Annika war sehr zufrieden. Er würde sie morgen früh noch vor neun Uhr zurückfaxen müssen, deshalb war die Sache ja auch so eilig, erklärte er.

Das Bier war leer, Rickard bestellte nach. Ein Mann in weißem Smoking kam herein und setzte sich an den Flügel, der in der einen Ecke der ruhigen Bar stand. Er begann zu spielen. Bridge over troubled water, Whiter shade of pale, I just called to say I love you. Erst als viertes Lied kam Strangers in the night. Sie mußten lachen, wie durchschaubar sein Programm war, und Rickard schlug vor, die folgenden Lieder zu raten. Um die Wette. Sie fingen an, ein Punktesystem zu entwerfen, und schrieben kichernd ihre Listen mit Titeln: wenig Punkte für Beatles und Sinatra, ein paar mehr für Dionne Warwick, Elton John und Stevie Wonder. Höchste Punktzahl bekam der,

der die schwedischen Titel traf, und Rickard gratulierte feierlich, als Annika die volle Punktzahl bei Saaarah, kom uuut i kväll bekam ...

»Ist nicht gerade ein Ramones-Abend«, stellte Rickard fest, als sie ihr drittes Bier bekamen. Annika spürte langsam den Alkohol. Sie hatte mittags nur einen Salat gegessen und nichts zu Abend. Rickard hatte gegen ihre Proteste eine Schale Chilinüsse durchgesetzt. Ihre geschäftlichen Angelegenheiten hatten sie längst erledigt. Sie müßte nach Hause gehen, dachte Annika. Aber als Rickard anfing, von seinen Jahren als Punker zu erzählen, konnte sie nicht gehen, er war zu witzig.

»Ja, ich war wohl so ein halbherziger«, konstatierte er trocken. »Kein richtiger Hardcore-Punk. Ein bißchen Iggy Pop, Clash, The Jam, Paul Paljett ...« Er grinste. »Und du?« Annika strahlte.

»Disco! Ich habe Disco geliebt. Heute noch. Und Soul. Aretha Franklin, James Brown, Motown ... meine Mutter hatte alle Platten. Wir haben zu Hause viel getanzt.« Annika lächelte. Das war, bevor aus ihrer Mutter Viveka wurde. Als sie noch Minirock und rosa Lippenstift trug.

»Hör mal!« Rickard unterbrach sie und hielt einen Finger in die Luft. »Ist das nicht ...?« Sie lauschten eine Weile der seichten Hintergrundmusik des Pianisten, bevor sie sicher sagen konnten, was es war.

»Nikita«, platzte Annika heraus. Rickard nahm triumphierend seine Liste, die auf eine Serviette geschrieben war, und zeigte sie Annika.

»Siehst du, was da steht? Nikita. Wie viele Punkte bekomme ich dafür? Zwei, oder?«

»Führst du jetzt?«

»Ja, natürlich. Und ich darf ein neues Lied aufschreiben. Nicht gucken!« Er schmierte etwas auf die Serviette und schob sie auf dem Tisch hin und her. Annika warf einen Blick auf die Uhr. Sie war entsetzt.

»Mein Gott, es ist ja schon nach zehn. Ich muß nach Hause!«

Sie hatte Tom gesagt, daß sie wahrscheinlich gegen acht zu Hause sein würde. Sie stand eilig auf und fing an, ihre Sachen zusammenzuräumen. In ihrem Kopf drehte sich alles, und sie trat einen kleinen Schritt zur Seite. Rickard faßte nach ihrer Hand. Sie zog sie zurück, aber Rickard ließ nicht los.

»Du, Annika«, sagte er. Sein Ton war plötzlich anders. »Ich komme mir ein bißchen dumm vor wegen . . . neulich. Sollten wir dazu nicht irgend etwas sagen?« Er zögerte.

»Ach was«, begann Annika mit einer Leichtigkeit, die ihr fast gelang. »Laß gut sein, so was passiert doch mal!« Sie lachte. Rickard hielt noch immer ihre Hand in seiner. Das flaue Gefühl in ihrem Magen war wieder da.

»Ja, so was passiert wohl«, sagte er langsam und schwieg. »Aber nicht bei mir. Ich hoffe, es ist nicht zu aufdringlich, wenn ich das jetzt sage, aber ich habe daran . . . besser gesagt an dich, sehr viel gedacht.« Annika mußte plötzlich tief Luft holen. Rickard streichelte ihre Hand, dann ließ er sie mit einem Mal los. »Ja, ich wollte nur, daß du das weißt.« Er räusperte sich und lächelte, als wolle er ihr über die Wirkung seines Geständnisses hinweghelfen. »Jetzt beeil dich, daß du nach Hause kommst. Deine Familie wartet. Bis morgen.«

Annika konnte Tom nur schwer in die Augen sehen, als sie nach Hause kam. Einen Moment lang dachte sie darüber nach, ihm davon zu erzählen, was passiert war, was Rickard gesagt hatte, aber dann entschloß sie sich, es zu lassen. Es wäre schwer, die Geschichte im Zusammenhang zu erzählen, ohne den Kuß zu erwähnen. Und das wollte sie nicht. Es bedeutete ja auch nichts. *Nichts.* Warum sollte sie Tom mit überflüssigen Details belasten? Nein, das mußte sie allein bewältigen. Rickard hatte an sie gedacht. Nicht sie an Rickard. Jedenfalls kaum.

Annika erwachte langsam und streckte sich. Es war gerade erst sechs. Vermutlich würden sie noch mindestens eine Stunde schlafen können. Mikael wachte selten vor sieben Uhr auf. Und selten später. Sie vergrub den Kopf im Kissen und versuchte, eine bequeme Position zu finden. Es war dunkel im Zimmer, Tom schlief still neben ihr.

Ganz vorsichtig fühlte sie mit ihrem Finger an der Innenseite des Schenkels nach, als wolle sie sich selbst noch einmal vergewissern, daß es wirklich geschehen war. Die Haut fühlte sich von dem angetrockneten Sperma schuppig an. Annika lächelte in sich hinein. Das neue Jahr war noch nicht einmal zwei Wochen alt, und sie hatten schon Sex gehabt. Das war gut. Vielleicht hatte Tom wirklich recht, vielleicht sollte dieses Jahr ein gutes Jahr werden?

Sie mußte noch einmal eingeschlafen sein, denn als sie das nächste Mal auf die Uhr sah, war es halb acht. Mikael stand mit Nussebär unter dem Arm in der Schlafzimmertür.

»Kann ich zu euch kommen?« Annika rückte etwas zur Seite, und Mikael kletterte ins Bett. Legte sich auf ihr Kopfkissen, ganz nah an Annika. Sie konnte seinen Atem in ihrem Gesicht spüren. Er lag ganz still, als ob er auch ganz langsam aufwachen wollte. Tom bewegte sich, schlug die Augen auf, sah auf die Uhr, gähnte.

»Ausschlafmorgen«, erinnerte er. Seit wann war halb acht an einem Sonntag noch Ausschlafmorgen, dachte Annika. Tom streckte die Hand nach ihr aus. »Guten Morgen«, sagte er und drückte ihre Hand. »Und dir auch guten Morgen, Mikael.« Mikael setzte sich im Bett auf. Er hatte das Startsignal bekommen. Der Tag hatte begonnen. Kurz darauf tauchte Andrea in ihrem rotgestreiften Schlafanzug auf. Schnell hüpfte sie ins Bett. Mikael versteckte sich unter Annikas Decke.

»Du kannst mich nicht sehen!«

»Doch!« Andrea lachte und hob die Decke hoch. Mikael zog sie wieder zurück und verschwand erneut. Das Spiel hielt eine Weile an.

»Sehen wir jetzt nicht aus wie eine Familie in der Werbung?« Annika wandte sich an Tom, der noch dalag und mit den Augen blinzelte. Er sah auf. »Ja. Eine, die mittags Tütensoße ißt und mit der Autofähre nach Deutschland in den Urlaub fährt.«
»Und sich sonntags morgens im Elternbett tummelt?«
»Genau so!«
»Ja, vielleicht.«
»Ist doch ziemlich gemütlich.«
»Ja. Und wofür werben wir?«
Annika mußte einen Moment überlegen. »Vielleicht Cornflakes? Oder Waschmittel?«
Sie blieben im Bett, bis Mikael jammerte, daß er Hunger hat. Tom bequemte sich aufzustehen und nahm die Kinder mit in die Küche. Annika blieb noch einen Moment liegen. Es ging ihr wieder gut. Nur ein Wochenende mit den Kindern, und schon hatte sie sich wieder unter Kontrolle. Tom und sie hatten Sex. Sie führten eine gute Ehe. Es gab keinen Grund zur Beunruhigung.

»Ich habe vor, am nächsten Wochenende ein kleines Fest bei mir zu Hause zu veranstalten. Den dunklen Winter beschwören...« Rickard sah sie an. »Was hältst du davon? Jens und Tobias kommen auch und ein paar andere alte Freunde.« Annika schluckte. Sie war der Meinung, daß sich ihr Verhältnis zu Rickard wenn schon nicht normalisiert, so immerhin neutralisiert hatte. Eigentlich war er den größten Teil der Woche auf Reisen gewesen, im Grunde die ganze sogar, heute war sein erster Tag im Büro, aber sie hatten einigen Mailkontakt. Strictly business.

»Mit Begleitung?« zwang sie sich zu fragen. Er zuckte mit den Schultern.

»Wenn du möchtest.« Er klang gelassen. »Ihr seid herzlich willkommen.« Falls er enttäuscht war, zeigte er es nicht.

»Ich werde mit Tom reden. Wann ist es denn, hast du gesagt?«

»Am nächsten Wochenende. Am Samstag. Etwa ab acht Uhr.«

»Okay, danke. Ich werde das klären.« Rickard nickte und verschwand aus ihrem Büro. Annika dachte nach. Wenn er sie und Tom auf ein Fest einlud, mußte die Gefahr eigentlich vorüber sein. Noch dazu zu Hause in seiner Wohnung. Seine und Marias Wohnung. Dahinter konnten sich wohl kaum andere Absichten verbergen? Sie konnten doch wohl wie gewöhnliche Arbeitskollegen miteinander umgehen? In der Freizeit, auf einem Fest. Sie mit ihrem Mann, er mit seiner Freundin. Annika rief Tom im Büro an.

»Hallo, ich bin's.«

»Hallo, du?« Tom klang überrascht.

»Ja. Du, haben wir am kommenden Samstag etwas vor?«

»Nein. Warum?«

133

»Wir sind auf ein Fest eingeladen. Bei einem Arbeitskollegen von mir. Rickard, erinnerst du dich. Der neue.« Sie hatte von ihm erzählt. Klar. So wie sie auch von allen anderen bei der Arbeit erzählte. Tom klang erfreut.

»Ein Fest, das ist aber schön!« Dann zögerte er einen Moment. »Hast du schon eine Idee, wie wir es mit den Kindern machen?« Annika seufzte. So weit hatte sie noch nicht gedacht.

»Das werden wir schon irgendwie hinbekommen. Wir sind seit ... seit unserem Hochzeitstag nicht mehr zusammen aus gewesen. Das ist über ein halbes Jahr her. Vielleicht deine Mutter?«

»Oder vielleicht deine?«

»Okay, versuchen wir unser Glück.«

Toms Antwort klang nicht sehr hoffnungsvoll.

»Drück die Daumen!«

Als Annika aufgelegt hatte, holte sie ihr Telefonbuch heraus. Nicht zu glauben, daß sie sich Vivekas Telefonnummer einfach nicht merken konnte. Sie hatten seit dem Heiligen Abend nicht mehr miteinander gesprochen. Eigentlich nichts Ungewöhnliches, aber dieses Mal spürte sie, daß es einen Grund dafür gab. Widerwillig wählte sie. Besser, es hinter sich zu bringen.

»Dachte ich's mir doch. Du rufst ja wohl nur noch an, wenn du etwas willst.« Vivekas Stimme klang scharf. »Daß du dich einfach mal so meldest, wäre ja auch ungewöhnlich. Um zu fragen, wie es mir geht, zum Beispiel.«

»Wie oft tust *du* das?« Annika kochte.

»Nächsten Samstag, hast du gesagt?«

»Ja.«

»Das tut mir leid. Stellan und ich wollen ins Konzert. In Mosebacke.« Sie sagte es demonstrativ, mit Betonung auf Stellan. »Ein estnischer Flamencogitarrist, soll ganz phantastisch sein.«

»Aha, sehr nett.«

»Ja.« Annika wollte das Gespräch beenden, als Viveka nach einer unangenehm langen Pause noch einmal das Wort ergriff.

»Aber ich könnte die Kinder vielleicht irgendwann am Sonntag nehmen...«

»Am Sonntag? Am Samstag sind wir auf das Fest eingeladen.« Annika wurde sauer. Typisch Viveka, die dachte, die ganze Welt richtet sich nach ihr.

»Ich habe ja auch nicht an euch gedacht, sondern an die Bedürfnisse der Kinder. Die wollen vielleicht ihre Om...« Sie hielt inne. »... mich mal wieder treffen«, korrigierte sie sich.

»Tja...« Damit hatte sie vermutlich recht.

»Wie wär's, wenn ihr sie mir zum Mittag bringt und gegen vier Uhr wieder abholt?«

Annika mußte sich auf die Zunge beißen, um keine böse Bemerkung zu machen. Es war klar, daß Viveka die Kinder gebracht und abgeholt haben wollte. Nur keine Mühe! Aber es war sicher das Beste, den Mund zu halten, vier Stunden kinderfrei an einem Sonntag waren trotz alledem besser als gar nichts. Vielleicht würden sie es in die Nachmittagsvorstellung im Kino schaffen? Oder wenigstens mal einen Kaffee trinken. Annika nahm Vivekas Vorschlag an und beendete das Gespräch. Hoffentlich war es Tom besser ergangen.

Das war es. Wenn auch nicht sehr viel. Kerstin würde gern babysitten, aber nicht länger als bis elf Uhr. Sten mußte nachts so oft aufstehen, und sein Gleichgewichtssinn und so weiter. Annika kannte das schon. Na ja, einen Babysitter hatten sie immerhin. Dann mußten sie das Fest eben früh verlassen, mehr war wohl nicht zu machen. Auf jeden Fall freute sie sich, mit Tom zusammen auszugehen, auch wenn es nur ein paar Stunden sein würden.

Plötzlich besserte sich ihre Laune. Vielleicht würde sie es ja schaffen, vor diesem Wochenende einen Friseurtermin zu bekommen? Sie versuchte ihr Glück und rief beim Salon in der Stadt an. Siebenhundert Kronen würde sie sich doch wohl wert sein? Sie wurde fast ausgelacht. Nein, innerhalb von einer

Woche gab es nun wirklich keinen Termin mehr. Frühestens Anfang März. Annika bedankte sich und sagte, sie würde vielleicht darauf zurückkommen. Also lief es wohl doch wieder auf einen drop-in-Haarschnitt im Salon Beauty hinaus.

Die Zeit bis zum Samstag verging wie im Flug. Im Büro gab es viel zu tun. Eine ganze Reihe Aufträge war während der vergangenen Woche hereingeflattert. Die Vertreter waren offensichtlich in Hochform. Sie sah kaum etwas von ihnen. Janet war ein paar Tage da, Jens auch, aber Rickard und Tobias waren die ganze Woche auf Reisen.

Gegen drei Uhr am Freitagnachmittag gab Annika den letzten Auftrag in den Computer ein. Sie war gut vorangekommen. Es sollte kein Problem sein, ein bißchen früher zu gehen. Sie wollte sich so gern noch etwas kaufen, das sie morgen anziehen könnte. Nicht schon wieder ein Fest in schwarzer Hose und schwarzem Pullover! Die Boutiquen am Einkaufszentrum kannte sie in- und auswendig. Da gab es absolut nichts, worauf sie Lust gehabt hätte.

In der Mittagspause hatte sie es zum Friseur geschafft. Der Pony war zu kurz geworden. Annika fand, sie sah aus wie eine lesbische Schriftstellerin, aber es war schön, die ausgefransten Spitzen endlich los zu sein. Und vielleicht sollte das mit dem Pony ja so sein? Sie wollte am Abend noch versuchen, das Haar zu tönen. Etwas dunkler. Goldbraun, vielleicht.

Annika verließ das Büro und nahm die U-Bahn Richtung Stadt. Stieg am Östermalmstorg aus und ging die Biblioteksgata hoch. Sie dachte an ein Kleid. Sie trug nie Kleider, außer natürlich im Sommer, aber morgen sollte es etwas Besonderes sein. Besonders schön. Für Tom. Sie klapperte einige Boutiquen ab. Es war überall ziemlich ausgesucht. Reste vom Schlußverkauf in riesigen Größen, Winterkleider in gedämpften Farben. Sie war enttäuscht. Sie hatte sich ein Kleid vorgestellt, etwas Weiches, weiblich, sexy...Würde es doch wieder auf eine Hose hinauslaufen? Sie ging hinaus auf die Straße. Es begann, dunkel zu werden. Der letzte Schnee auf der Straße war weggeschmolzen. Eiszapfen hingen noch an den Dächern und tropften.

Annika schlenderte die Straße entlang. Dann blieb sie stehen. In einem der beleuchteten Schaufenster sah sie es. Genau so, wie sie es sich vorgestellt hatte. Weich, weiblich, sexy. Sie ging hinein, suchte die passende Größe heraus und nahm es mit in die Umkleidekabine. Es saß perfekt. Der dünne, dunkle Stoff ließ ihre eigentlich blaumelierten Augen nahezu braun aussehen. Oder lag es am Licht in der Kabine? Egal. Annika fand sich plötzlich schön.

Sie zog das Kleid aus und ihre eigenen Sachen wieder an, die einen hoffnungslos langweiligen Eindruck machten. Sie ging durch den Laden auf die Kasse zu. Die Verkäuferin tippte den Preis ein. 2549 Kronen. Annika schnappte nach Luft. *Zweitausendfünfhundertneunundvierzig Kronen.* Sie hatte sich so sehr in das Kleid verguckt, daß sie vergessen hatte, auf das Preisschild zu schauen. Sie konnte doch kein Kleid für 2549 Kronen kaufen! Was würde Tom sagen? Nicht, daß er ihr Dinge mißgönnte, im Gegenteil, aber zweieinhalbtausend war echt viel Geld. Zwei Monate Kindergartengebühr. Die Verkäuferin sah sie an und lächelte.

»Es ist sehr hübsch«, sagte sie, als könnte sie ihre Gedanken lesen. »Die Farbe steht Ihnen hervorragend.« Mehr war nicht nötig, damit Annika ihre Kreditkarte aus dem Portemonnaie fischte. Sie mußte das Kleid haben. Wann hatte sie zuletzt etwas gekauft, das nicht von H & M war? Außerdem hatte sie ja über fünfhundert Kronen beim Friseur gespart. Sie unterschrieb auf dem Kassenzettel.

Und außerdem, warum sollte Tom etwas dagegen haben? Er war doch derjenige, für den sie es sich kaufte.

»Das kann doch nicht wahr sein...«

»Doch, leider. Er ist gestürzt.«

»Was heißt gestürzt? Annika wollte nicht glauben, was sie gerade gehört hatte. »Kann er sich dann nicht einfach ins Bett legen und sich ausruhen?«

»Mama will ihn nicht allein lassen. Er hat sich offensichtlich übergeben, sie hat Angst, daß er eine Gehirnerschütterung hat.«

»Ja aber, verdammt...« Annika konnte ihre Enttäuschung nicht verbergen.

»Ja, ich bin auch traurig darüber«, Tom wurde langsam sauer, »aber mein Vater ist hingefallen und hat sich verletzt, und das hat er doch wohl kaum mit Absicht getan.«

Annika mußte nicht antworten. Tom sah ihr an, was sie dachte.

»Entschuldige.« Sie fuchtelte mit den Armen. »Ich bin nur so unglaublich enttäuscht. Ich habe mich so wahnsinnig auf dieses Fest gefreut.«

»Aber *du* mußt ja nicht zu Hause bleiben.«

»Wie meinst du das, soll ich etwa alleine gehen?«

»Es ist doch dein Kollege.«

»Aber ich wollte doch mit *dir* ausgehen.« Sie wollte nicht alleine gehen. So war das nicht gedacht. Sie wollte mit ihrem Mann dorthin gehen. Sie und Tom. Als Paar. »Dann bleibe ich auch zu Hause.« Annika wurde immer verzweifelter.

»Jetzt mach dich doch nicht lächerlich! Es wird sicher sehr nett, und dann mußt du auch nicht schon um elf zu Hause sein...« Tom knöpfte das frisch gebügelte Hemd wieder auf, das er gerade angezogen hatte. Er hängte es auf einen Bügel und griff sich das T-Shirt, das er schon vorher angehabt hatte. Annika startete einen letzten Versuch.

»Und was hast du vor, willst du hier alleine sitzen?« Tom lachte über ihren Einwand.

»Aber was ist denn los mit dir? Es ist ja nicht so, daß wir uns nie wiedersehen werden . . . Ich werde mal schauen, was es im Fernsehen gibt. Mir ein Bier holen, ein bißchen Popcorn aus der Mikrowelle . . . Das wird schon. Natürlich gehst du auf das Fest.«

Annika ging zurück ins Bad. Die Haare waren frisch gewaschen, goldbraun getönt. Sie hatte sich die Beine rasiert und ein Gesichtspeeling gemacht, so daß ihre Haut ganz rosig aussah. Fertig zum Ausgehen. Fehlte nur etwas Makeup. Und das Kleid. Und Tom . . .

Annika zupfte sich die Augenbrauen. Das war besser, ihr Blick wurde irgendwie offener. Sie zupfte noch ein paar. Das war zu viel. Die mußte sie mit einem Augenbrauenstift wieder nachzeichnen. Und dann Lippenstift, der neue, der zum Kleid passte. Sie schaute in den Spiegel. Sie sah plötzlich ganz anders aus. Das dunkle Haar mit dem Pony, der nicht mehr ins Gesicht hing, die Farbe der Lippen. Sie hätte ihre jüngere Schwester sein können. Wenn sie eine gehabt hätte. Sie ging hinüber in die Küche zu Tom. Er sah sie an. Sie drehte sich im Kreis, kam sich ein bißchen albern vor.

»Wie schön du bist«, sagte er.

»Findest du? Wirklich?« Daß es ihr so schwerfiel, ihm das zu glauben.

»Wirklich.« Sie ging in den Flur und zog ihren Mantel an. Tom kam hinterher. »Ich wünsche dir viel Spaß«, sagte er. »Und bleib, so lange du Lust hast. Ich kann die Kinder morgen übernehmen.«

Sie lächelte. Er war lieb, ihr Tom. Dann ging sie.

Das Haus an der Roslagsgata war alt, Jahrhundertwende wahrscheinlich. Der Eingang war herrschaftlich, hohe Decken, die Wände marmoriert. Sie hörte im Treppenhaus kaum Geräusche, als sie im dritten Stock stand, aber es war schon fast neun Uhr, also konnte sie kaum die erste sein. Annika zögerte einen Augenblick, bevor sie den kleinen Knopf neben der Tür drückte. Rickard öffnete sofort. Die Tür mußte gut isoliert sein, denn die kühle Jazzmusik schlug ihr mit unerwartet hoher Lautstärke entgegen. Rickard umarmte sie, und sie übergab ihm die Weinflasche, die sie mitgenommen hatte. Es schien, als erwarte er noch jemanden.

»Ist dein Mann nicht mitgekommen?«

»Tom? Nein, wir haben in der letzten Sekunde ein Problem mit dem Babysitter bekommen.« Beinahe hätte sie von Stens Sturz und von Kerstin, die zu Hause bleiben mußte, erzählt, aber sie ließ es sein. Was spielte das schon für eine Rolle?

»Du siehst so . . . so anders aus. Das Haar und . . .« Annika faßte sich reflexartig in die Haare. Er meinte sicherlich den Pony. Er war zu kurz. Sie wußte es. »Und im Kleid . . . Ich habe dich noch nie im Kleid gesehen. Du siehst . . . phantastisch aus!« Annika kramte in ihrer Handtasche. Sie wollte vermeiden, daß er zu sehen bekam, wie sie rot wurde. Rickard überspielte das galant, nahm sie an die Hand und führte sie ins Wohnzimmer. Ein großes rotes Sofa stand in der Mitte des Raumes, und ja, wirklich, es hing echte Kunst an den Wänden. Sie hatte ihn recht gut eingeordnet. Die Einrichtung der Wohnung war modern im Kontrast zu dem Stuck und den tiefen Fensternischen. Die Beleuchtung war gedimmt, und auf dem Tisch und in den Regalen standen Kerzen. Sie begrüßte die anderen Gäste. Außer Tobias und Jens, die in Begleitung ihrer Frauen gekommen waren, kannte sie sonst niemanden. Vermutlich waren viele von den Typen Vertriebler, so wie Rickard. Annika erkannte sie an ihrem Stil, ihrer Gesprächigkeit und ihrer Eloquenz. Die Frauen auf dem Fest waren wohl überwiegend als Begleitung dabei. Ehefrauen und Freundinnen. Sie schien die einzige weibliche Person zu sein, die allein gekommen war. Wo war Maria? Waren ihre Freunde nicht eingeladen? Sie sah sich nach Rickard um, wollte ihn fragen, aber er war irgendwo verschwunden. Sie stellte sich zu Tobias und Jens. Das tat sie immer, wenn sie auf einer Party war. Suchte den Kontakt zu denjenigen, die sie schon kannte. Sie beneidete Menschen, die das Talent hatten, auf Fremde zuzugehen, die gemeinsame Gesprächsthemen fanden, Witze machten und lachten. Sie gehörte mehr zu denjenigen, die auf den zweiten Blick gewannen, dachte sie als Trost und nahm ein paar Erdnüsse aus einer Schale.

Es war sonderbar mit diesen Festen, die Erwachsene veranstalteten. Was wurde von einem eigentlich erwartet? Als man jünger war, war es einfacher, als es darauf ankam, sich möglichst heftig zu betrinken, zu tanzen, jemanden zu finden, mit dem man nach Hause gehen konnte oder in den man sich verliebte. Damals trank jeder aus seiner mitgebrachten Weinflasche, und bestenfalls stand auf dem Herd ein Topf mit Chili. Heutzutage nahm man auch eine Flasche Wein mit, aber als Geschenk für den Gastgeber oder die Gastgeberin. Nicht zu billig. Daß es auf dem Fest etwas zu trinken gab, wurde vorausgesetzt, und Chili hatte sie nicht mehr gegessen, seit sie die Universität verlassen hatte.

Annika fiel es schwer, sich zu entspannen. Sie antwortete kurz, wenn sie etwas gefragt wurde, und schnitt selbst keine neuen Gesprächsthemen an. Es war ein sonderbares Gefühl, bei Rickard zu Hause zu sein. Vielleicht trank sie deshalb die ersten zwei Gläser Wein so hastig? Sie machten Annika jedenfalls etwas entspannter. Nicht, daß sie plötzlich selber Witze erzählte, aber sie konnte immerhin über die der anderen lachen.

Rickard hatte in der Küche Essen vorbereitet, ein paar Häppchen, Käse, Quiche und Salat, und die Gäste nahmen sich und setzten sich, wo Platz war. Einige balancierten ihre Teller auf den Knien. Annika landete auf dem Sofa neben einer Frau, die Annakarin hieß, ohne Bindestrich, wie sie sagte. Annika fragte höflich, wo sie arbeitete. Die Frau antwortete, daß sie mit Mattias hier sei, und zeigte zur Sicherheit auf ihn. Das war nun nicht das, wonach Annika gefragt hatte, aber wenn sie sich lieber auf diese Art vorstellen wollte, war es ihr auch recht. Annakarin fragte, mit wem Annika gekommen sei, und Annika erklärte, daß ihr Mann zu Hause bleiben mußte, weil sie ein Problem mit dem Babysitter hatten und daß sie und Rickard Kollegen waren. Bei dem Wort Babysitter fingen ihre Augen zu strahlen an.

»Du hast Kinder?« Sie sprach leiser und schaute sich um, dann strich sie sich diskret über den Bauch. Annika bemerkte Annakarins Glas mit Selters und nickte freundlich. »Aber es ist noch ganz früh, erst neunte Woche. Du verrätst doch nichts?« Annika versicherte, daß sie das Geheimnis nicht ausplaudern würde. Sie erinnerte sich an das Gefühl, es allen erzählen zu müssen. Ein Geheimnis in sich zu tragen, das so groß war, daß es die Welt veränderte. Sie hatte es auch Hinz und Kunz erzählt, lange bevor es offiziell war. *Ich erwarte ein Kind.* Sie konnte sich noch immer an das Gefühl erinnern, besonders in der ersten Schwangerschaft. Es war, als würde man sich zu einer Mitgliedschaft in einem geheimen Club bekennen, der nur ausgewählten Personen zugänglich war. Milla war überglücklich gewesen, als sie es erzählt hatte, und Toms Mutter hatte angefangen zu weinen. Viveka hingegen hatte sie angefahren, ob sie denn nichts von Verhütungsmitteln gehört hätte? Daß das Kind vielleicht nicht ganz unwillkommen sein könnte, der Gedanke kam ihr nie. Annika hätte Viveka genausogut sagen können, daß sie Aids hätte. Später wurde sie etwas sanftmütiger, freute sich vielleicht sogar ein wenig. Auf ihre eigene Art.

Annakarin plapperte weiter, erzählte, wie sie sich morgens übergab und wie oft sie aufs Klo mußte. Schöne Themen, wenn man sich immerhin schon fünf Minuten kannte. Als sie die Quiche aufgegessen hatte, entschuldigte Annika sich und ging in die Küche. Rickard stand dort allein und entkorkte Weinflaschen. Sie konnte schlecht auf der Stelle umdrehen.

»Sehr leckere Quiche«, sagte sie.

»Danke. Ich wünschte, ich könnte sagen, daß ich sie selbst gemacht hätte, aber leider ist der Delishop unten in der Odengata viel besser als ich. Ich kann ehrlich gesagt gar nicht kochen.«

»Und Maria?« Diese Frage bereute sie schon im nächsten Moment. Rickard schaute nach wie vor auf die Weinflasche, in die er soeben den Korkenzieher hineingeschraubt hatte.

»Sie kocht gut«, sagte er, den Blick auf die Flasche gerichtet. »Wenn sie Lust hat. Aber das ist nicht allzu oft.« Dann machte er eine Pause. »Vor allem zur Zeit nicht. Zumindest nicht hier.« Statt weiterer Ausführungen zog Rickard den Korken mit einem Plopp aus der Flasche und sah sie lächelnd an. »Die könntest du hineinbringen und einschenken.« Er gab ihr die Flasche. Annika zwinkerte Annakarin zu, die demonstrativ die Hand über ihr Glas hielt, als sich Annika näherte. *Jetzt nicht. Hier nicht.* Sie schielte zu Rickard hinüber. Er sprach gerade mit ein paar Freunden, lachte und klopfte einem von ihnen auf den Rücken. Es war unangebracht, ihn auszufragen. Als hätte sie ein Recht auf eine Erklärung. Als würde es irgend etwas bedeuten.

Annika nahm wieder neben Annakarin Platz. Sie saß da und schaute ihrem Mattias zu, wie er gerade sein Weinglas nachfüllte. Sie sah müde aus.

»Wo ist denn Maria?« Annika sagte es so normal wie möglich.

»Maria?«

»Ja, Rickards Lebensgefährtin.«

»Ach so, sie heißt Maria. Ich habe sie nie kennengelernt. Keine Ahnung. Frag ihn doch.« Annika versuchte, uninteressiert zu nicken.

»Ich kenne sie auch nicht. Vielleicht ist sie verreist.« Annika stand auf. Sie trank gerade das vierte Glas Wein. Langsam wurde sie unruhig und ging zum CD-Ständer, der wie ein Relikt aus den achtziger Jahren an der Decke hing. Sie staunte, als sie die Hüllen durchging. Ein großer Teil klassische Musik, überraschend viel Klassik. Händel, Schubert, Bach ... Ein paar Greatest-Hits-Alben. Standardalben von Madonna und

Prince, einige von Bob Marley. Sie zuckte, als sie Rickards Stimme hinter sich hörte, er legte die Hand auf ihre Schulter.

»Ist was für dich dabei?«

»Ich schaue nur.« Sie schämte sich fast. Als würde sie in seinem Badezimmerschrank kramen.

»Maria wollte, daß ich den Plattenspieler wegstelle, sonst hätte ich für dich ein bißchen Sham 69 auflegen können.«

»Wie schade!« Sie mußte lachen.

»Einen Moment!« sagte er und fuhr mit dem Finger über die Reihe CDs. »Ich weiß, was ich auflege. Nicht gucken!« Er zog eine CD heraus und schob sie in den CD-Player. James Brown. Er drehte ein bißchen lauter. Sie hoffte, daß er nicht versuchen würde, sie zum Tanzen zu bewegen. Das wäre ein sehr komisches Gefühl. Es war doch keine Tanzfete. Im gleichen Augenblick kamen Jens und seine Frau herein. Sie bedankten sich. Es sei an der Zeit zu gehen, sagten sie, die Kinder seien allein zu Hause, und sie hatten versprochen, nicht so spät zu kommen. Annika mußte an Tom denken. Sollte sie auch nach Hause gehen? Nein, er hatte ja gesagt, daß sie sich Zeit lassen könne. Einmal mußte sie sich nicht beeilen.

Kurz darauf kam noch ein anderes Paar, das sich für das nette Fest bedankte. So nach und nach machten sich die Gäste auf den Weg. Jedesmal, wenn jemand kam, um sich zu verabschieden, überlegte Annika, ob sie sich anschließen sollte, ob sie auch gehen sollte. Aber immer kam etwas dazwischen. Jemand schenkte ihr nach. Jemand legte ein gutes Lied auf. Jemand flüsterte ihr ins Ohr, daß ihr Kleid phantastisch sei... Hinterher konnte sie nur sagen, daß sie ihrem Impuls hätte folgen sollen. Das hätte die Sache definitiv einfacher gemacht.

»Du bist so ruhig.«

»Tut mir leid. Ich habe wohl einen kleinen Kater.« Annika versuchte zu lächeln. Sie mußte sich zusammenreißen. Sie hatten gerade die Kinder bei Viveka abgeliefert und saßen in der U-Bahn auf dem Weg zurück in die Stadt. Kino würden sie nicht schaffen, und Annika war überhaupt nicht scharf darauf, in irgendeinem Café zu sitzen und ein fröhliches Gesicht zu machen. Sie wollte nach Hause. Tom war enttäuscht. »Dann nimm dir ein paar Stunden Zeit für dich«, sagte sie großzügig. »Du kannst doch ins Kino gehen, wenn du willst, dann hole ich die Kinder ab. Ich bin heute sowieso keine gute Gesellschaft«, fügte sie hinzu.

»Nein«, sagte Tom säuerlich. »Wir machen wirklich nichts mehr gemeinsam. Nicht mal, wenn wir Zeit haben.« Annika schluckte.

»Okay, was willst du machen?«

»Nichts. Vergiß es. Fahr du nach Hause, dann gehe ich ins Kino.«

»Aber du ... Du mußt doch nicht sauer sein?«

»Ich finde es einfach traurig.« Er verstummte für einen Moment, bevor er wieder ansetzte, diesmal etwas sanfter. »Ist schon okay, ehrlich, fahr nach Hause und schlaf eine Runde. Wir sehen uns dann heute abend. Mit den Kindern.«

Tom stieg am Hauptbahnhof aus, Annika fuhr weiter. Sie wollte wirklich alleine sein. Nachdenken. Der Morgen war furchtbar gewesen. Die Gedanken an den vergangenen Abend waren stoßweise gekommen. Als sie duschte, als sie frühstückten, als sie Mikael anzog und Andrea die Haare flocht. Sie versuchte, sich selbst einzureden, daß alles nicht so schlimm sei. Daß sie ja noch rechtzeitig stop gesagt hatte. Daß eigentlich nichts passiert sei. Aber die Bilder in ihrem Kopf sagten etwas anderes. Dabei drehte sich ihr der Magen um.

Sie war übriggeblieben, als alle anderen das Fest verlassen hatten. Wie auch immer das auch zustande gekommen war. Es lag wohl an diesem *Jemand*, der ihr die ganze Zeit einen Grund gab, noch zu bleiben. War sie es oder dieser *Jemand*, der mit dem Küssen anfing? Wie auch immer, das waren keine Freundschaftsküßchen mehr, wie sie es sich beinahe erfolgreich nach dem letzten Mal eingeredet hatte. Es waren richtige Küsse, voller Lust und Geilheit. Selbst jetzt noch, in dem grauen Mittagslicht, mit dem Lärm der stark befahrenen Sankt Eriksgata in den Ohren, konnte sie den Sog nachfühlen, hatte noch immer weiche Knie. Woher hatte sie die Kraft gehabt, stop zu sagen? War das der Reflex einer verheirateten Frau? Aber sie war ja dankbar dafür. Der Gedanke, was sonst noch geschehen wäre, löste in ihr Panik aus. Es war, als würde man aus Versehen mit dem Ellenbogen gegen die unschätzbare chinesische Vase stoßen und sie im Fall noch auffangen. Vorsichtig konnte man sie an ihren Platz zurückstellen. Und niemand müßte erfahren, wie nahe sie der Katastrophe gewesen war.

Sie hatte gehofft, daß die stille, leere Wohnung sie beruhigen würde. Aber das Gegenteil war der Fall. Sie wanderte rastlos zwischen den Zimmern hin und her. Versuchte, sich aufs Bett zu legen, auf das Sofa, konnte aber nicht einschlafen, obwohl sie todmüde war. Als das Telefon klingelte, wußte sie erst nicht recht, ob sie abnehmen sollte. Dann fiel ihr ein, daß es Viveka sein könnte. Oder Tom. Sie nahm den Hörer ab und bereute es im selben Moment. Es war Milla, die fröhlich von der kaputten Heizung zu erzählen anfing und mitteilte, daß sie sich entschlossen hatten, das Badezimmer neu zu fliesen.

»Du bist ja so ruhig«, sagte sie auf einmal. Das war das zweite Mal an diesem Tag, daß Annika das zu hören bekam.

»Ich hab gestern ein bißchen ausgiebig gefeiert«, erklärte sie.

»Wo denn?«

Annika zögerte einen Augenblick. »Bei Rickard.«

»Rickard? *Der* Rickard?«

»Ja.«

»Allein?«

»Ja.« Es wurde still in der Leitung. Annika wünschte sich, daß Milla wieder von der Heizung anfing.

»Ist was passiert?« Milla war ernst geworden.

»Mmh.«

»Verdammt, Annika, was erzählst du da?!« Milla ignorierte Annikas Versuche, das Gespräch zu ersticken. »Was hast du getan?«

»Nichts.« Das war eine komische Antwort. Natürlich hatte sie etwas getan. Ein ganze Menge sogar, das hatte sie ja zugegeben, aber »nichts« war ein Code. Sie hatte *es* nicht gemacht. Milla schien das nicht zu verstehen.

»Nichts? Du hast doch gerade gemeint, daß etwas passiert sei.«

»Ich habe nicht mit ihm geschlafen, wenn es das ist, worauf du hinaus willst.« Annika spuckte die Worte aus sich heraus. So, jetzt war es gesagt. Sie hatte nicht mit ihm geschlafen. Sie war nicht untreu gewesen. Nicht formal. Sie hatte sicherlich auf dem roten Sofa *neben ihm gelegen.* Auf ihm. Unter ihm. Aber sie hatte nicht *mit ihm geschlafen.* Sie hatte die Ware genommen, sie unter ihrer Jacke versteckt und war damit durch das Kaufhaus gegangen. Aber nicht durch den Ausgang. Formal gesehen war sie unschuldig.

»Ist das das einzige, was zählt?«

»Ja. Im Moment schon. Du, Milla, ich will nicht unhöflich sein, aber ich kann mir so was im Moment nicht anhören. Ich bin vollauf damit beschäftigt, mit den Vorwürfen, die ich mir selber mache, klarzukommen.« Sie machte eine Pause. »Ich bin mit mir selbst nicht zufrieden, wenn ich es mal so sagen darf.«

»Okay, verstehe.«

»Danke.«

Sie beendeten das Gespräch rasch. Es war ein sonderbares Gefühl. Annika hatte eigentlich keine Geheimnisse vor Milla. Milla, die immer eine Antwort wußte, die Erfahrung hatte und um Rat nie verlegen war. Nur diesmal nicht. Nicht in dieser Situation. Annika segelte gerade auf unbekanntem Gewässer. Völlig allein. Und sie hatte das Gefühl, als säße sie in einer sehr kleinen Jolle.

Um vier klingelte sie bei Viveka. Sie konnte die Stimmen der Kinder aus der Wohnung hören. Viveka machte auf. Mikael drängelte sich zu ihr durch.

»Mama!« Er umklammerte Annikas Bein.

»Lief es gut?«

Mikael war der schnellste mit seiner Antwort. »Wie haben Gespenster gegessen!«

»Gespenster?«

»Mohrenkopf-Gespenster«, erklärte Viveka.

»Und Kuchen. Und dann durften wir Video schauen.«

»Ach wirklich?« Annika war sauer. Wieso setzte sie die Kinder vor ein Video, wenn sie sie nur einmal sah? Viveka klang tatsächlich ein bißchen schuldbewußt.

»Ich habe einen Film mit Michel gekauft. Ich dachte, falls sie es langweilig bei mir finden.«

»Nein, es war nicht langweilig. Es war lustig!« Mikael sah Viveka an. Sie wirkte erleichtert.

»Das finde ich auch«, sagte sie.

»Irgendwann dürfen wir hier mal übernachten«, sagte Mikael triumphierend. Annika zog die Augenbrauen hoch.

»Ach ja?«

»Ja, das hat die Oma erlaubt. Nicht wahr, Oma?« Viveka murmelte leise »Viveka«, aber es war offensichtlich, daß Mikael diese Korrektur völlig egal war. »Oma hat gesagt, dann dürfen wir in ihrem Bett schlafen, und sie schläft auf dem Sofa.«

»Wirklich?« Annika sah ihre Mutter mit großen Augen an. Viveka zuckte etwas nervös mit den Schultern.

»Irgendwann einmal vielleicht . . . «

»Das hast du *versprochen*!«

»Mm, ja«, Viveka war es peinlich. »Aber wir haben ja nicht gesagt, *wann*. «

»Nein«, brummte Mikael, aber dann strahlte er wieder. »Dann können wir Michel anschauen und Gespenster essen!« Viveka mußte unwillkürlich lachen. Andrea kam in den Flur. Sie hielt einen Prinzenrollenkeks in der Hand. Annika begann, die Kinder anzuziehen. Gerade als sie das Durcheinander von Handschuhen, Mützen, Strickjacken, Halstüchern und Sokken entwirrt hatte, klingelte es an der Tür. Annika sah Viveka verwundert an.

»Das muß Stellan sein«, sagte Viveka und öffnete die Tür. Die Kinder starrten neugierig auf die lange, dünne Gestalt, die draußen stand. Der schwarze Mantel, vermutlich Second hand, reichte fast bis zu den ungeputzten Schuhen. Die Strickmütze hatte das gleiche Muster wie der lange Schal, der mehrmals um den Hals gewickelt war. Seine Nase war rot von der Kälte, und in seinem dünnen, blonden Bart waren ein paar Wassertropfen zu Eis gefroren.

Stellan erstarrte, als er die Volksversammlung im Flur sah. Viveka hatte es eilig, seine Hand zu nehmen. »Stellan, das ist meine Tochter Annika mit ihren Kindern Mikael und Andrea.« Stellan zog einen der pflanzengefärbten Handschuhe aus und machte einen Schritt in die Wohnung hinein. Er sagte seinen Namen und streckte Annika zur Begrüßung eine kalte Hand entgegen. Die Kinder schauten ihn mißtrauisch an. Annika verkniff es sich, laut zu lachen. Das war also der Vierunddreißigjährige. Den sie sich wie einen Schönling vorgestellt hatte. Eine Art amerikanischen Gigolo, der in das Leben ihrer Mutter getreten war, um ein bißchen leicht verdienten Sex von einer nach Zärtlichkeit dürstenden Mittfünfzigerin zu bekommen. Aber Stellan war *nicht* Richard Gere, das konnte man jetzt sehen. Ganz und gar nicht.

Sie forderte die Kinder auf, sich von Viveka zu verabschieden. Annika bedankte sich für das Babysitten, dann verließen sie die Wohnung und gingen zur U-Bahn. Sie konnte sich kaum halten vor Lachen. Ein übriggebliebener 68er! Sie konnte nicht genau sagen, warum, aber irgendwie war das eine Erleichterung. Er war zwar erst vierunddreißig, aber seinem Aussehen nach konnte er genausogut für fünfundvierzig durchgehen. Vielleicht war es das: daß er älter aussah, als er eigentlich war. Oder die Tatsache, daß ihm einfach jedes Fünkchen Sex-Appeal fehlte. Annika erschien es völlig abwegig, daß ihn und ihre Mutter etwas anderes verbinden könnte als Deepak-Chopra-Bücher und die Bewunderung dieses estnischen Flamencogitarristen. Das machte die Beziehung gleich viel weniger bizarr. Unter diesen Umständen konnten sie sich treffen, gemeinsam Linsensuppe essen und die eine oder andere Tarotkarte zusammen legen. Das konnte sie ihrer Mutter doch wohl gönnen.

Als sie die Kinder rechts und links an die Hand nahm und am Sankt Eriksplatz aus der U-Bahn stieg, hatte sie siebenundzwanzig Minuten nicht an Rickard gedacht.

Mikael hatte Windpocken bekommen. Drei Tage lang kratzte er sich. Unter den Armen, an den Händen, an den Leisten. Am schlimmsten waren die Nächte, und der Bettbezug war vom Puder ganz staubig. Jetzt fingen die Bläschen an einzutrocknen und das Kindergesicht war über und über gepunktet von kleinem, schwarzem Schorf. Annika hatte sich angeboten, zu Hause zu bleiben, und sagte im Büro Bescheid, daß sie ihr krankes Kind betreuen müsse. Tom bot an, den zweiten Teil der Woche abzudecken, aber Annika fand, daß das nicht nötig sei, bei ihnen sei ohnehin gerade nicht so viel los. Tom widersprach nicht, er mußte in der Woche noch zwei Artikel fertigschreiben, einen über Luftreinigungssysteme bei Bussen und einen über eine Amateurtheatergruppe im Krankenhaus in Huddinge. »Du bist ein Schatz«, sagte er.

Am Donnerstag morgen wachte Mikael fieberfrei auf. »Es juckt gar nicht mehr«, teilte er beim Frühstück mit. Tom hatte Andrea zur Schule gebracht, und Annika saß Mikael mit einer Kaffeetasse gegenüber. Der Kleine war wieder fit, und nach drei Tagen drinnen wurde er unruhig. »Was machen wir heute, Mama?« fragte er. Annika wußte nicht so recht, was sie antworten sollte.

»Rausgehen«, schlug sie vor.

»Ja! In den Park!« Das konnte sie ihm eigentlich nicht abschlagen.

»Gute Idee«, antwortete sie und seufzte in sich hinein. Draußen war es schmuddelig und naßkalt, auf den Straßen und Gehwegen türmte sich bräunlicher Schneematsch. Sie zogen Schneehosen an, darüber die Wintersachen. Nach der Ankleidungszeremonie waren sie völlig durchgeschwitzt, und es war schön, hinauszukommen.

Im Park standen einige Mütter mit Kinderwagen. Um diese

Tageszeit waren nur Kleinkinder draußen. Die, die noch nicht in den Kindergarten gingen. Mikael sah sich enttäuscht um. »Mama, dann mußt du mit mir spielen«, beschloß er.

»Kannst du nicht alleine spielen, und ich bleibe hier stehen und schaue zu?«

»Das ist so langweilig.« Er schob die Unterlippe vor. Dann strahlte er plötzlich. »Ich weiß was, wir können Seeräuber spielen!« Er raste davon und fing an, das Klettergerüst zu erklimmen. »Fang mich doch, fang mich doch!« Was blieb ihr übrig? Also Seeräuber spielen. Annika holte tief Luft.

»Okay, jetzt komme ich und hole dich!« rief sie und rannte hinter Mikael her, der vor Freude schrie. Gerade als sie an der Strickleiter war, klingelte ihr Handy. Sie sah zu Mikael hinauf, der oben stand und mit dem Fuß ein bißchen Kies über den Absatz schob. »Ich muß kurz ans Telefon, spiel schon mal weiter«, sagte sie und nahm dankbar das Gespräch an. Es war Bigge, die fragte, ob sie Lust hätte, am Abend mit ihr ein Bier trinken zu gehen. Sie hatten sich doch so lange nicht gesehen. Das fand Annika auch. Nicht mehr seit dem letzten Mal kurz vor Silvester, als sie die Story von Kjell gehört hatte. Irgendwie hatten sie es seither nicht mehr geschafft. Bigge lebte ihr Leben, Annika ihres. Jetzt war Annika froh, daß Bigge die Initiative ergriffen hatte. Wie viele ihrer Freundschaften waren schon zerbrochen.

Annika wollte es mit Tom besprechen, war aber zuversichtlich. Bei einer Woche Krankendienst hatte man sich doch wohl einen freien Abend verdient? Sie würden sich dann um acht Uhr im Tranan zu treffen. Als sie das Gespräch beendet und das Telefon wieder zurück in die Jackentasche gesteckt hatte, rief Mikael nach ihr. Er war den Turm bis ganz nach oben hinaufgestiegen und winkte ihr mit wattierten Handschuhen zu.

»Aber jetzt, Mama, jetzt spielen wir Seeräuber!«

»Ich war mir so sicher, daß ich sie bekommen würde!« Bigges Augen blitzten vor Wut. »Janne hatte schon letztes Jahr davon gesprochen. Daß ich an der Reihe sei. Ich kann es nicht fassen, daß sich das so leicht ändern kann.« Ihre Arme sanken nach unten, Bigge schaute auf den Tisch.

»Ja ... Gibt es denn jemanden, der an deiner Stelle fährt?«

»Ja. Aber sie wollen nicht sagen, wer es ist. Zumindest noch nicht.«

»So ein Mist!«

»Ja. Ein Jahr Tokio ...«, wiederholte Bigge traurig. »Ich wäre so wahnsinnig gern geflogen. Das hätte alles gelöst.«

»Was meinst du mit ›alles‹?«

»Na ja ...« Sie zögerte. »Die Sache mit Kjell.«

»Verstehe ich nicht.« Annika schüttelte den Kopf. »Du warst dir doch seiner ganz sicher, als wir uns das letzte Mal gesprochen haben. Ist etwas passiert?« Bigge hatte Tränen in den Augen.

»Ich liebe ihn. Das tue ich wirklich. Und ich glaube es ihm, wenn er sagt, daß er seine Frau verlassen will. Aber es hilft nichts. Es ist ein furchtbares Gefühl. Ich will ihn, ich will mit ihm zusammenleben, aber gleichzeitig will ich, daß er mit seiner Familie glücklich ist. Ich will nicht der Grund dafür sein, daß seine Kinder in einer Scheidungsfamilie aufwachsen. Wenn ich nach Tokio abhauen würde, ginge es vielleicht vorbei.« Sie fing an zu weinen und wandte sich ab. Annika beugte sich über den Tisch und streichelte ihr glänzendes Haar.

»Wenn er sich scheiden läßt, dann bist du nicht der Grund«, sagte sie tröstend. »Vielleicht der Auslöser. Man trennt sich nicht, weil man eine andere kennengelernt hat. Man lernt eine andere kennen, weil es an der Zeit ist, sich zu trennen.« Bigge sah auf, schluchzte noch ein wenig.

»Das sagst *du*?«

Annika lächelte. »Ja, *ich* sage das. Ich weiß, daß ich beim letzten Mal ziemlich hart geklungen habe, aber Tatsache ist, wenn er seine Ehe in Ordnung bringen will, dann muß er das selbst entscheiden. Gemeinsam mit seiner Frau. Du bist nicht schuld, es ist nicht dein Fehler.«

»Okay, vielleicht ist es nicht meine Schuld, aber ich weiß

auch nicht, ob ich Lust habe, der ›Auslöser‹ zu sein.« Bigge hatte aufgehört zu weinen.

»Nein, das verstehe ich.«

»Wirklich? Du hast so heftig reagiert, als ich dir von Kjell erzählt habe, ich war mir nicht sicher, ob ich mich trauen würde, noch mal mit dir darüber zu reden.«

»Es ist doch klar, daß man nicht vor Begeisterung an die Decke springt, wenn mir eine Freundin von ihrer Beziehung zu einem verheirateten Mann erzählt. Das mußt du doch verstehen.«

»Ja, schon.«

»Im übrigen ist mir immer noch nicht klar, wie diese Tokio-Reise die Dinge gelöst hätte. Eure Gefühle füreinander hätten sich doch nicht verändert?«

»Nein, vielleicht wären sie schwächer geworden. Und dann hatte ich beschlossen ...«

»Was beschlossen?«

»Tja.« Bigge zögerte. »Wenn ich den Job in Tokio bekommen hätte, hätte ich mich entschlossen ... das Kind abzutreiben.«

Annika war schockiert. Das kam so dermaßen überraschend. Die Vorstellung von Bigge mit Baby war ihr völlig fremd. Das Bild dieses schmalen Körpers, von einer neun Monate langen Schwangerschaft gebeutelt, war nahezu komisch. Konnte ihr glänzendes Haar jemals strähnig werden? Konnten ihre super Brüste nach einem Jahr Stillen leer und ausgelutscht herunterhängen? Konnten ihre festen Schenkel Schwangerschaftsstreifen bekommen? Annika pfiff sich zurück. Was bildete sie sich eigentlich ein? Bigge war schwanger, noch dazu von einem verheirateten Mann. Annika schämte sich für ihre spontanen Gedanken.

Es war offensichtlich, daß Bigge sie um Rat fragte, aber Annika war es schwergefallen, überhaupt irgend etwas zu sagen. Die ganze Situation war so unwirklich. Sie konnte doch Bigge nicht raten abzutreiben. Vielleicht war das ihre einzige Chance im Leben, ein Kind zu bekommen. Annika wußte, wie sehr sie sich danach sehnte. Bigge hatte es nie ausgesprochen, im Gegenteil, sie wirkte mit ihrem luxuriösen Single-Dasein sehr zufrieden, aber einmal, als sie über den Durst getrunken hatte, da hatte sie sich bei Annika ausgeheult. Und erzählt, daß sie das Gefühl habe, gescheitert zu sein, daß die Jahre vergingen und die Panik immer größer würde. Egal, sie durfte nicht abtreiben. Ob mit oder ohne Tokio. Ob mit oder ohne Mann.

Und die Alternative? Alleinerziehend. Na ja, das war ja heutzutage auch keine Besonderheit mehr? Auf den Entbindungsstationen hingen Zettel mit Müttergruppen für Singles, und die alleinstehenden Adoptivmütter wurden immer mehr. Doch selbst wenn es gesellschaftlich akzeptiert war, schauerte Annika bei dem Gedanken. Allein zu sein mit all der Verantwortung, allein, wenn das Fieber beim Kind das erste Mal über vierzig steigt, allein mit der Freude über die ersten Schritte und das erste Wort. Sie hätte es ohne Tom nie geschafft.

Aber vielleicht sah sie das auch falsch. Das Kind würde ja einen Vater haben. Er hieß Kjell, und es gab ihn in Wirklichkeit. Das Kind würde sogar Geschwister haben, Halbgeschwister, und eine Oma und einen Opa und einen Stiefopa. Paten, Tanten, Kusinen ... Bigge würde nicht alleine dastehen, egal, wie Kjell zu dem Kind stand. Sie hatte Freunde und Familie in ihrer Nähe. Vielleicht war Annika diejenige, die es schlimmer machte, als es war.

Bigge hatte es Kjell nicht gesagt. Tokio wäre die Lösung gewesen, aber nun mußte sie selbst eine Entscheidung treffen. Sie hatte keine Ahnung, wie er reagieren würde. Hatte nachts Alpträume deswegen. Annika konnte ihr keinen wirklichen Rat geben, Bigge würde diese Entscheidung ganz allein treffen müssen. Aber Annika drängte sie, mit Kjell zu reden. Bigge war sich nicht sicher. Natürlich konnte Annika ihrer Freundin keine große Hilfe sein. Dennoch: Als sie sich an diesem Abend trennten, wirkte Bigge ein bißchen entspannter. Immerhin hatte sie ihr Geheimnis mit jemandem teilen können.

Annika begleitete sie zum Taxistand am Odenplatz, drückte sie lange und wünschte ihr viel Kraft bei dieser schwierigen Entscheidung. Sie solle nur sehr gründlich auf ihre Gefühle hören. Und wie sie sich auch entscheiden würde: Alles würde gut. Bigge schluchzte ein letztes Mal, bevor sie sich auf den Rücksitz des großen schwarzen Mercedes setzte. Annika blieb stehen und winkte ihr nach, bevor sie sich umdrehte und nach Hause ging.

Mikael hatte zwar noch immer ein paar Pünktchen, konnte aber wieder in den Kindergarten gehen. Annika hatte keinen Vorwand mehr, zu Hause zu bleiben. Am Montag morgen schlich sie über den leeren kleinen Platz vor dem Bürohaus, öffnete die vertraute Eingangstür und stieg in den Fahrstuhl zu den Büroräumen von Computec. An der Rezeption grüßte sie Jenny fröhlich. Annika holte die Post aus ihrem Fach, bevor sie eilig in ihrem Büro verschwand. Tobias und Janet saßen auf ihren Plätzen. Sonst keiner.

Sie machte den Computer an und begann, die Briefstapel durchzugehen. Nur Werbung, stellte sie fest und warf die bunten Broschüren in den Papierkorb. Dann öffnete sie die Mailbox. Ihre Hand zitterte, als sie das Briefsymbol anklickte. Sie spürte, wie sie schwitzte, obwohl es kalt vom Fenster hereinzog.

Vierzehn neue Nachrichten. Drei von Rickard. Eine von Bigge, am Morgen abgeschickt. Die las sie zuerst. Bigge bedankte sich für den Abend und schrieb, daß sie zum ersten Mal seit Wochen länger als zwanzig Minuten hatte schlafen können. Sie wußte noch immer nicht, wie sie sich entscheiden sollte, aber sie hatte beschlossen, so bald wie möglich mit Kjell zu reden. Er habe ein Recht, es zu erfahren. Das Kind war ja auch seines. *Ich schlief ein, während mir deine Worte im Ohr klangen. Wie ich mich auch entscheide, alles wird gut. Ich hoffe, du hast recht.*

Annika schrieb eine schnelle Antwort.

Natürlich habe ich recht! Kjell muß es wissen. Aber denk daran, daß es letztlich deine Entscheidung ist. Du kannst mich jederzeit anrufen. Ich umarme dich, Annika

Sie schickte sie ab und saß eine Weile ruhig da. Sie klickte sich durch die Mails mit Verkaufsberichten, Zeitplänen, Personallisten, Speisekarten von Pizzerien und einem Kettenbrief, den ein alter Schulfreund vom Gymnasium geschickt hatte mit der Aufforderung, gegen die Inhaftierung von Menschen in Angola zu protestieren, die wegen ihres Glaubens festgehalten wurden. Sie beförderte sie mit den anderen Mails in den Papierkorb. Am Ende leuchteten nur drei rote Ausrufezeichen auf dem Bildschirm. Ungelesene Nachrichten. Sie klickte sie in chronologischer Reihenfolge an. Die erste war letzten Montag abgeschickt, vor einer Woche.

Annika,
wollte dich gestern anrufen, aber ich wußte nicht, ob es ange-
bracht war. Ich habe dich vermißt, als du gegangen warst.
Fühle mich schlecht. Habe viel darüber nachgedacht, was du
über deinen Mann gesagt hast. Ich wünschte, ich könnte dir
helfen, ›das Richtige‹ zu tun, bin aber zu egoistisch. Du hast
nach Maria gefragt, ich weiß nicht mehr genau, was ich geant-
wortet habe. Will dir gern erzählen, wie die Dinge liegen.
Können wir uns nicht in Ruhe treffen? Ich komme am Mitt-
woch nach Stockholm.
　Ich umarme dich, Rickard

Annika klickte das nächste Ausrufezeichen an. Es war am Mittwoch, 10.32 gekommen.

Annika!
Ich weiß nicht, ob du meine letzte Mail gelesen hast. Ich habe
auf Antwort gewartet. Bist du nicht im Büro? Ich hoffe, das
hat nichts mit mir zu tun. Ich komme am Nachmittag in die
Stadt. Hast du Zeit, mich zu treffen?
　Rickard

Die dritte Mail war um 07.26 Uhr am Morgen abgeschickt worden.

Annika,
ich sitze in Arlanda auf dem Weg nach Kopenhagen. Ich muß
nach Århus und Login Systems besuchen. Mit etwas Glück
komme ich morgen mit einem guten Auftrag zurück, vor allem
für die elektronischen Schaltkreisplatten. Am Telefon klang es
auf jeden Fall vielversprechend.
　Ich habe gehört, daß du bei den Kindern zu Hause warst.

Ich glaube, sie hatten Windpocken? Will dich immer noch sehen. Wann hast du Zeit?
Rickard

Wann hatte sie Zeit? Nie! Sie hatte eine Woche Zeit gehabt, um zu begreifen, was geschehen war. Mit welchem Einsatz sie gespielt hatte. Sie hatte Tom. Glaubte Rickard wirklich, daß sie ihn austauschen würde? Sie antwortete.

Morgen in der Mittagspause?
Annika

Sie schickte den Brief ab und wartete auf Antwort. Es kam keine. Er saß vermutlich im Flugzeug oder im Mietwagen auf dem Weg nach Århus. Sie stellte ihn sich vor, zurückgelehnt auf dem Fahrersitz. Das Jackett auf den Rücksitz geworfen. Eine Hand am Steuer, Musik aus den Lautsprechern. Sie schloß die Augen und spürte, wie sich ihr Magen zusammenzog. Die Schwere in der Brust. Das Ziehen im Unterleib. Was war mit ihr los? Warum konnte sie es nicht lassen? Sie versuchte, das Bild gegen Tom auszutauschen, ihn hinters Lenkrad zu setzen. Den Kitzel zu fühlen. Es klappte nicht. Sie kam sich vor wie ein Junkie auf Entzug. All ihre Vorsätze und Einsichten waren plötzlich wie weggeblasen. Das einzige, woran sie denken konnte, war Rickard. Daß sie mit ihm zusammensein wollte. Ihn all diese sexy Dinge in ihr Ohr flüstern lassen wollte. Sich witzig, spannend, schön und begehrenswert fühlen wollte. Warum löste Tom nicht diese Gefühle in ihr aus? Er liebte sie doch. Warum reichte das nicht? Was bedeutete dieser eitle Kick im Gegensatz zu wahrer Liebe? Sie schloß die Augen noch einmal. Alles, dachte sie. Alles.

159

»Sie soll nach Tokio. Ein Jahr, vielleicht länger.« Rickard trank einen Schluck Selters. Annika schaute ihn mit großen Augen an.

»Tokio?«

»Vom Büro aus. Citzen Art kooperiert seit etwa einem Jahr mit einer japanischen Werbeagentur. Jetzt schicken sie einen Mitarbeiter nach Schweden und umgekehrt.« Rickard sah sie erstaunt an. »Warum? Wußtest du etwas davon?«

»Das kann man wohl sagen ... Aber ich hatte keine Ahnung, daß Maria fährt. Wie lange wußte sie das schon?« Rickard seufzte.

»Schon seit ihrer Einstellung. Es war offensichtlich eine ihrer Bedingungen, den Job zu machen.«

»Dann wußtest du das schon die ganze Zeit?«

»Nein. Das ist ja das Problem. Oder eines der Probleme, sollte ich vielleicht sagen ... Sie hat mir nichts davon gesagt. Erst vor ein paar Wochen hat sie es mir erzählt.«

»Warum?«

»Ja, das fragt man sich. Sie sagte, daß sie gewußt hätte, daß es ›einen Riesenstreß‹ geben würde.« Rickard machte mit den Fingern Anführungszeichen in die Luft. Er sah traurig aus.

»Aber ihr müßt das doch diskutieren?«

»Es gibt nicht mehr viel zu diskutieren. Sie hatte sich ja bereits entschieden.«

Annika wußte nicht, was sie sagen sollte. Das Ganze klang unglaublich. So eine Entscheidung konnte man doch nicht auf eigene Faust fällen. »Und du wirst nicht mitgehen?« fragte sie schließlich. Rickard lachte ein wenig trocken.

»Was soll ich denn in Tokio?« Annika überlegte kurz, natürlich, was sollte er in Tokio.

»Woher wußtest du eigentlich davon?« fragte er. »Ich dachte, die Sache sei höchst geheim.«

»Ja, na ja ... Bigge sprach davon ...« Rickard nickte, dann saß er eine Weile still da.

»Wir haben uns sehr gestritten, Maria und ich. Ich habe ihr gesagt, daß mich ihr Verhalten verletzt, aber sie versteht das nicht.« Er zuckte mit den Schultern. »Sie ist zu ihrer Schwester gezogen, damit wir ›in Ruhe nachdenken können‹, sagte sie.«

»Und was heißt das?«

»Daß ich eine Frist gesetzt bekomme, ihre Entscheidung zu akzeptieren.«

»Und wenn du es nicht tust?«

»Dann fährt sie trotzdem.«

»Hm. Du hast also keine Wahl.«

»Nein. Aber ich habe in jedem Fall Zeit gehabt, die Dinge zu überdenken.«

»Und zu welchem Schluß bist du gekommen?« fragte Annika. Ihr fiel auf, wie normal es für sie war, mit Rickard dazusitzen und über seine Beziehung zu diskutieren. Als ob das mit ihnen nichts zu tun hätte. Als würden sie über den Kredit für seine Wohnung reden oder über die Parkplatznot in der Stadt.

»Daß es vielleicht das Beste ist. Daß wir uns trennen. Wir waren so lange zusammen. Vermutlich zu lange. Wir kommen irgendwie nicht vom Fleck. Vielleicht mußte so etwas passieren. Eine Art Bruch.«

»Und falls sie fährt ...« Annika tastete sich vor, hielt inne und sah Rickard fragend an.

»*Sobald* sie fährt ...«, berichtigte er. »Am Dienstag. Dann ist es definitiv vorbei. In Wirklichkeit war ja schon vor mehr als einem Monat Schluß.« Er sah Annika an. »Ich wollte, daß du das weißt«, sagte er schließlich.

»Was ist eigentlich mit dir los? Deine Launen sind ja in letzter Zeit wirklich enorm!« Tom war sauer. Es war ihm sogar egal, daß die Kinder in der Nähe waren. Sonst stritten sie sich nicht vor den Kindern. Sie stritten sowieso sehr selten. »Habe ich etwas verbrochen!?« Tom wurde noch etwas lauter. Andrea rannte ins Kinderzimmer und schlug die Tür zu. Mikael blieb zwischen ihnen in der Küche stehen. Er sah sie ängstlich an.

»Warum bist du böse, Papa?« Tom versuchte, sich zusammenzureißen.

»Ich bin nur auf Mama wütend geworden. Das hat mit dir gar nichts zu tun.« Er strich Mikael über den Kopf und warf Annika einen anklagenden Blick zu. Annika fühlte sich sofort schuldig. Tom wurde selten grundlos wütend. Was war passiert? Sie war sauer gewesen. Hatte ihn angefahren und war so weit gegangen, ihn zu beschimpfen. Nichts machte er richtig. Er wusch die falschen Kleider bei falscher Temperatur, kochte das falsche Essen, nahm die Wäsche nicht aus der Waschmaschine, wenn sie fertig war, legte die Handschuhe der Kinder in den falschen Korb. Er solle doch bitte zum Friseur gehen und sich gelegentlich rasieren: Seine Bartstoppeln kratzten, wenn er sie umarmen wollte. Wenn man lange genug suchte, fanden sich ausreichend viele Gründe, auf den anderen wütend zu sein.

»Entschuldige.« Annika wollte Toms Ärger entschärfen. Sie konnte nichts darauf antworten. Zum einen, weil ihre Argumente zu schlecht waren, um nicht zu sagen nichtig, zum anderen, weil Mikael sich nun an sie klammerte.

»Ich will auf den Arm, Mama!« jammerte er. Aus dem Kinderzimmer war Musik zu hören. Andrea hatte auf ihrem kleinen Plastikkassettenrekorder die A-teens aufgelegt, und die schrillen Töne bohrten sich durch die Wand. Annika nahm

Mikael hoch. Er klammerte sich um ihren Hals. Wie ein kleines Affenbaby, dachte sie. Oder wie ein Schild. Tom brummelte vor sich hin.

»Wir sind mit dem Thema noch *nicht* fertig, nur daß du das weißt«, sagte er leise, während er das blaue Nudelpaket aus dem Schrank holte. Annika biß sich auf die Zunge, fast hätte sie ihn gefragt, warum sie eigentlich schon wieder Pasta essen mußen. War es nicht völlig egal?

Beim Essen gab Annika sich größte Mühe, daß alles so normal wie möglich lief. Aber Tom war noch immer sauer, sie fühlte es, auch wenn er nichts sagte. Mikael stocherte im Essen herum, und Andrea hatte keinen Hunger. Annika bekam ein schlechtes Gewissen. Sie erinnerte sich noch zu gut an die Streitereien zwischen ihren Eltern. Das war das letzte, was sie ihren Kindern zumuten wollte. Sie mußte sich zusammenreißen. Die Kinder sollten nicht unter ihrer schlechten Laune leiden müssen. Und Tom auch nicht. Aber je mehr sie es sich vornahm, desto patziger wurde sie. Tom saß still da, Andrea wollte aufstehen, und Mikael rutschte auf seinem Stuhl so weit hinunter, daß man nur noch ein Büschel Haare oberhalb der Tischplatte zu Gesicht bekam. Seufzend gab sie auf und erlaubte den Kindern, den Fernseher anzustellen. Dann räumte sie ab. Toms Blick folgte ihr. Wartete darauf, daß sie etwas sagen würde. Sie wußte nur nicht, was. Vielleicht etwas über PMS.

»Ich entschuldige mich noch einmal«, sagte sie und blieb an der Spüle stehen. »Ich weiß, daß ich in letzter Zeit unausstehlich bin. Ich weiß auch nicht so recht, warum. Es ist blöd, ich darf meinen Ärger nicht an dir auslassen. Entschuldige.« Tom sah sie mißtrauisch an.

»Aber woran liegt das? Ist irgend etwas passiert?«

Annika konnte ihn kaum ansehen. Sie fing an, die Teller in die Spülmaschine einzuräumen. »Nein, ich fühle mich nur so ... eingeschlossen irgendwie.« Sie wollte noch einen Anlauf nehmen. Ihm erklären, wie sie sich fühlte, zumindest in

Ansätzen. »Ich habe das Gefühl, daß ich keine Luft mehr bekomme. Alles ist nur noch Pflicht. Arbeit und Kinder und Wohnung und Haushalt . . . Es ist, als ob ich über meine eigene Zeit nicht mehr verfügen kann. Immer will jemand etwas von mir. Ich weiß gar nicht mehr, wo ich eigentlich bin.«

Sie verstummte. Tom sah auf seine Hände. Dann schaute er hoch. Seine Kiefer waren zusammengepresst.

»Glaubst du, du bist die einzige, der es so geht?« Seine Stimme war verhalten, aber sie spürte, wie sie vor Zorn zitterte. »Glaubst du nicht, daß auch ich mich auf den Kopf stelle, nur um diese Familie am Laufen zu halten? Glaubst du, daß ich freie Stunden habe? Glaubst du, ich habe Zeit für mich selbst?« Er biß die Zähne zusammen und sah sie eindringlich an. Seine Augen glänzten, und für einen Moment dachte sie, er würde zu weinen anfangen. »In dieser Ehe geht es nicht nur um dich und deine Bedürfnisse!« Annika stand still da und hörte ihm zu. Seine Worte taten weh, sie wollte zurückschreien, sich verteidigen, aber in ihren Lungen war keine Luft mehr. Noch nie hatte sie sich Tom so fern gefühlt. Es war, als säße ein Fremder da am Küchentisch und starrte sie an. Er erinnerte sie an jemanden, aber sie wußte nicht, an wen. Jemanden, den sie gekannt hatte, jemanden, den sie vielleicht geliebt hatte. Annika spürte, wie warme, nasse Tränen ihre Augen füllten, und da verschwomm das Bild von Tom. Er hatte sich beruhigt, sie merkte es an seinem Atmen. In der Luft hing nur das Bild einer Ehe, die von ihr und ihren egoistischen Bedürfnissen diktiert wurde. Tom fuhr fort. »Ich verstehe, daß du dich eingesperrt fühlst. Ich kann auch wahnsinnig werden, weil ich nie über meine Zeit selbst bestimmen kann, weil ich nie meine Bedürfnisse an erste Stelle setzen kann, aber ich lasse den Ärger nicht an dir aus. Oder tue ich das?« Seine Stimme klang bittend. Annika gab keine Antwort. Es gab dazu nichts zu sagen. Ja oder nein, was spielte das für eine Rolle? »Tue ich das?« Tom begann zu weinen und versteckte sein Gesicht hinter seinen Händen.

»Nein, das tust du nicht«, antwortete Annika schließlich mit Blick auf Toms gesenkten Kopf. »Und ich wünschte, ich täte es auch nicht.«

Mit diesem Streit hatte sich etwas verändert. Annika wünschte, sie könnte sagen, daß irgend etwas besser geworden sei, aber das stimmte nicht. Sicherlich gingen sie vorsichtiger miteinander um, sie und Tom, fragten umsichtiger nach den Wünschen und Bedürfnissen des anderen. »Möchtest du Nudeln? Gut, dann machen wir es so, die Suppe können wir auch morgen essen.« Sagten sich höflich gute Nacht am Abend und guten Morgen zum Frühstück, boten sich an, den anderen bei den Fahrten zum Kindergarten zu entlasten. Aber es fühlte sich mehr wie ein Spiel an als wie ein Akt wirklicher Rücksichtnahme. Mehr wie eine Methode, neuen Konflikten aus dem Weg zu gehen. Die angespannte Atmosphäre zu Hause schlug sich auf die Kinder nieder. Sie wurden unruhig, knatschig oder besonders anhänglich. Annika wußte nicht, wie sie mit ihnen umgehen sollte. Sie versuchte wie immer zu sein, zu vermitteln, daß es keinen Grund zur Unruhe gab. Sie hätte es besser wissen müssen. War es der nackte Überlebensinstinkt, der die Kinder so hellhörig machte?

Als Rickard an einem Nachmittag in ihr Büro kam und mit besorgtem Gesichtsausdruck fragte, wie es ihr ging, konnte Annika nicht länger an sich halten. Sie fing hemmungslos an zu schluchzen. Rickard schloß schnell die Tür und zog sie zu dem kleinen Sofa am anderen Ende des Zimmers. Er nahm sie in den Arm, streichelte ihr übers Haar und küßte ihre Stirn. Er ließ sie weinen und sagte still: »Ach, meine Liebe«, bis das Schluchzen weniger wurde und sie dankbar die zusammengefaltete Papierserviette nahm, die er hervorgezaubert hatte. Sie brachte sich halbwegs wieder in Ordnung, schneuzte sich und wischte mit dem Daumen die Mascara weg, die sie unter den Augen vermutete. Rickard sah sie an und wartete ab. Sie fühlte sich nicht gedrängt. Er schien alle Zeit der Welt zu haben. Alle Zeit der Welt für sie.

»Entschuldige«, fing sie an. Rickard schnitt ihr sofort das Wort ab.

»Aufhören!« sagte er streng. Er wolle keine Entschuldigungen hören, er lasse nicht zu, daß sie sich für ihre Gefühle schäme, sagte er. »Erzähl lieber.« Er hielt ihre Hand. Streichelte sie.

»Ich habe mich mit Tom gestritten«, sagte sie leise. Einen Moment zögerte sie, sollte sie das wirklich erzählen. »Ich weiß nicht, was eigentlich passiert ist. Es ist, als würden wir uns gar nicht mehr kennen. Wir leben zusammen, aber manchmal frage ich mich, wer er ist, was er da tut.« Sie warf einen Blick auf Rickard, konnte er verstehen, wovon sie sprach? Er nickte. »Ich weiß, daß er mein Mann ist und daß wir aus Liebe geheiratet haben. Daß er mein bester Freund war, seit wir uns kannten, aber es ist, als wäre all das ...« Annika hob verzweifelt die Hände. Verschwunden, dachte sie, aber das Wort war so stark, so endgültig, daß sie es nicht aussprechen konnte.

»Glaubst du, er fühlt dasselbe?«

»Ich weiß es nicht. Ich weiß nicht mehr, was er fühlt oder denkt.« Sie fing wieder an zu weinen. Rickard zog sie näher an sich heran. Der Wollstoff seines Jacketts fühlte sich an der Wange rauh an. Er wiegte sie leicht und drückte seinen Mund an ihr Haar. Langsam beruhigte sie sich. Rickard legte seine Hände um ihr Gesicht, drehte es zu sich. Er sah sie an, ließ seinen Blick zwischen ihren Augen wandern, über ihre Nase, ihren Mund ... Und da fühlte sie es wieder. Die Erregung. Völlig unpassend, absolut fehl am Platz. Ihre Arme wurden schwer, sie schloß die Augen. Wartete auf den Kuß. Aber statt dessen ließ er sie los. Sie sah auf und suchte seinen Blick.

»Annika, du hast Streit mit deinem Mann. Du bist traurig«, sagte er sanft. »Wenn du dich jetzt von mir küssen läßt, dann nur, weil du getröstet werden willst. Aber deshalb möchte ich dich nicht küssen.« Er sah hinab auf ihre Hände im Schoß. »Ich glaube, du weißt das«, sagte er still. »Denk darüber nach, was du hast, was du willst ... Ich bin da.« Dann drückte er ihre Hand, so fest, daß es beinahe schmerzte, bevor er aufstand und mit einem letzten Blick zu ihr die Tür öffnete und das Büro verließ.

Vielleicht würde Milla sie verstehen. Annika hatte kein gutes Gefühl dabei, Bigge noch mehr Probleme aufzuhalsen. Die hatte genug eigene. Außerdem: Woher sollte Bigge auch wissen, wie es ist, verheiratet zu sein?

Tom wollte am Samstag mit Andrea ins Theater gehen, und Annika und Mikael hatten vor, allein zu Hause zu bleiben. Aber vielleicht könnten sie auch zu Milla und Fredrik rausfahren. Und Mikael mit Anton und Filip spielen lassen. Fredrik zog sich meist zurück, wenn Milla und sie sich trafen. Er nahm es nicht übel, daß seine Gesellschaft nicht immer so erwünscht war. Annika rief Milla an. Sie freute sich, Samstag paßte ihr sehr gut. Fredrik würde zwar mit Anton beim Hockeytraining sein, aber Filip wäre zu Hause und würde sich bestimmt freuen, einmal der Große zu sein. Annika beendete schnell das Gespräch, sagte, sie müsse noch arbeiten, denn sie hatte keine Lust, am Telefon auf Millas Fragen zu antworten.

Mikael freute sich, als sie ihm von ihrer Idee erzählte. Er war sauer gewesen, weil Andrea ins »Thiater« gehen durfte und er nicht. Aber die Aussicht darauf, mit Filip in einem richtigen Jungskinderzimmer mit ferngesteuerten Autos, Robotern und Dinosauriern zu spielen, war offensichtlich eine mehr als gute Alternative.

Annika hatte vorgehabt, für den Freitagabend irgend etwas Gemeinsames vorzuschlagen, wenigstens ein Video zu leihen, aber Tom war nicht in Stimmung, und so gab sie die Idee auf. Der Vorteil an der Situation zu Hause war, daß sie zumindest nicht mehr so oft vor dem Fernseher sitzen blieben, wenn die Kinder eingeschlafen waren. Es war kein schönes Gefühl, dort zu sitzen, wortlos, nebeneinander. Während der vergangenen Woche hatte Annika daher den Kühlschrank abgetaut, Bilder ins Fotoalbum der Kinder eingeklebt und eine Jeans (ihre eigene) und zwei Pullover (von Andrea) geflickt. Trotzdem hatte sie es noch nicht geschafft, Brot zu backen, eine Riesenportion Hackfleischsoße vorzukochen, um sie dann einzufrieren, und einen Brief an ihren Vater zu schreiben.

Am Freitag abend ließ sie sich jedoch aufs Sofa fallen und fing an zu zappen. Schaute eine Weile eine Show, in der sich superstarke Typen von einem Turm herunterprügeln sollten. Sie wechselte den Kanal und landete mitten in einem James-Bond-Film, den sie schon unzählige Male gesehen hatte, dessen Titel ihr aber nicht mehr einfiel. Sie wechselte noch einmal das Programm. Großer Familienfilm im Ersten. Nachdem Annika den Film bis zu Ende angeschaut hatte, schaltete sie wieder um auf James Bond. Aber als die dritte Werbepause innerhalb einer halben Stunde eingeblendet wurde, hatte sie keine Lust mehr und ging hinüber ins Badezimmer, um sich für das Bett fertigzumachen. Sie sah in den Spiegel. Der Pony war ein bißchen gewachsen, ihre Haarfarbe schon wieder ausgeblichen. Vielleicht sollte sie beim nächsten Mal Rot versuchen, dachte sie, während sie den Schaum von der Zahnpasta wegspülte. Oder das ganze Gezottel abrasieren und buddhistischer Mönch werden.

Als sie gute Nacht sagte, sah Tom vom Computer auf.

»Ach, ist es schon so spät.«

»Nein, aber es lief soviel Mist im Fernsehen, daß ich lieber ins Bett gehe.« Das sollte kein Angriff sein, aber Tom verstand es offensichtlich als einen.

»Tut mir leid, aber ich muß das hier fertigschreiben«, sagte er säuerlich und wies auf den Bildschirm.

»Klar, ist schon in Ordnung.« Annika versuchte, neutral zu klingen. »Aber ich gehe jetzt schlafen. Gute Nacht.«

»Gute Nacht.«

Es duftete nach Schneckennudeln, als Milla die Tür öffnete.

»Ich bin gerade beim Backen«, erklärte sie überflüssigerweise, während Annika Mikael aus dem Schneeanzug half.

»Wie gemein, das machst du nur, damit ich Komplexe kriege,« seufzte Annika.

»You bet! Das ist das erste Mal seit dem Sommer, daß ich backe, denn heute habe ich mir vorgenommen, dieser Annika mal zu zeigen, wie man eine Familie versorgt! Warte nur, bis ich anfange, das Parkett zu polieren!«

»Polieren?« Annika mußte lachen.

»Ja, oder wie man das nennt.« Milla seufzte.

»Ich bin schon froh, wenn wir es schaffen, zweimal im Jahr Staub zu saugen . . .« Milla drehte sich zu Mikael um, der sich neugierig umsah. »Filip ist in seinem Zimmer. Wollen wir hochgehen und gucken, was er gerade macht?« Mikael nickte eifrig und stieg mit Milla die Treppe hoch. Annika ging in die Küche und rettete ein Blech gerade fertiggebackene Schnekkennudeln aus dem Ofen. Der Duft und der Anblick der aufgegangenen Gebäckstücke weckten in ihr richtigen Kaffeedurst. Milla tauchte auf.

»Oh, gut, daß du die rausgeholt hast. Ich hatte sie ganz vergessen. Kaffee?«

»Sehr gern.«

»Wie schön, dich zu sehen. Ich habe viel an dich gedacht.« Milla schraubte den Espressokocher auf und füllte neuen Kaffee aus der Lavazza-Dose nach. Dann füllte sie Milch in einen Topf und stellte ihn auf den Herd.

»Ich auch«, antwortete Annika. Sie setzte sich an den Küchentisch. »Wie geht es euch?« Milla hielt einen Augenblick inne.

»Ich denke, gut. Fredrik arbeitet wahnsinnig viel. Wir schaffen es kaum, uns zu sehen, das Gefühl habe ich jedenfalls. Aber im März fahren wir in Urlaub!« Sie strahlte. »Eine Woche Zypern für die ganze Familie. Last minute.«

»Phantastisch!« Annika meinte es wirklich ernst, auch wenn ihre eigenen Familienurlaubs-Versuche eher niederschmetternd gewesen waren.

Tom und sie hatten ein paar Mal versucht, mit der ganzen

Familie zu verreisen. Sowohl als Andrea klein war, als auch später mit beiden Kindern. Nach dem letzten Versuch, einer Last-Minute-Reise nach Kos, hatten sie beschlossen, es zu lassen. Zumindest bis die Kinder groß genug waren, daß ihnen die Reise auch Spaß machte.

Mit Kleinkindern zu verreisen war der Versuch, seinen Alltag an einen fremden Ort zu verlegen, an dem jedoch all die Dinge fehlen, die normalerweise die Routine des Alltags erleichtern. Außerdem war es frustrierend, all das nicht tun zu können, was man gemeinhin mit Urlaub verband: in der Sonne liegen (viel zu schädlich für kleine Kinder), baden (Einjährige haben Angst vor dem Meer), romantische Abendessen im Restaurant (wo man versucht, demselben widerwilligen Einjährigen die Spaghetti mit Hackfleischsoße nach Art des Hauses mit einem Teelöffel einzutrichtern), Kneipenbummel (funktioniert möglicherweise, wenn man liebe Kinder hat, die in ihrem Buggy einschlafen, Annika hatte damit keine Erfahrungen) und natürlich Sex (mit der ganzen Familie im selben Zimmer waren die Aussichten nicht besonders rosig).

Das war nicht leicht zu schlucken, denn Tom und sie waren beide für ihr Leben gern gereist, und sie hatten einige Versuche unternommen, ehe sie aufgaben. Als sie Andrea das erste Mal mit ins Ausland nahmen, war sie neun Monate alt. Sie flogen nach Mexiko. Hatten versucht, sich die Sache zu erleichtern, indem sie eine kinderfreundliche Anlage gebucht hatten. Erst als sie zwei Wochen ohne Schlaf hinter sich hatten, begriffen sie, daß es nicht so klasse war, mit Kindern in dem Alter in andere Zeitzonen zu reisen.

Klar, es gab Familien, die sich auf den Weg machten und mit ihren Neugeborenen durch Asien trampten. Das mochte wunderbar funktionieren, aber Tom und Annika hatten schnell gelernt, daß sie vermutlich nicht zu diesen Familien gehörten. Leider.

Aber natürlich lag die Sache bei Milla und Fredrik anders. Ihre Kinder waren ja jetzt schon größer, sie konnten sogar schwimmen. Und Würstchen und Pommes gab es auf Zypern bestimmt in den meisten Restaurants.

»Und wie geht's euch?« Milla füllte den Kaffee in zwei hohe Gläser, legte ein paar Schneckennudeln auf eine Platte und stellte sie auf den Küchentisch. Annika nahm eine, sie waren noch ganz warm.

»Nicht so toll.«

»Echt.« Milla setzte sich. Sie sah besorgt aus. Annika holte tief Luft.

»Ich glaube, ich habe es vermasselt . . .«

»Rickard?«

Annika nickte. »Obwohl es nicht nur an ihm liegt. Auch Tom und ich. Alles zusammen. Ich weiß nicht, was passiert ist, es klappt irgendwie nicht mehr. Ich weiß nicht mehr, wo er steht.«

»Meinst du nicht, das ist umgekehrt?«

»Wie meinst du das?«

»Daß du nur zu gut weißt, wo er steht.«

Annika dachte einen Augenblick nach. »Ja, vielleicht kann man es auch so ausdrücken«, sagte sie schließlich.

»Mmh . . . Wie ernst ist es denn mit Rickard?«

»Ziemlich ernst.« Annika betrachtete Milla, die mit ihrem Teelöffel im Kaffee rührte.

»Bist du verliebt?«

Annika nickte leicht. »Ich glaube schon.«

»Ja, dann hast du, so wie ich das sehe, nur zwei Möglichkeiten: Entweder entscheidest du dich dafür. Lebst deine Liebe aus.« Milla machte eine Kunstpause. »Oder du siehst zu, daß du das mit Tommy wieder geradebügelst. Ganz einfach.«

»Du meinst, nichts leichter als das?« Annika versuchte zu lächeln. Milla lächelte nicht zurück. »Aber Milla, hast du eine Vorstellung, wie kompliziert das alles ist?«

»Ja, natürlich ist das kompliziert. Aber die Antwort ist einfach. Es gibt nichts dazwischen. Oder? Du kannst nicht mit diesem Rickard so weitermachen. Nicht, solange du mit Tom verheiratet bist. Dann mußt du dich scheiden lassen.«

»Scheiden lassen!? Wer hat denn davon gesprochen?«

»Warst du das nicht?«

»Nein. Ich will mich nicht scheiden lassen!« Annikas Stimme überschlug sich vor Schreck. Sich scheiden lassen, so weit hatte sie im Traum nicht gedacht.

»Wieviel ist Rickard denn wert?«

»Ich weiß es nicht.« Annika sank in sich zusammen. »Er zieht mich an. Ich will ihn berühren, mit ihm zusammensein. Weißt du, ich hatte fast vergessen, wie es sich anfühlt, wenn man erregt ist, bis wir vor ein paar Wochen auf seinem Sofa gelandet sind. Ich war fast schockiert, als ich merkte, wie stark dieses Gefühl war!«

»Also geht es nur um Sex?«

»Nein. Nicht nur. Es ist viel schlimmer, da ist etwas, gegen das ich mich viel schlechter wehren kann.« Annika hielt inne, versuchte, mit anderen Worten zu erklären, was für ein Gefühl es war, das Rickard in ihr auslöste. »Er sieht mich«, sagte sie schließlich. »Er *sieht* mich.«

Mikael war müde, als sie auf dem Heimweg in der U-Bahn saßen. Nach den schweren Demütigungen von seiner großen Schwester hatte er in die Welt der Jungen hineinschnuppern dürfen. Es war offensichtlich, daß er sie verlockend fand. Ohne Pause redete er von Filips verschiedenen Actionfiguren, als ob sie alle seine Freunde wären. Zu Hause gab es nicht viele solcher Spielsachen. Es war schon anstrengend genug gewesen, als Andrea ins Prinzessinnenalter kam. Als sie Glitzer, rosa Tüll und Engelflügel haben wollte. Aber Mikael mit Plastikwaffen und stereotypen Plastikhelden auszustatten war mehr, als Annika ertragen konnte. Vielleicht war sie diejenige, die merkwürdig war, das Ergebnis einer Kindheit in den siebziger Jahren, aber sie haßte Barbiepuppen und Spielzeugpistolen. Mikael löste das Problem auf seine Weise. Ein Stock im

Park diente ausgezeichnet als Schwert, und in den Händen ihres kleinen Bruders konnten Andreas Puppen sowohl Stofftiere als auch Eltern mit donnerndem Knallen kaltblütig niederschießen.

Tom war der Ansicht, darüber müsse man sich keine Sorgen machen. Er sagte, er habe auch Schreckschußpistolen gehabt und Krieg gespielt, als er klein war, und sei trotzdem zu einem friedlichen Mitbürger und Kriegsdienstverweigerer herangewachsen.

Annika sah durch das Fenster der U-Bahn hinaus. Sah sich selbst in der schwarzen Scheibe. Das Gespräch mit Milla nagte an ihr. Mikaels Geplapper nahm sie nur von ferne wahr. Es war, als hätte Milla alle Befürchtungen mit Namen versehen. Scheidung. Schrecklich. Das durfte nicht geschehen. Sie mußte die Sache mit Rickard beenden. Noch war Zeit. Es war ja *nichts* passiert. Sie mußte mit Tom reden. Ihre Ehe retten.

Annika war nervös. Es war sonderbar, wegen Tom nervös zu sein, aber das, was sie ihm sagen wollte, war so schwierig zu formulieren, daß sich in ihrem Kopf vor lauter Worten alles drehte. Sie versuchte, für Worte wie »verliebt« und »ein anderer« eine angemessene Umschreibung zu finden, aber wenn sie Tom vor sich sah, geriet ihr alles durcheinander. Vielleicht war es gar nicht möglich, sich auf ein solches Gespräch vorzubereiten.

Sie hatte beschlossen, es so schnell wie möglich hinter sich zu bringen, aber den Samstag hatte sie gebraucht, um ihre Gedanken zu sammeln, und am Sonntagabend war Tom mit einem Freund verabredet. Jetzt war Montag. Einen Moment lang hatte sie überlegt, es doch lieber zu lassen. Vielleicht würde sie die Sache selbst in den Griff bekommen. Rickard war ja trotz allem ihr Problem, aber dann dachte sie daran, wie diese Taktik bislang funktioniert hatte, und entschied, daß das Gespräch wohl doch sein müsse. So unangenehm es auch war.

Es war, als hätten die Kinder es gespürt, denn vor halb zehn gab es keine Ruhe im Kinderzimmer. Tom und sie mußten beide am nächsten Morgen früh aufstehen. Vielleicht wäre es besser, doch bis morgen zu warten? Tom, der auf dem Sofa saß, löste ihr Dilemma.

»Meinst du nicht, wir sollten mal reden?« fragte er plötzlich und drehte sich zu ihr um. Mit der einen Hand an der Fernbedienung knipste er den Fernseher aus. Obwohl Annika sich vorbereitet hatte, fühlte sie sich nun von seiner Frage überrumpelt. Beinahe wäre sie ihrem Instinkt gefolgt und hätte geantwortet: »Worüber denn?«, doch dann beherrschte sie sich. Statt dessen holte sie tief Luft und sah ihn an.

»Ja«, sagte sie.

»So können wir wohl kaum weitermachen.«

»Nein.«

»Was ist denn nur passiert? Warum ist es jetzt so?« Tom sah sie traurig an.

»Ich glaube, daß es zum großen Teil meine Schuld ist«, sagte Annika leise. »Ich fürchte, ich habe es ... vermasselt ...« Tom sah sie an, er verstand nicht.

»Es ›vermasselt‹?«

»Keine Sorge, es ist nichts passiert, aber ...«

»Aber? Wovon redest du, *was* ist nicht passiert?« Man konnte an seinem Tonfall hören, an dem Blitzen seiner Augen sehen, daß er verstanden hatte, worum es ging. Annika wurde fast schlecht.

»Es ist jemand im Büro ...«

»Jemand im Büro?« wiederholte Tom.

»Ja.« Annikas Stimme klang jämmerlich.

»*Welcher* Jemand im Büro?«

»Rickard.«

»Du redest von Rickard? Dann sag es doch, sag Rickard, wenn du den meinst!« Es lief überhaupt nicht so, wie Annika es sich vorgestellt hatte. Sie kam nicht dazu, die Dinge zu erklären. Tom reagierte zu schnell, er durchblickte zu viel, er kannte sie so gut.

»Es ist nichts passiert«, setzte sie wieder an. Das machte Tom nur noch wütender.

»Ja, und warum sitzen wir dann da und reden über Rickard, *wenn nichts passiert ist!?*«

»Ich will es dir ja gerade erklären. Wenn du mich läßt.« Tom hielt den Mund. »Ich glaube, ich habe mich verliebt.« So, jetzt war es auf dem Tisch. Schlimmer als jetzt konnte es nicht mehr werden. »Ich will das nicht«, sagte sie weiter. »Ich will in dich verliebt sein. Mit dir verheiratet sein. Ich kann nicht erklären, wie es dazu gekommen ist. Plötzlich war er einfach da. Sah mich. Sprach mit mir. Es war, als ob ich plötzlich wieder ein interessanter Mensch wäre. Als ob etwas von der Annika, die ich einmal war, wieder zum Vorschein kam.«

Tom schnitt ihr das Wort ab. »So, und ich sehe dich nicht? Ist das so? Wo ich mein ganzes Leben nach dir ausgerichtet habe!«

»Ich habe dich nie darum gebeten, dein ganzes Leben nach mir auszurichten!« In Annika stieg langsam Verzweiflung hoch. Er wollte einfach nicht hören, was sie sagte.

»Nein, aber ich habe es trotzdem getan! Weil ich dich liebe. Damit wir ein schönes Leben zusammen haben.«

»Aber wir *haben* ein schönes Leben zusammen.«

»Und warum kommst du dann nach Hause und erzählst mir, daß du dich in so einen verdammten Rickard verliebt hast!? Erklär mir das!« Kleine Tropfen Speichel schossen durch die Luft, als er die Worte aus sich herausschleuderte. Noch nie hatte sie ihn so gesehen. Wütend, verzweifelt und noch irgend etwas anderes ... in Panik, dachte sie. Plötzlich sah sie ihre Situation glasklar. Besah sie von allen Seiten wie in einem Kaleidoskop und ließ den Schlagabtausch zu. Fühlte die Panik. Seine Panik.

»Tom, hör mir doch mal zu.« Sie versuchte, seine Hände zu nehmen, aber er zog sie weg. »Ich will das alles nicht.«

»Nein, natürlich nicht, was willst du dann, daß ich Mitleid mit dir habe?«

»Nein. Ich will, daß wir das hier durchstehen. Daß wir wieder zueinanderfinden.« Tom schien sich etwas zu beruhigen, als er hörte, was sie sagte. Er saß schweigend da. »Ich will Rickard nicht. Ich will dich.« Das war die Wahrheit. Immerhin zur Hälfte. Sie wollte Tom. Und dieses andere würde sich schon lösen, wenn sie es beschloß. Es war ihre Aufgabe, das zu erledigen. Tom hatte genügend Wahrheiten gehört.

»Und wie sollen wir das anstellen, wieder zueinanderfinden?

»Keine Ahnung. Reden, so wie jetzt.« Annika versuchte noch einmal, Toms Hände zu ergreifen. Dieses Mal ließ er sie. Sie fühlten sich schlaff und schwer an. Er beantwortete ihr Streicheln nicht, als sie seine Hände drückte.

Dann schwiegen sie. Annika machte ein paar Versuche, das

Gespräch noch einmal in Gang zu bringen, aber Tom ging nicht darauf ein. Es war, als wäre eine Klappe zugegangen. Der Kontakt war abgebrochen. Annika wünschte sich beinahe, ihn wieder wütend zu sehen, während er so schwieg. Alles war besser als dieses versteinerte Gesicht, das sie vor sich sah.

Schließlich schlug sie vor, schlafen zu gehen. Tom nickte ausdruckslos. Als Annika auf ihrer Seite im Bett neben Tom lag und in die Dunkelheit starrte, fragte sie sich, ob nicht manche Leute in solchen Situationen Versöhnungssex hätten. In ihrem Fall schien das nicht angebracht. Tom atmete still, schwer, aber sie wußte, daß er nicht schlief. So wie auch sie nicht schlafen konnte. Jetzt hätte sie ihn gebraucht, hätte ihn nahe bei sich spüren müssen. Hätte die Bestätigung gebraucht, daß sie das Richtige tat, doch sie wagte es nicht, sich ihm zu nähern. Er war so verletzt, und es war ihre Schuld. Sie hatte kein Recht, irgend etwas zu verlangen.

Annika hatte Glück. Rickard würde die ganze Woche nicht im Büro sein. Sie konnte sich ungestört ihrer Arbeit widmen. Sich in Unterlagen und ihre Routine hineinvertiefen. Sie arbeitete eine Menge Stapel ab, die liegengeblieben waren, stellte für Tord Verkaufszahlen mit Erläuterungen zusammmen, kümmerte sich darum, Geld für Janets Geschenk einzusammeln, denn sie wurde nächste Woche dreißig, und löste dann und wann sogar Jenny an der Rezeption ab, obwohl das nicht ihre Aufgabe war.

Am Donnerstag verließ Annika das Büro früh. Sie war dran, die Kinder abzuholen, und sie wollte den Einkauf für das Abendessen noch vorher erledigen.

Als sie zum Kindergarten kam, schwer beladen mit zwei vollgepackten Einkaufstüten, kam Mikael herausgerannt und klammerte sich an ihr Bein. Sie stellte die Tüten ab und löste vorsichtig die Umklammerung ihres Sohnes.

»Hey Kleiner, was ist denn das für eine Hose?«

»Ich hab dich vermisst.«

»Ich habe dich auch vermisst. Hast du eine andere Hose angezogen? Sollen wir mal deine anziehen?«

»Nein, will ich nicht!« Mikael ließ los und rannte aus dem Flur. Annika wollte ihm gerade hinterherrufen, als Katrin, Mikaels Erzieherin, auf sie zukam.

»Hallo Annika, hast du einen Moment Zeit?«

»Ähh ... ja natürlich.« Annika war überrascht. Sie war doch pünktlich? Hatte sie vergessen, Obst für den Ausflug am Vormittag einzupacken?

»Ja, ich dachte wegen Mikael ...« Katrin warf einen Blick über die Schulter, um zu sehen, ob der Junge schon auf dem Rückweg war. Das war er nicht. Sie fuhr fort. »Er ist ein bißchen aus dem Gleichgewicht.«

»Aus dem Gleichgewicht? Was meinst du damit?«

»Ja, es fällt mir schwer, es treffend zu benennen, aber er streitet sich im Moment so oft mit anderen Kindern, nimmt ihnen die Spielsachen weg. Haut...«

»Wirklich?«

»Ja, und dann hat er sich heute vormittag eingenässt, auf dem Ausflug. Das kann natürlich eine einmalige Sache sein, aber es ist sehr lange her, daß ihm so etwas passiert ist.«

»Ach so, deshalb hatte er...«

»Ja, er hat eine Leih-Hose an. Du kannst sie morgen wieder mitbringen.«

»Klar. Danke.«

»Vielleicht ist es ja gar nichts Besonderes. Kinder machen ja ihre Phasen durch, ich wollte es dir nur sagen.«

»Ja, das ist gut zu wissen... danke.« Mehr konnte Annika nicht sagen, bevor Mikael wieder in den Flur kam. Katrin verabschiedete sich und ging zurück zu den anderen Kindern. Mikael lief zu den Einkaufstüten und fing an, darin herumzuwühlen. Eine Packung mit Hackfleisch fiel auf den rauhen Steinboden, und eine Knoblauchknolle rollte unter das Schuhregal der Kinder. Annika war genervt, aber als sie den schuldbewußten Blick ihres Sohnes sah, biß sie die Zähne zusammen. Sie half ihm, den Schneeanzug und die Stiefel anzuziehen, zog die Tüte mit der vollgepinkelten Hose aus Mikaels Regal, und dann machten sie sich auf den Weg, um Andrea abzuholen. Unterwegs versuchte Annika, ihn ein bißchen auszuhorchen, fragte, wie es im Kindergarten war, wie ihm der Ausflug gefallen hatte, aber Mikael wollte nichts erzählen. Statt dessen fand er einen Stock und zog ihn den ganzen Weg zu Annikas Schule neben der Häuserwand her.

Dort mußte sich Annika Andreas Gejammer anhören, Petronella solle mit nach Hause kommen. An einem anderen Tag, lautete der Kompromiß, und Andrea verabschiedete sich übertrieben dramatisch von ihrer Freundin. Zusammen spazierten nun Mutter und Kinder durch die vertrauten Straßen nach Hause.

Je näher sie ihrem Zuhause kamen, desto unbehaglicher wurde Annika zumute. Das Gespräch mit Katrin lag ihr schwer im Magen, und sie wartete darauf, mit Tom darüber reden zu können. So, wie sie es immer taten, wenn etwas mit den Kindern war. Tom konnte sie so gut beruhigen und ihr versichern, daß es sich schon wieder geben würde. Vielleicht würde er darüber sogar ihren Streit vergessen. Oder ihn zumindest eine Weile aus dem Blick verlieren. Nach dem Gespräch am Montag hatte Tom deutlich signalisiert, daß er nicht mehr darüber reden wollte. Ich muß das erst einmal verdauen, sagte er nur, als Annika die Sache noch einmal ansprach. Sie versuchte alles, sich auf ihre Dinge zu konzentrieren und ihn in Ruhe zu lassen. Die Waffenstillstands-Atmosphäre, die vorher da war, war wieder verschwunden. Tom war kurz und abweisend. Annika fragte sich, wie lange das anhalten würde. Wenn Tom sie anfuhr, wollte sie am liebsten zurückblaffen, ließ es aber sein. Davon würde es auch nicht besser werden.

Jetzt hatte sie immerhin ein Anliegen, das Tom nicht abschmettern konnte. Vielleicht ist das das Gute daran, dachte sie, als sie die Wohnungstür aufschloß und die Kinder in den Flur ließ. Sie legte ab, half Mikael mit dem Schneeanzug und trug die Einkaufstüten in die Küche. Andrea kam mit einem Videofilm in der Hand an. Annika war nicht in der Lage, genügend Widerstand zu leisten, und die Kinder verschwanden im Wohnzimmer. Spaghettiwasser aufgesetzt, her mit dem Schneidebrett. Zwiebeln hacken, Hackfleisch anbraten. Die Tomatendose öffnen, darübergießen. Knoblauch. Salzen, pfeffern. Gleichzeitig deckte sie den Tisch. Stellte vier tiefe Teller hin. Vier Gläser. Gabel und Löffel für Tom und sie, Gabel, Messer und Löffel für Andrea und für Mikael nur einen Löffel. Wasser in eine Kanne und Milch für die Kinder. Gerade als sie den Ketchup auf den Tisch gestellt hatte, hörte sie Tom in der Tür. Sie ging in den Flur. Er hatte noch nicht abgelegt. In der Hand hielt er einen eingepackten Blumenstrauß.

»Für dich«, sagte er ein bißchen schüchtern und streckte ihr das Blumenpaket entgegen.

»Für mich?« Annika verstand überhaupt nichts mehr.

»Mach es mal auf«, sagte er und hängte seine Jacke auf. Annika tat, was er gesagt hatte. Unter dem Seidenpapier versteckten sich eins, zwei, drei, vier... sieben rote Rosen!

»Weil ich dich liebe«, antwortete Tom, bevor Annika dazu kam, zu fragen. Ihr schossen die Tränen in die Augen.

»Aber...«

Tom ging auf sie zu und nahm sie in die Arme. Sie standen lange so da. Dann schob er sie ein wenig von sich und sagte ernst: »Ich will, daß wir das hinkriegen. Ich will, daß wir wieder zueinanderfinden. Ich habe uns am nächsten Wochenende im Landhaus Ektuna ein Zimmer gemietet. Eine Nacht von Samstag auf Sonntag.«

»Aber...« fing Annika wieder an. Sie wußte nicht, was sie sagen sollte. War sie das wirklich wert? »Und die Kinder?«

»Mutter hat versprochen, sie zu übernehmen, der alte Mann wird das schon verkraften.« Er lachte. Das war das erste Mal seit langem. Die Kinder hörten ihn und kamen angelaufen.

»Was sind das für Blumen?« fragte Andrea, als sie den Strauß Rosen erblickte, den Annika noch immer in der einen Hand hielt.

»Die hat Mama von mir bekommen«, antwortete Tom und sah Annika an. »Weil ich sie liebe.«

»Tust du das?« fragte Andrea mißtrauisch. Tom lachte wieder.

»Ja, das tue ich.«

»Und ich liebe Papa«, fügte Annika mit einem Blick auf Mikael hinzu. Er schien von der Liebeserklärung nicht besonders beeindruckt zu sein.

»Ich hab Hunger«, sagte er.
»Ja. Das Essen ist gerade fertig«, antwortete Annika, und gemeinsam ging eine Familie zum gedeckten Tisch.

Annika zupfte an der weißen Spitze, vielleicht doch besser schwarz? Oder rot. Nein, rot nicht. Sie wollte sexy wirken, nicht vulgär. Annika nahm zwei schwarze und drei weiße BHs mit in die Umkleidekabine. Sie zog die Jacke aus und knöpfte die Bluse auf. Der BH, den sie trug, war wirklich das letzte. Ausgewaschen und mit kleinen Noppen. Das Weiß war ergraut und der Träger ausgeleiert. Plötzlich schämte sie sich. So präsentierte sie sich also ihrem Mann? Kein Wunder, daß er so wenig Interesse zeigte. Sie zog sich den BH aus. An ihrer Brust gab es jedenfalls nichts auszusetzen. Trotz der Stillzeiten. Vielleicht keine super Teenagerbrust mehr, aber auch nicht völlig ausgelutscht. Der erste BH war zu eng, da schob sich ein Wulst über den Rand. Der andere war zu barock. Sicherlich ein vernünftiger Alltags-BH, aber nichts für ein romantisches Wochenende. Nichts, um die Liebe wieder wachzuküssen. Der dritte saß gut. Weiche Spitze und ein leichter Push-up-Effekt gaben der Brust eine hübsche Rundung. Sie zog ihn auch in Schwarz an. Noch besser, dachte sie zufrieden, als sie in den Spiegel sah. Sie entschied, beide zu nehmen. Es war lange her, daß sie Unterwäsche gekauft hatte, und der traurig fahle Fetzen, den sie in der Umkleidekabine über den Stuhl geschmissen hatte, zeugte davon, daß sie den Bestand dringend überarbeiten mußte. Dann ging sie hinaus und suchte Slips aus. Dachte über ein paar Strings nach, stellte sich ihren Po darin vor und überlegte es sich sofort wieder anders. Lieber ein Mittelding. Hübsch, aber nicht altmodisch. Auf dem Weg zur Kasse griff sie sich noch ein paar schwarze Stay-ups.

Als sie bezahlt hatte, beeilte sich Annika, zu Åhléns zu kommen. Sie mußte das Geschenk für Janet noch besorgen. Eigentlich hatte sie sich deshalb eine lange Mittagspause genommen und war in die Stadt gefahren. Janet wünschte sich ein

184

Glätteisen für die Haare. Annika verglich eine Weile die Modelle, die es gab. Sie hatte keine Ahnung von Glätteisen, aber Janet hatte erzählt, daß alle Promis so etwas benutzen würden. Sie hatte eine Reihe schöner Frauen aufgezählt. Vielleicht sollte Annika sich selbst einen zulegen? Sie verwarf das sofort, als sie den Preis sah. Die Investition, die sie gerade getätigt hatte, mußte reichen. Das eingesammelte Geld langte auf jeden Fall für das Glätteisen. Es blieb sogar etwas Geld übrig, für das sie Blumen kaufen konnte. Tobias hatte versprochen, ein paar Flaschen Prosecco auf Firmenrechnung zu besorgen. Das war eine von Tords netten Eigenschaften als Chef, er war großzügig. Wenn jemand einen runden Geburtstag feierte, stellte die Firma Sekt und Torte.

Als sie alles erledigt hatte, fuhr Annika mit der U-Bahn zurück zur Arbeit. Es war schon zwei. Um vier wollten sie sich im Aufenthaltsraum zum Feiern treffen, hieß es. Annika versteckte das Päckchen unter ihrer Jacke, als sie an Janets Büro vorbeikam. In ihrem Büro angekommen, stopfte sie es in eine Schreibtischschublade und legte die Tüte mit den anderen Einkäufen auf den Besucherstuhl. Dann nahm sie sich vor, zu arbeiten, aber der Gedanke an die schöne Unterwäsche ließ sie nicht los. Sie hatte die Slips nicht einmal anprobiert, die Zeit war zu kurz gewesen. Und wenn sie nicht paßten? Sie entschloß sich, die Tüte mit zur Damentoilette zu nehmen. Vielleicht könnte sie Tom schon heute abend überraschen! Sie lächelte bei dem Gedanken, während sie sich auszog.

Es war ein sonderbares Gefühl, nackt in der Toilette zu stehen. Wenn sie vergessen hätte, die Tür abzuschließen! Sie schaute auf den Türgriff, nein, es war zugesperrt. Annika schwankte eine Weile zwischen der schwarzen und der weißen Garnitur. Weil sie eine schwarze Bluse trug, entschied sie sich für die schwarze. Der BH war wirklich schön, und der Slip saß prima. Es hing nicht zuviel Pobacke heraus, und die eingesetzte Spitze vorn war gewagt, aber gut so. Bevor sie sich wieder anzog, riß sie die Preisschilder ab. Als sie sich im Spiegel ansah, stellte sie fest, daß sie von außen betrachtet wie immer aussah. Keiner konnte ahnen, was sie auf der Toilette gemacht hatte, aber das Gefühl der neuen Unterwäsche auf ihrer Haut versetzte sie in eine besondere Stimmung. Als hätte sie ein Geheimnis. Eins, das sexy war.

Sie bekam nicht viel zustande, plötzlich war es vier Uhr und an der Zeit, in den Aufenthaltsraum zu gehen. Tord hielt eine kleine Rede für Janet. Er sprach davon, daß der Dreißigste der Höhepunkt jeder Frau sei. Eine dreißigjährige Frau hatte noch immer den schönen Körper der Jugend, nun aber gewürzt mit dem Wissen der reiferen Frau. Eine unwiderstehliche Kombination, behauptete er und umarmte Janet. Annika fragte sich im geheimen, ob der unvermeidliche Verfall des Körpers wirklich durch Weisheit und Erfahrung kompensiert werden könne. Sollte man Tord Glauben schenken, war es ja schon einige Jahre her, daß sie den Höhepunkt der weiblichen Anziehungskraft überschritten hatte.

Janet bedankte sich für das Geschenk und versicherte nun jedem, daß sie nie mehr mit struppigem Haar im Büro erscheinen würde. Das wurde mit einem Applaus belohnt. Tobias schenkte den Prosecco in Einweg-Weingläser ein, und Tord sprach einen Toast. Dann erhoben sie sich und sangen ›Hoch soll sie leben‹.

Gerade als Janet die grüne Prinzeßtorte anschnitt, kam Rickard in den Aufenthaltsraum. Annika erstarrte. Sie hatte nicht gedacht, daß er noch am Nachmittag aus Göteborg zurück sein würde. Es war ja Freitag. Niemand hätte ihm einen Vorwurf gemacht, wenn er das ganze eine Stunde länger hingezogen hätte und dann direkt nach Hause gefahren wäre. Jetzt stand er in der Tür. Er hatte noch den Mantel an und die Aktentasche in der Hand und wurde freudig begrüßt. Rickard zog den Mantel aus und ging nach vorn, um Janet zu umarmen. Tobias besorgte ihm ein Weinglas. Rickard setzte sich an den Tisch zu Annika, Tord und Jenny. Er begrüßte sie ungezwungen und erzählte kurz von seiner Reise nach Göteborg.

Tord und er tauschten ein paar Erfahrungen aus über die Kunden, die er besucht hatte. Sie lachten. Annika saß da wie gelähmt. Sie überlegte, ob sie aufstehen sollte, einen Grund vorschieben und zusehen sollte, daß sie nach Hause kam. Aber sie hatte sich gerade ein Stück Torte auf den Teller gelegt, und es würde einen sonderbaren Eindruck machen, wenn sie nicht wenigstens so lange blieb, bis sie aufgegessen hatte. Tobias ging herum und schenkte nach. Jemand stellte das Radio an und fand einen Musiksender. Annika wußte nicht, welcher das war, für sie klangen alle gleich. Auf jeden Fall war es Musik, die sie kannte, ein Achtziger-Jahre-Hit von A-ha. Rickard drehte sich zu ihr um.

»Take on me«, sagte er und lächelte. Erst verstand sie nicht, wovon er sprach, die Worte verwirrten sie. Dann fiel der Groschen, natürlich, das war der Titel des Liedes. Es war ihr peinlich.

»Noch einen Schluck?« Tobias stellte eine geöffnete Flasche auf ihren Tisch. »Schenkt nach, ich habe Unmengen eingekauft«, flüsterte er ihnen zu, so daß Tord es nicht hören konnte.

»Ich werde nicht mehr lange bleiben«, sagte Annika kurz.

»Ich auch nicht«, versicherte Rickard. Jenny schenkte nach. Der Prosecco schmeckte gut, kühl und fruchtig. Die kleinen Bläschen stiegen ihr in die Nase, und sie mußte niesen. Rikkard lachte.

Plötzlich erhob sich Tord und griff nach Janet, die gerade vorbeiging, um sich noch ein Stück Torte zu holen.

»Ein Tanz mit dem Geburtstagskind!« rief er laut und hielt sie fest. Langsam drehte er sich mit ihr in den kleinen Küchenraum.

»Kann jemand die Musik aufdrehen!« rief er. »Seht ihr nicht, daß wir hier einen Geburtstagswalzer tanzen!« Jenny stand auf und drehte die Musik lauter, und weitere Paare schlossen sich an. Jens und Gunilla. Kalle und Johanna. Rikkard sah Annika fragend an.

»Darf ich bitten?« Annika zögerte. Das konnte doch wohl nicht gefährlich sein? Nicht bei der Arbeit, mit so vielen Menschen drumherum. Sie trank ihr Glas leer und stand langsam auf. Rickard nahm ihre Hand und zog sie auf die improvisierte Tanzfläche. Es war eng, das Licht war gedämpft. Jenny hatte die Neonröhren ausgeknipst.

Annika traute sich kaum zu atmen. Rickard hielt sie an der Taille fest, seinen Kopf an ihrem. Ganz kurz schloß sie die Augen. Fühlte seinen Körper, seinen Atem. Dann war die Musik abrupt zu Ende. Eine scharfe, helle Stimme dröhnte aus dem Radio, schnell schaute sie auf. Bei OnOff sei Schlußverkauf und man solle sich beeilen, sagte die Stimme, und sich die Computer-Schnäppchen nicht entgehen lassen. Annika nutzte die Gelegenheit, Rickards Armen zu entfliehen. Auch die anderen gingen an ihre Tische zurück. Die spontane Tanzstunde war vorbei. Annika setzte sich. Sie zitterte am ganzen Leib. Tobias hatte eine neue Flasche auf den Tisch gestellt und die Gläser gefüllt. Annika hatte einen trockenen Mund und trank hastig ein paar Schlucke. Es half nichts. Der Raum wurde leerer. Es war ja Freitag, und die Kollegen wollten langsam nach Hause. Nach Hause zu ihren Familien oder Vorbereitungen treffen für einen freien Abend.

Annika vermied Rickards Blick, als sie sich entschuldigte und hastig in ihr Büro ging. Sie schloß die Tür hinter sich und sank in das kleine Sofa. In ihrem Kopf drehte sich alles, sie hatte es bei ihrer Einkaufstour nicht mehr geschafft, etwas zu essen. Der Prosecco machte sich bemerkbar. Sie versuchte, langsam zu atmen. Sich zu sammeln.

Sie wußte nicht, wie lange sie so dagesessen hatte, als es vorsichtig an der Tür klopfte. Annika antwortete nicht. Sie wußte, wer es war. Nach einem weiteren Versuch bewegte sich die Türklinke, und Rickard kam herein.

»Wo warst du?« fragte er und kam langsam auf das Sofa zu. »Die anderen sind nach Hause gegangen.« Annika wollte ihn bitten zu gehen. Erklären, daß sie jetzt auch gehen würde. Zu ihrem Mann. Daß sie mit Rickard nichts mehr zu tun haben wollte. Aber sie saß schweigend da. Der Blick auf den Boden geheftet. Er setzte sich neben sie. Ein paar Sekunden verstrichen. Dann legte er seine Hand auf ihren Schenkel. Er hätte sie genauso gut direkt auf ihr Geschlecht legen können. Es war, als jage ein Stromschlag durch ihren ganzen Körper. Sie sah zu ihm hoch, und als er sich vorbeugte und sie küsste, prostestierte sie nicht.

Annika atmete laut. Rickard ließ seine Zunge ihren Hals hinunter wandern. Er knabberte an ihren Ohren. Mit der einen Hand begann er, ihre Bluse aufzuknöpfen. Als sie offen war, fiel sie von ihrer Schulter herunter. Er küßte die Haut zwischen ihren Brüsten und flüsterte ihr etwas ins Ohr. Ließ die Finger unter die schwarze Spitzenkante gleiten. Zog vorsichtig den Träger herunter, küßte ihre Brust. Seine Zunge befeuchtete ihre steife Brustwarze.

Es war wie im Film, dachte Annika plötzlich ganz klar. Sie sah sich wie von außen. Eine Szene voll erotischer Spannung, würde das wohl heißen. Nein, es war noch mehr als das. Ein Porno. Rickard war an ihrer Hose angelangt und knöpfte sie auf. Sein Kopf war über ihren nackten Bauch gebeugt. Sie spürte seinen warmen Atem. Sie bewegte sich nicht. Konnte sich nicht bewegen. Sein Zeigefinger fuhr am Saum ihres Slips entlang. Dann verschwand seine Hand in ihrer Hose. Annika war so erregt, daß sie laut stöhnte, als er nur seine Hand auf ihren Venushügel legte. Er kam kaum dazu, ihre Klitoris zu liebkosen, da kam sie schon. Sie war völlig überrumpelt, so heftig war es. Sie, die immer so still war, schrie plötzlich auf. Ein sonderbarer, fremder Laut. Den sie von sich selbst noch gar nicht kannte. Rickard küßte sie, während ihr Körper noch immer heftig zuckte. Dann beruhigte sie sich. Annika fühlte sich völlig leer. Blank. Der starke Orgasmus hatte ihre Gedanken gereinigt. Von Gefühlen befreit. Alles, was sie noch hatte, war ihr Körper.

Rickard zog seine Hand vorsichtig aus ihrem Slip. Bei der

Bewegung zuckte sie noch einmal zusammen und stöhnte auf. Sie schloß die Augen. Rickard küßte sie noch einmal. Sie setzte sich auf und sah an sich herunter. Die aufgeknöpfte Bluse, die über die Schulter geglitten war. Der neue schwarze BH, aus dem die eine Brust hervorschaute. Die aufgeknöpfte Hose. Die schwarze Spitze ihres Slips.

Annika zog den BH zurecht und begann, die Bluse zuzuknöpfen. Sie traute sich nicht, Rickard anzusehen. »Ich muß gehen«, sagte sie schließlich und erhob sich. Sie sah ihn an. Er schaute ängstlich.

»Es tut mir leid, Annika«, sagte er. »Ich konnte einfach nicht widerstehen. Bist du mir böse?«

»Nein«, antwortete Annika kurz. »Ich bin nicht böse auf dich. Das war meine Entscheidung. Mein Fehler.«

»Es tut weh, zu hören, daß du es einen Fehler nennst.«

Annika versuchte ein Lächeln, aber ihr Blick war wie versteinert. »Ich werde jetzt nach Hause gehen. Zu meinem Mann. Morgen werden wir in ein gemeinsames Wochenende aufbrechen, um zu versuchen, unsere Ehe zu retten. Ich hoffe, daß du es nicht als persönliche Beleidigung verstehst, wenn ich sage, daß dies ein denkbar schlechter Start in dieses Wochenende war.« Annika sammelte schweigend ihre Sachen zusammen. Rickards Blick folgte ihr. Bevor sie das Büro verließ, blieb sie auf der Schwelle stehen. »Auf Wiedersehen, Rickard«, sagte sie. Dann ging sie in den leeren Flur hinaus.

»Warte, Annika!« Rickard stand in der Türöffnung und rief ihr nach. »Ich möchte dir noch eines sagen«, und seine Stimme zitterte, »es ist mir ernst. Ich will dich.« Annika sah ihn traurig an, dann machte sie auf dem Absatz kehrt, ging die letzten Schritte bis zum Ausgang und verließ das Gebäude.

Tom redete fröhlich drauflos, als sie auf die E4 abbogen. Er hatte sich das Auto von einem Freund geliehen. Ein schrottreifer Alfa, aber es war trotzdem ein Gefühl von Luxus. Da sie in der Stadt wohnten, waren sie zu dem Ergebnis gekommen, daß sie kein eigenes Auto haben mußten. Sowohl Tom als auch Annika kamen schneller mit den öffentlichen Verkehrsmitteln zur Arbeit, und die paar Male, die sie ein Auto brauchten, konnten sie sich eins mieten oder leihen. In der Stadt kostete ein Auto nur Geld, und Parkplätze waren auch schwer zu finden.

Tom war extra früh aufgestanden und hatte die Kinder zu den Großeltern gefahren. Währenddessen hatte Annika eine Tasche mit den Sachen, die sie brauchten, zusammengepackt. Toms Sachen zuunterst, ihre eigenen oben drauf. Den Anzug hatte Tom im Kleidersack aufgehängt. Sie wartete draußen auf dem Bürgersteig, als er hupend seine Ankunft ankündigte. Jetzt waren sie auf dem Weg. Ins Landhaus Ektuna.

Tom redete und redete, und Annika gab sich die größte Mühe, ihm zuzuhören. Was auch geschehen war, es durfte ihr Wochenende keinesfalls beeinträchtigen. Das hatte sie beschlossen. Sie hatte einen Fehler gemacht, jetzt war die Gelegenheit, ihn zu beheben. Doch je länger sie fuhren, desto schwieriger wurde es, auf Gesprächsthemen zu kommen. Und wie sehr sie sich auch anstrengte, über Toms Witze zu lachen, er schien nicht so richtig zufrieden. Na ja, wenn sie erst da wären, würde es sich bessern. Sie erinnerte sich an die heimelige Atmosphäre in dem kleinen Landhaus und freute sich darauf, es sich mit einer Tasse Nachmittagstee und ein paar frisch gebackenen Scones in der Bibliothek bequem zu machen.

Auf dem letzten Wegstück mußte sie eingeschlafen sein, denn sie erwachte, als der Wagen plötzlich auf dem Parkplatz vor dem flachen Hofgebäude hielt.

»Wir sind da«, sagte Tom und zog den Schlüssel aus dem Schloß. »Wenn Frau Lindén so nett wäre, mich zu begleiten?« Er lächelte Annika an und streichelte ihre Hand. Sie stiegen aus dem Auto. Es war mittlerweile März geworden, und der Winter hielt die Natur nicht länger in Schach, wenngleich es auch noch zu früh war, von Frühling zu reden. Sicherlich war das Schmuddelwetter vom vergangenen Mal schwachen Sonnenstrahlen gewichen, die zwischen den schwarzen Zweigen der Eichen hindurchblinzelten, aber warm war es nicht und auch noch kein Grün zu sehen.

Tom und Annika gingen ins Haus. Auf einer Schiefertafel, die direkt neben der Rezeption aufgestellt war, hatte jemand geschrieben: *Das Landhaus Ektuna begrüßt Friberg & Lund!* Annika sah mißtrauisch auf die Tafel. Eine Frau mit Schürze tauchte hinter der Theke am Empfang auf und hieß sie willkommen.

»Wer ist Friberg & Lund?« fragte Annika und wies auf die Tafel.

»Das ist eine Beratungsgesellschaft, die heute abend hier eine Konferenz abhält«, erzählte die Dame lächelnd. »Ich hoffe, daß es Ihnen nichts ausmacht.«

»Sicher nicht«, antwortete Tom und lächelte. Die Frau drehte sich um, um den Schlüssel zum Kornblumenzimmer zu holen.

Das Zimmer war größer als das Iriszimmer und ging zum Hof hinaus. Es war mit einem Doppelbett, zwei Sesseln und einem kleinen Schreibtisch möbliert. Annika nahm dankbar zur Kenntnis, daß es diesmal eine Badewanne gab. Tom warf sich auf das Bett.

»Komm her«, sagte er und streckte die Arme nach ihr aus. Annika zog sich die Schuhe aus und legte sich neben ihn. »Und was machen wir jetzt?« fragte er und umarmte sie.

»Keine Ahnung. Vielleicht spazierengehen.«

»Spazieren? Ich hatte an etwas anderes gedacht ...«

Annika versuchte zu lächeln, ihr Magen krampfte sich zusammen. Schnell stand sie vom Bett wieder auf.

»Wir können ja nicht mit der Tür ins Haus fallen«, versuchte sie zu witzeln. »Ich würde gern erst einmal frische Luft schnappen.« Tom erstarrte, versuchte aber, sich nichts anmerken zu lassen.

»Okay. Gut, ein Spaziergang.«

Sie gingen auf den lehmigen Wegen rund um den kleinen Teich. Die riesigen Eichen reckten sich über ihre Köpfe. Es roch nach Erde und ein wenig muffig. Annika holte tief Luft. Sie hatte so lange in der Stadt gewohnt, daß ihr der Duft der Natur fast fremd erschien. Sie gingen still nebeneinander her. Lauschten den Vögeln, den Zweigen, die unter ihren Füßen knackten. Es war, als würde man alleine gehen, obwohl ein anderer dabei war. Als ob sie sich so gut kannten, daß kein Wort nötig war. Sie mußten kein Wort über die Düfte sagen, die riesigen Bäume, das dunkle Wasser des Teiches, das Eichhörnchen, das zwischen den Baumstämmen reißaus nahm. Sie erlebten es beide. Jeder für sich. Zusammen. War es so, wenn man das Leben mit jemandem teilte?

Sie hatten sich überlegt, vor dem Abendessen noch in die Sauna zu gehen. Sie nahmen ihre Kulturtaschen und gingen hinaus zu dem rotgestrichenen Häuschen am Ende des Grundstückes. Drinnen war viel los. Als sie die Tür öffneten, schlug ihnen der Dampf entgegen. In den Korbstühlen vor der Tür saß eine Gruppe Männer und trank Bier. Sie unterhielten sich laut. Tom und Annika nickten zur Begrüßung und gingen in den Damen- und Herrenumkleideraum, um sich fertigzumachen.

In der gemischten Sauna saß, wie anzunehmen war, die andere Hälfte der Truppe in den Sesseln. Fünf Männer zwischen dreißig und sechzig, die sich unüberhörbar mit ihren

Heldengeschichten vom Segeln, vom Militär oder von ihren Abenteuerreisen übertrumpften. Jede Anekdote wurde von ordentlichem Gegröle begleitet. Keiner nahm von Tom und Annika Notiz, die versuchten, ein ruhiges Fleckchen für sich am Rand zu finden. Das war schwer. Es war keine Riesensauna.

Nach und nach schienen die Männer endlich genug von der Hitze zu haben und gingen der Reihe nach schnaubend hinaus Richtung Dusche. Tommy und Annika blieben übrig. Tommy wies zur Tür, wo sich das Klirren von Bierflaschen mit dem Gelächter mischte.

»Ist ein bißchen schade ...«, sagte er. »Ich hatte gedacht, wir könnten zusammen duschen.«

»Ist grade nicht so passend, oder?«

»Die Typen hätten bestimmt nichts dagegen. Gibt es in deren Unternehmen denn keine Frauen?«

»Ach was, das ist doch Männersache.«

Sie saßen noch eine Weile in der Sauna, bis auch ihnen die Hitze zuviel wurde. Sie gingen einzeln zum Duschen, jeder in seinen Umkleideraum. Als sie sich angezogen hatten, wollten sie sich wieder bei den Korbstühlen treffen, wo der Beratertrupp noch immer saß und grölte.

Annika hatte ihr neues Kleid angezogen. Das teure. Schöne. Es war das zweite Mal, daß sie es trug. Der fließende Stoff, der ihren Körper umspielte, rief Bilder und Gefühle hervor, an die sie sich überhaupt nicht erinnern wollte. Daran hatte sie nicht gedacht, und jetzt bereute sie es, daß sie nichts anderes mitgenommen hatte. Jetzt war es zu spät. Sie hätte etwas neues kaufen sollen. Wie die Unterwäsche. Die weiße. Die schwarze lag zu Hause in der Schmutzwäsche.

Die Männer in den Korbsesseln betrachteten sie unverhohlen, während sie auf Tom wartete. Ihre anzüglichen Kommentare waren nicht zu überhören, als sie das Haus verließen. Eine Reihe Unternehmensberater mittleren Alters auf einer Konferenz. Kein Grund, sich geschmeichelt zu fühlen.

Tom tauchte auf. Er trug seinen Anzug. Annika stutzte. Es lag am Anzug, daß er irgendwie anders aussah. Nicht der Tom, wie sie ihn kannte. Einen Moment lang hatte sie ein Gefühl im Bauch, ein Gefühl ... Dann verschwand es wieder, ehe sie richtig erkannt hatte, was es war. Er war frisch rasiert, duftete gut nach Rasierwasser. Eigentlich nahm er kein Rasierwasser. Er roch immer nach ... ja, nach Tom.

Sie legten ihre Sachen im Zimmer ab, ehe sie zum Restaurant gingen. Als sie den langen gedeckten Tisch in der Mitte des Saales erblickten, sahen sie sich mißmutig um. Das Mädchen in der Schürze führte sie zum gleichen Tisch, an dem damals Bigge und Kjell gesessen hatten.

Sie bestellten sich jeder einen Aperitif. Annika tat es vor allem Tom zuliebe. Nicht, weil sie Lust darauf hatte. Es gehörte zu dem Spiel, das sie gerade spielten. Ein Ehepaar an einem romantischen Wochenende.

Als sie gerade ihre Vorspeise serviert bekommen hatten, kamen Friberg & Lund hereinspaziert. Die zehn bulligen Männer nahmen an dem langen gedeckten Tisch Platz. Es wurden Drinks serviert und danach Hering und Schnaps, Rehsteak und Rotwein. Es wurde nicht leiser während des Abends. Tommy und Annika kamen sich vor wie auf einer Vergnügungsfahrt nach Åland. Sie versuchten, darüber zu schmunzeln, während sie sich durch ihr Drei-Gänge-Menü hindurch aßen. Dann zogen sie sich in die Bibliothek zurück, um einen Kaffee und ein paar Stückchen Schokolade zu verzehren. Tom bestellte einen Cognac. Annika verzichtete. Satt saßen sie in ihren Sesseln und nippten am Kaffee. Es war Tom, der schließlich vorschlug, wieder aufs Zimmer zu gehen. Es war kurz vor elf. Annika war müde. Sie hatte nichts dagegen.

Im Zimmer hängte Tom sein Jackett auf, und Annika streifte ihre Schuhe von den Füßen. Dann standen sie eine Weile unentschlossen da und sahen sich an. Tom ging einen Schritt auf sie zu. Sie ging einen Schritt auf ihn zu. Sie um-

armten sich. Tom küßte sie, liebkoste ihren Nacken, zog am
Reißverschluß ihres Kleides und zog es über ihren Kopf. Sie
fühlte sich nackt, als sie in ihren schwarzen Stay-ups und in
ihrer neuen Unterwäsche dastand. Nackter, als wäre sie vollkommen nackt gewesen. Ihr Bauch fühlte sich vom vielen Essen aufgebläht an. Sie versuchte ihn einzuziehen. Tom sagte
nichts zu dem, was sie trug. Er öffnete den BH am Rücken
und zog ihn aus. Gab ihr einen leichten Stoß, daß sie auf dem
Bett landete. Zog ihr die Strümpfe und den Slip aus. Zog sich
selbst aus. Dann stand er einen Moment lang da, bis er sich
neben sie legte.

Sie liebten sich. Still, behutsam, kontrolliert. Nach einer
Weile hielt Tom inne, wandte sich zu ihr um in der Dunkelheit.

»Ich wünsche mir so, daß du kommst«, sagte er. »Sag mir,
wie du es willst, was ich tun soll.« Annika biß sich auf die
Unterlippe und genierte sich. Darüber wollte sie nicht sprechen, sie wußte ja nicht einmal, ob es eine Antwort gab. Es
war schön, mit Tom zu schlafen, aber sie war weit von einem
Orgasmus entfernt. Sie hatte aber auch das Gefühl, daß es
nicht wichtig war. Konnten sie es nicht alles so lassen? Sich
einfach nur nah sein.

»Das muß nicht sein«, sagte sie. Tom sah sie an. Er sah so
traurig aus, und mit einem Mal fing er an zu weinen. Erst ruhig, dann immer heftiger. Am Ende schluchzte er wie ein kleines Kind, zusammengerollt, mit dem Rücken abgewandt von
ihr. Annika wußte nicht, was sie machen sollte. Sie setzte sich
auf und begann, seinen Rücken zu streicheln. Versuchte, ihn
zu beruhigen, indem sie Unsinn redete.

Nur langsam hörte er auf zu weinen, und Annika legte sich
hinter ihn, den Arm um seine Taille. Sie lagen ganz still da.
Atmeten im Gleichtakt. Annika wurde plötzlich schrecklich
müde. Die Augenlider fielen ihr zu, und vor ihrem inneren
Auge erschienen Traumbilder. Sonderbare, unzusammenhängende Bilder. Kurz bevor sie in den Schlaf fiel, hörte sie Toms
Stimme von ganz weit her.

»Du liebst ihn, nicht wahr?« Annika war sich nicht sicher, was sie genau gehört hatte.

»Mm«, murmelte sie. »Das tue ich. Ich liebe dich.«

»Schau mal, die Sonne!« Andrea wies aufgeregt auf die schwachen Sonnenstrahlen, die sich zwischen den Schmutzstreifen am Fenster bis auf den Küchentisch hindurchgekämpft hatten. Annika nickte. Sie hatten die Sonne seit Wochen nicht mehr gesehen. Sie hatten schon überlegt, wohin sie wohl ausgewandert sein mochte. Mikael hatte seine eigene Version: Ein Troll hatte die Sonne geklaut, um sie als Lampe in seine Höhle zu stellen. Ganz schön erfinderisch, fand Annika. Jetzt sprang Mikael jedenfalls von seinem Stuhl auf und fing an, um den Sonnenfleck auf dem Boden herumzutanzen.

»Hurra, hurra!« schrie er. »Jetzt ist Sommer!«

»Nein, jetzt ist erst mal Frühling«, berichtigte Andrea ihn, die sich auch in den kleinen Sonnenfleck gestellt hatte.

»Und ihr müßt euer Frühstück aufessen.« Annika ärgerte sich noch im selben Moment über ihre Bemerkung. So ein überflüssiger Kommentar. Was machten schon die paar Minuten? Konnte sie es den Kindern nicht gönnen, sich eine Weile an der Sonne zu freuen? Sie sollte das vielleicht auch lieber tun. Die Dunkelheit der letzten Zeit war so drückend gewesen. Den ganzen Tag künstliches Licht. Und dann Regen, Regen und noch mal Regen. »Damit wir hinauskommen, wenn die Sonne noch scheint«, fügte sie hinzu, um ihre Aufforderung ein wenig abzumildern. Die Kinder kletterten artig wieder auf ihre Stühle, aßen Dickmilch und Smacks. Tranken ihren Fertigkakao. Nicht gerade ein gesundes Frühstück. Annika konnte es nicht einmal den Kindern vorwerfen. Die Smacks waren ihre Idee gewesen. Ihr war das Paket ins Auge gefallen, als sie vor dem Müsliregal stand. Gesundes, ökologisches Müsli. Sie hatte das Müslipaket wieder zurückgestellt und statt dessen die Smacks in den Wagen gelegt.

Warum mußte es immer das Gesündeste sein? Warum durfte sie nicht einkaufen, worauf sie gerade Lust hatte? Das Leckerste.

Nach dem Frühstück räumte Annika eilig auf. Stellte Teller und Gläser in den Geschirrspüler. Tom war früh zur Arbeit gegangen. Er war heute dran, die Kinder abzuholen, und würde früh zu Hause sein. Sie wußte, wie sehr er es haßte, wenn das Frühstücksgeschirr eingetrocknet auf dem Küchentisch stand. Sie konnte es verstehen. Essen kochen machte sowieso nicht sonderlich viel Spaß. Und wenn man vorher noch die Küche aufräumen mußte ...

Obwohl die Sonne schien, war die Erde noch sehr feucht, deshalb stellte Annika die Gummistiefel hin und holte für Mikael die Matschhose heraus. Andrea zog ihre Gummistiefel nur unter Protest an. Sie war sieben Jahre alt und wußte genau, was uncool aussah und was okay war.

Annika zog mit den Kindern los. Erst mit Andrea zur Schule, dann weiter zum Kindergarten mit Mikael. Katrin, seine Erzieherin, hatte sie nicht mehr angesprochen, und Annika traute sich auch nicht zu fragen. Sie vertraute darauf, daß die Erzieher sich melden würden, wenn etwas im argen lag. Sie selbst fand, daß Mikael etwas ruhiger geworden war. Sie versuchte, sich zusammenzureißen, wenn die Kinder dabei waren, sie nicht unnötig zu beunruhigen. Aber sie war sich nicht sicher, ob diese Taktik auch funktionierte.

Annika winkte Mikael zum Abschied zu und ging zur U-Bahn. Eigentlich hätte sie schon im Büro sein müssen. Zum Glück gab es keine Stempeluhr. Vor sich selbst entschuldigte sie ihre Verspätungen oder einen frühen Feierabend immer mit ihrem niedrigen Gehalt. Sie war zwar nicht direkt unterbezahlt, aber ihr Gehalt entsprach bei weitem nicht der Verantwortung, die sie trug. Doch Tord vermied es, sie auch formal zu befördern. Er war vielleicht großzügig, wenn es sich um Torten und Blumensträuße handelte, wenn es aber an Ge-

199

haltsverhandlungen ging, zeigte er sich von einer ganz anderen Seite. Und Annika war nicht besonders gut im Verhandeln, wenn es um sie selber ging. Bigge und Milla hatten sie immer wieder ermutigt, sie aufgefordert, hartnäckig zu sein, geschickt zu verhandeln. Auch mal mehr zu fordern als das, was man erwarte. Annika machte es genau umgekehrt. Verlangte stets weniger, in der naiven Hoffnung, Tord würde freiwillig noch etwas obendrauf legen. Rickard hatte sie einmal gefragt, warum sie, obwohl sie in verantwortlicher Funktion arbeitete, sich nicht auch formal Abteilungsleiterin nannte. Was hätte sie sagen sollen? Die korrekte Antwort wäre gewesen: Weil ich so billiger bin. Sie versuchte, nicht darüber nachzudenken, es machte sie nur wütend.

Eigentlich hätte sie die Stelle schon seit langem wechseln und Karriere machen müssen. Aber wie hätte das funktionieren sollen? Wer stellt denn eine Mutter von zwei Kindern ein? Die ausfällt, weil ihre Kinder krank sind oder sie früher gehen muß, weil der Kindergarten schließt. Sie konnte froh und dankbar sein, daß sie diesen Job hatte. Vielleicht hatte sie keine Karriere gemacht und keinen tollen Titel, mit dem sie angeben konnte, aber sie konnte kommen und gehen, wann sie wollte, ohne daß sich jemand beschwerte. Und alle zehn Jahre gab es Prosecco und Torte.

Nach der Arbeit wollte Annika Bigge treffen. Sie hatte sich kaum getraut, Tom zu fragen, ob das in Ordnung war. Sie hatte Angst, er würde etwas anderes vermuten und glauben, sie würde ihn anlügen. Aber das wollte sie gar nicht. Dieses Mal nicht.

Bigge erwartete sie in dem kleinen vegetarischen Restaurant. Es duftete herrlich. Annika wollte eigentlich eine Sushibar vorschlagen, überlegte es sich aber im letzten Moment anders. Sushi war jetzt nicht gerade angebracht. Sie sah das Mineralwasser auf dem Tisch. Sie umarmten sich. Bigge hatte einen dunklen Blazer an. Vom Bauch war noch nichts zu sehen.

»Wie geht's dir?« Annika sah Bigge neugierig an. Sie sah gut aus, glücklich.

»Danke, prima«, antwortete sie. »Hungrig!« Sie begannen, die Speisekarte zu studieren. Annika entschied sich für eine Selleriesuppe mit Safran und Shitakepilzen. Bigge bestellte Gemüsewok.

»Laß hören!«

Bigge lächelte. »Ich habe mit Kjell gesprochen. Genau wie du es vorgeschlagen hast.« Sie machte eine Pause.

»Und?« Annika wurde ungeduldig.

»Und er war geschockt.«

»Eigentlich kein Wunder.«

»Nein.«

»Was hat er denn gesagt?«

»Daß er das erst einmal verdauen müsse. Daß das aber kein Grund zur Panik sei. Es würde alles gut werden. Er brauche einfach etwas Zeit.«

»Und die hast du ihm gegeben?«

»Es dauerte eine Stunde, dann rief er an.«

»Eine Stunde?« Annika war skeptisch. Bigge mußte lachen. »Er hatte sich bereits entschieden, bevor er von dem Baby erfuhr.«

»Sich wofür entschieden?«

»Es seiner Frau zu erzählen. Er meinte, er könne nicht noch länger auf den ›passenden Moment‹ warten. Er war zu dem Schluß gekommen, daß dieser Moment nie eintreffen würde. Er will mit mir zusammenleben.« Bigge sah glücklich aus.

»Und das Kind?«

»Es war vielleicht nicht gerade ein gutes Timing, und zwei Kinder hat er ja auch bereits, aber wenn nun schon ein Kind unterwegs ist, dann ist es eben so. Er findet es selbstverständlich, daß wir dieses Kind auch bekommen. Das Wort Abtreibung hat er nie in den Mund genommen.«

Annika sah Bigge beeindruckt an. Gab es wirklich keinen Haken? »Hat er jetzt mit seiner Frau gesprochen?«

»Ja. Sie ist sehr traurig und verletzt, hat aber dennoch nicht so heftig reagiert, wie Kjell befürchtet hatte. Meiner Meinung nach hatte sie schon vermutet, daß etwas lief. Im großen und ganzen hat sie es ziemlich gefaßt aufgenommen. So gefaßt wie gerade noch möglich, würde ich sagen.«

»Und die Kinder?«

»Der jüngste Sohn, Arvid, ist zwölf. Der ist völlig durchgedreht. Wollte seinen Vater nicht mehr sehen. Das hat sich jetzt gelegt, aber er hat einen unglaublichen Haß auf mich.« Sie sah besorgt aus. »Mit Emil, der etwas älter ist, lief es etwas besser. Er will schon erwachsen sein und die Dinge verstehen. Wahrscheinlich findet er das Ganze auch furchtbar, aber er zeigt jedenfalls seine Ablehnung nicht so deutlich.«

»Wissen sie von dem Baby?«

»Ja. Man kann wohl kaum erwarten, daß sie sich freuen, aber, wer weiß, vielleicht kommt das mit der Zeit.«

»Bestimmt, du wirst sehen.« Annika wollte sie trösten, aber das war kaum nötig. Es war offensichtlich, daß Bigge alles gut durchdacht hatte.

»Und Kjell? Wohnt ihr jetzt zusammen?«

»Ja, er ist zu mir gezogen. Aber wir suchen uns etwas Größeres, damit die Jungs auch über Nacht bleiben können. Wir haben schon Wohnungen angeschaut.«

»Das klingt doch gut!« brach es aus Annika heraus. »Du wohnst mit dem Mann, den du liebst, zusammen, ihr bekommt ein Kind . . . Geht es dir eigentlich gut?«

»Ja.« Bigge strich sich über den Bauch. Der Blazer rutschte zur Seite, und Annika konnte die kleine Rundung sehen. »Es ist schön, mit Kjell zusammen zu sein. Er kennt das ja schon. Steht morgens mit Tee da, obwohl mir gar nicht schlecht ist. Ich glaube sogar, daß er sich mehr auf das Kind freut, als er gedacht hatte. Es ist ja doch zwölf Jahre her. Hast du nicht noch einmal Lust auf ein Kind?« Bigge stellt die Frage so naiv, daß Annika einfach nur lachen mußte.

»Nein, wirklich nicht! Wenn es nur um das Baby ginge, klar. Babys sind wunderbar.« Sie mußte an Andrea denken, wie verliebt sie in dieses kleine Baby war. Kein Opfer schien zu groß. »Es ist nur all das andere«, fuhr sie fort. »Kleine Kinder zu haben, eine Familie zu sein ...« Sie verstummte, Bigge sah sie erstaunt an.

»Aber du liebst doch deine Kinder?« Wäre die Frage nicht von Bigge gekommen, wäre sie wütend geworden. Aber Bigge war entschuldigt. Sie konnte es ja nicht wissen.

»Natürlich liebe ich meine Kinder! Darum geht es doch gar nicht. Ich meine, Jahr für Jahr gibt man den Bedürfnissen von anderen den Vorrang. Bis am Ende von dir selbst nichts mehr übrig ist. Zumindest nichts, was du wiedererkennst.«

»Aber so muß es doch nicht kommen?«

»Nein, so muß es sicher nicht kommen«, seufzte Annika. »Aber mir geht es so. Ich habe wohl irgend etwas falsch gemacht, aber so ist es nun mal. Und das hat nichts mit der Liebe zu meinen Kindern zu tun!«

»Aber Tom und du, ihr liebt euch doch immerhin.« Eine Weile war es still. »Oder?«

»Ja, das schon. Zumindest versuchen wir einen Rest davon festzuhalten.« Bigge starrte sie erschrocken an.

»Was sagst du da? Ihr seid doch Tommy und Annika! Ihr gehört doch zusammen! Wie Geschwister.«

Annika lächelte angestrengt. »Mmh, wie Geschwister. Und was meinst du, wie gut das für eine Ehe ist?« Bigge ließ nicht locker.

»Aber wenn ihr euch auseinandergelebt habt, dann müßt ihr doch eine Paartherapie oder so was machen. Euch wieder zusammenraufen. Es ist doch wichtig, daß ihr was unternehmt, bevor etwas passiert.« Sie war aufgeregt.

»Was passiert?«

»Ja, daß einer sich in jemand anders verliebt.«

»Wäre das denn so furchtbar?«

»Ja. Findest du nicht?« Bigge sah Annika eindringlich an,

die schwieg und den Kopf senkte. Bigge zögerte. »Habe ich vielleicht etwas nicht mitbekommen?« Sie schwieg. Annika sah wieder auf. Trotzig.

»Ich weiß gar nicht, wieso du dich so aufregst. Du hast dich doch selbst in einen verheirateten Mann verliebt.«

»Ja schon, aber das war doch keine Absicht! Das war doch ein Unglücksfall.« Bigge stolperte über ihre Worte.

»Wäre es dir lieber, es wäre nie geschehen? Daß du ihn nie kennengelernt hättest?« Bigge hielt einen Moment inne.

»Nein, sicher nicht ...«

»Also! Es ist nicht immer alles so glasklar. Es ist nicht so, daß man sich verliebt und daß dann alles flutscht.«

»Das glaube ich ja auch nicht. Mir ist schon klar, daß man an jeder Beziehung arbeiten muß.«

»Und wie zum Teufel soll das funktionieren, wenn man Kinder hat, die einem ständig alle Zeit rauben und alle Aufmerksamkeit? Da bleibt doch nichts übrig.« Annika war sichtlich aufgebracht. Bigge sah sie besorgt an.

»Heißt das etwa, du hast dich in jemanden verliebt, und ihr laßt euch scheiden?«

Annika schluckte. »Nein, wir werden uns nicht scheiden lassen. Zumindest glaube ich das. Aber es stimmt, ich habe mich verliebt.«

»Ist es was Ernstes?«

»Keine Ahnung. Ich bin verliebt.«

»Weiß Tom davon?«

»Ja. Wir haben beschlossen, daß wir das gemeinsam durchstehen, aber ich weiß nicht, ob es funktioniert.«

»Ihr müßt es versuchen! Schon wegen der Kinder.«

»Nein, Bigge, nicht wegen der Kinder. Alles, was wir tun, ist wegen der Kinder. Unsere Ehe geht gerade wegen der Kinder den Bach runter! Wenn wir das zusammen überstehen, dann wegen uns. Weil wir uns lieben.« Es wurde einen Moment lang still. Bigge stocherte lustlos in ihrem Essen herum. Annika nahm ein paar Löffel Suppe.

»Was ist das denn für ein Typ?«

»Ich glaube leider, daß du ihn kennst. Es ist Marias Ex, Rickard.«

»Maria? Die nach Tokio gegangen ist?«

»Ja. Rickard hat doch im Herbst bei Computec angefangen. Ich weiß nicht, ob du dich erinnerst.«

»Doch, du hast mir davon erzählt. Ihr habt auf meinem Fest miteinander gesprochen ...«

»Ja, aber es wäre auch ohne dein Fest passiert.«

»Seit wann?«

»Vor ein paar Monaten.«

»Und du glaubst, daß er es wert ist?«

»Ich mag mich, wenn ich mit ihm zusammen bin. Mehr, als ich es lange Zeit getan habe. Er findet mich witzig, hübsch, spannend. Alles, was ich sein will. Mit Tom bin ich bloß ... Annika. Die alte langweilige Annika.«

»Meinst du nicht, daß du mit Rickard auch die alte langweilige Annika werden wirst? Letzten Endes?«

»Vermutlich.«

»Was machst du dann? Den nächsten ausprobieren?«

»Muß ich das jetzt schon wissen?« Annika versuchte zu lächeln. Bigge legte ihre Hand auf Annikas.

»Annika, versprich mir, daß du Tom nicht aufgibst, bevor ihr alles probiert habt. Ich meine, wenn es vorbei ist, ist es so. Aber ich kann mir nicht vorstellen, daß es sonst so lange geklappt hätte. Ich erinnere mich noch, wie verliebt ihr wart, als ihr euch kennengelernt habt. Ich weiß, wie glücklich du warst, als die Kinder geboren wurden. Ich weiß, wie gut ihr zusammenpaßt. Es ist wahrscheinlich nur so, daß ihr das vergessen habt. Aber es ist noch da, ganz sicher, glaub mir!«

Als Annika nach Hause ging, mußte sie sich über Bigges Reaktion wundern. Wenn jemand wußte, daß man das Glück nicht immer darin fand, das Alte zu bewahren, dann war sie es.

Manchmal war es an der Zeit zu gehen. Um sich selbst zu finden. War es da nicht ein Segen, wenn man jemanden fand, der einem dabei helfen konnte?

Sie aßen zusammen zu Mittag, sooft es ging. In Restaurants in der Stadt. Oder eine U-Bahn-Station weiter. Sie versuchten, im Büro nicht zu viel miteinander zu sprechen. Wollten nicht, daß die Kollegen etwas bemerkten. Einmal hatten sie sich abends verabredet. Sie hatten in einer Kneipe gesessen und sich an den Händen gehalten. Annika hatte Tom angelogen. Die Arbeit vorgeschoben. Wahrscheinlich wußte er Bescheid.

Nach dem Wochenende im Ektuna hatten sie mehrere Male versucht, miteinander zu reden, sie und Tom. Doch sie kamen nicht weiter. Sicherlich hatte Tom recht. Wie konnten sie auch über ihre Ehe sprechen, solange sie in einen anderen verliebt war? Trotzdem log Annika und gab vor, Rickard nicht mehr zu treffen. Das war immerhin teilweise wahr. Sie *wollte* ihn nicht mehr treffen. Jedesmal hatte sie ein schlechtes Gewissen. Doch für Tom war das ein schwacher Trost.

Eigentlich war es doch ganz leicht. Sie mußte einfach nein sagen. Ein bißchen Selbstachtung zeigen. Aber dieser Rickard machte aus ihr eine so bezaubernde Frau, daß nicht einmal sie selbst ihrem Charme widerstehen konnte. Obwohl sie sich so schämte, daß sie es manchmal gar nicht genießen konnte.

Sie und Rickard teilten ihre Geheimnisse miteinander. Tom und Annika hatten längst keine Geheimnisse mehr, die sie teilen konnten. Rickard und sie lachten zusammen. Tom und Annika lachten über die Kinder. Oder beim Fernsehen. Rickard und sie diskutierten über wichtige Dinge, Politik, Kultur, aktuelle Ereignisse. Tom und Annika diskutierten darüber, was sie zu Abend essen wollten. Rickard und sie waren verliebt. Tom und Annika waren verheiratet.

Annika war auf dem Weg zur U-Bahn, als jemand ihren Namen rief. Sie erschrak. Hatte jemand sie gesehen? Sie war mit Rickard essen gewesen. Sie hatten sich zum Abschied geküßt, bevor er noch eine kleine Runde drehte, um nicht mit der gleichen U-Bahn zu fahren wie sie. Damit niemand auf falsche Gedanken kam. Annika bestand auf allen Vorsichtsmaßnahmen. Rickard sagte, er hätte nichts zu verbergen.

»Annika Holmlund!« Wie lange hatte sie diesen Namen nicht mehr gehört. Sie sah die Frau an, die auf sie zugelaufen kam. Ein paar Jahre älter als sie. Mindestens. Breite Hüften unter einem beigen Mantel mit einem wenig schmeichelnden Gürtel dort, wo eigentlich die Taille hingehört. Aschblond gefärbtes, kurzes, vermutlich pflegeleichtes Haar. Brille. Annika starrte sie an, ohne im Bilde zu sein. Mit einem Mal erkannte sie sie.

»Marika?«

»Ja, hast du mich nicht erkannt?« Marika lachte wiehernd, und schob die Brille hoch.

»Das muß ... als wir von der Schule abgingen, gewesen sein?« Annika versuchte sich zu erinnern.

Marika wieherte noch einmal. »Lange her! Du siehst wirklich noch genauso aus!« Annika wußte nicht, ob sie das als Kompliment oder als Beleidigung verstehen sollte. Wer wollte nicht jünger aussehen? Aber auf der anderen Seite, wer wollte schon aussehen wie in der Oberstufe?

»Du auch!« Das war glatt gelogen. Marika wog mit Sicherheit zwanzig bis dreißig Kilo mehr als damals. Annika hatte sie recht dünn in Erinnerung, ein bißchen in sich gekehrt, fleißig in der Schule. Keine starke Persönlichkeit. »Wohnst du hier?«

»Ja, wir haben ein Haus ein Stück weiter.« Sie erwähnte den Namen eines Viertels, von dem Annika noch nie gehört hatte. »Ich bin hier nur zum Einkaufen. Und du?«

»Ich wohne in der Innenstadt, arbeite aber hier draußen. In einer Computerfirma. Was machst du?«

»Ich arbeite beim Konsum, aber nur halbtags. Ich habe drei Kinder, weißt du, das kleinste ist sechs. Die anderen sind neun und zwölf. Ich war zu Hause, bis Karl in die Schule kam, aber dann fand ich, daß es auch schön wäre, wieder zu arbeiten. Rauszukommen, unter Leute. Aber trotzdem will man ja genug Zeit für die Kinder haben. Wenn sie von der Schule kommen und so.« Sie lächelte unentwegt, während sie sprach. Als ob sie gerade etwas Schönes erzählte. »Hast du auch Kinder?«

»Ja, zwei.«

»Ist das wahr! Ich dachte, du gehörst zu denjenigen, die keine Kinder wollten. Gibt es ja auch. Kaum zu glauben, oder?« Marika sah Annika auffordernd an.

»Tja ...«

»Du warst ja immer so straight. Wußtest immer, was du wolltest.« Das war einer der Gründe, warum Annika nie zu Ehemaligentreffen ging. Weil die Leute einen gewissen Drang hatten, einem zu erzählen, was für ein Mensch man einmal gewesen sei. Annika zog ihre Schlüsse gern selbst. Sie war kurz versucht, ihr Bild von Marika zum Besten zu geben, ließ es aber sein. »Wie alt sind deine beiden?«

»Vier und sieben. Ein Mädchen und ein Junge.«

»Ich habe drei Jungen. Das ist vielleicht anstrengender, wenn sie klein sind, aber warte nur, bis das Mädchen in die Pubertät kommt. Da kommt die Trotzphase!«

Annika wollte zum Ende kommen, sie mußte zurück ins Büro. Demnächst würde Rickard von seinem Spaziergang zurück sein. Sie wollte die U-Bahn vor ihm nehmen. Aber Marika machte keine Anstalten, das Gespräch zu beenden. Sie redete und redete, von den Kindern, von ihrem Mann, der eine Tiefbaufirma hatte, was unheimlich praktisch war, weil sie gerade die Drainage am Haus erneuern mußten. Annika nickte desinteressiert und trat vom einem Bein aufs andere. Marika rettete sie.

»Mensch, jetzt stehe ich hier und rede, dabei habe ich zu

Hause zu tun, bis die Kinder kommen. Heute ist Brot-Back-tag!« Backtag. Aus Marikas Mund klang das wie die natür-lichste Sache der Welt.

Marika lachte und fuhr fort. »Mit vier hungrigen Kerlen in der Familie wird ganz schön viel Brot vernichtet!« Annika dachte, daß ein Sechsjähriger wohl kaum als ganzer Kerl zu rechnen sei, ließ die Sache aber unkommentiert. »Und dann mache ich natürlich Schneckennudeln«, berichtete Marika weiter. »Wenn sie von der Schule kommen.«

Annika staunte. Das war also der Prototyp einer guten Mutter. Eine Mutter, die nur halbtags arbeitete, um für ihre Kinder dazusein. Die zu Hause geblieben war, als sie klein wa-ren. Die Backtage veranstaltete und als Zwischenmahlzeit selbstgemachte Schneckennudeln servierte. Wollte sie auch so sein? Sie warf einen Blick auf die unförmige Gestalt vor sich und sah sich selbst mit der Schürze winken, während der Mann mit seinem Bagger davonfuhr. Sah sich selbst Fleisch-klößchen für vier hungrige »Kerle« rollen. Sah sich selbst an der Nähmaschine sitzen, bevor sie ins Bett ging. Nein, das war sicher nicht ihr Ding. Obwohl, und das verwunderte sie, sie mußte zugeben, daß die Vorstellung ihren Reiz hatte.

Annika ergriff die erstbeste Gelegenheit, sich zu entschul-digen, bevor Marika weiter über Dampfnudeln oder Häkel-gardinen referieren konnte.

»War nett, dich zu treffen, aber jetzt muß ich wieder zur Ar-beit. Bis bald!« Dann verdrückte sie sich durch die Absper-rung Richtung U-Bahn. Am Bahnsteig stand Rickard und wartete. Sie zügelte sich. Ging ein paar Schritte zurück. Als die U-Bahn eingefahren war, ließ sie ihn als ersten einsteigen. Dann stieg sie ein. In einen anderen Wagen.

Annika kam mit deutlicher Verspätung ins Büro. Um nicht gleichzeitig mit Rickard anzukommen, war sie eine Haltestelle weiter gefahren und hatte dann die nächste Bahn zurück ge-nommen. Sie sah ihn zwischen den Kaffeemaschinen, während sie in ihr Büro hetzte. Annika hatte kaum die Jacke ausgezogen, da klingelte schon das Telefon.

»Hallo, meine Liebe, wo bist du gewesen?« rief Milla ins Telefon. »Seit ein Uhr versuche ich, dich anzurufen.« Annika warf einen Blick auf die Uhr, es war fast halb drei. Es war eine lange Mittagspause geworden.

»Ja, ich habe eine Besprechung gehabt ...«

»Ach, die Dame an der Zentrale meinte, du seist noch nicht von der Mittagspause zurück.«

»Dann hat sie das wohl nicht mitbekommen ... Wie geht es dir?«

»Ganz gut. Es passiert nicht viel. Typisch Zwischensaison. Mein Chef ist nach Mailand gefahren, um sich nach neuen Stoffen umzusehen. Eigentlich hätte ich mitfahren sollen, aber Fredrik mußte diese Woche nach London, und einer muß sich ja um die Kinder kümmern.«

»Mensch, so was Blödes!«

»Ja. Aber seine Reise stand schon lange fest. Da war nichts zu machen.«

»Und bei dir?«

»Ja ...« Sie machte eine kurze Pause. »Gibt es keine guten Neuigkeiten?«

»Nein ... das heißt, doch, eigentlich schon!« Annika setzte sich und drehte sich mit dem Stuhl halb herum, so daß sie ihre Füße auf die niedrigste Schreibtischschublade legen konnte. »Ich habe Bigge vor kurzem getroffen. Erinnerst du dich, daß ich dir erzählt habe, sie hätte Schwierigkeiten mit einem neuen Mann?«

»Ja.«

»Er ist verheiratet.«

»Nein, sag bloß!«

»Das ist aber noch nicht alles. Bigge ist schwanger, und er ist bei ihr eingezogen! Ist das nicht verrückt?« Am anderen Ende der Leitung wurde es ganz still. Es dauerte ein paar Sekunden, bis Milla die Sprache wiederfand.

»Er verläßt also seine Frau und die Kinder, um mit Bigge zusammenzuziehen, die schwanger ist?«

»Ja.«

»Das ist ja übel!«

»Aber ...«

»Wie kann sie das nur tun, verdammt noch mal!?«

»Wie meinst du das?«

»Einfach daherkommen und eine Familie auseinandertreiben.«

»Aber das ist doch wohl nicht ihre Schuld, wenn ...« Annika kam nicht dazu, ihren Satz zu Ende zu sprechen.

»Natürlich ist es ihre Schuld! *Sie* ist doch wohl für ihr Verhalten verantwortlich. Stell dir doch mal vor, Annika, wenn so eine Braut vorbeikäme und mit Tom ein Kind zeugen würde. Fändest du nicht, daß sie dafür verantwortlich wäre?« Milla klang unheimlich wütend. Annika verstand gar nichts mehr. Sie hatte erwartet, daß Milla sich für Bigge freuen würde.

»Wenn Tom eine andere schwängern würde, dann würde ich wohl sagen, daß er genauso mitschuldig wäre.« Milla hörte gar nicht zu.

»Aber sie wußte doch, daß er verheiratet war! Wie konnte sie sich überhaupt mit ihm einlassen?«

»Sie haben sich wohl ineinander verliebt.«

»Das ist so ein Scheißgerede!« schimpfte Milla. »Da wird man doch wohl über seinen Gefühlen stehen. Wenn es wirklich so wäre, daß er sie ernsthaft liebt, dann hätte er sich auf jeden Fall zuerst trennen können. Clean cut! Statt diesem Hin und Her.«

»Ja, wie auch immer, es ist jetzt so. Ich dachte, du würdest dich für Bigge freuen. Sie ist immerhin schwanger.«

Milla beruhigte sich ein bißchen. »Ja, das ist ja schön, aber trotzdem ...« Einen Moment war es still. Annika sah auf die Uhr. Um halb vier mußte sie gehen. Sie mußte das Gespräch beenden, bevor Milla von neuem anfing. »Und wie läuft es bei dir?« Annika war klar, worauf sie anspielte. Vielleicht hätte

sie es ihr erzählt, aber wohl kaum nach diesem Gefühlsaus-
bruch. Die Bedingungen waren denkbar ungünstig, Milla
würde ihr wohl kaum gute Ratschläge geben und sie aufmun-
tern.

»Lass uns ein anderes Mal weiterreden. Ich muß hier noch
einiges wegschaffen, bevor ich die Kinder hole.«

»Okay.« Milla klang mißtrauisch. Sie verabschiedeten sich
und legten auf. Obwohl es schon so spät war, saß Annika da
und sah zum Fenster hinaus. Draußen wiegte sich eine
schmächtige Birke leicht im Wind. Noch immer waren die
Blätter nicht mehr als kleine braune Knospen, und man konnte
kaum glauben, daß der Baum schon in ein paar Wochen von
gelbgrünen Mäuseöhrchen übersät sein würde.

Sich über seine Gefühle stellen. Das klang wie eine Strafe.
Eine Disziplinierungsmaßnahme. Vermutlich war es das auch.

Es war so lange her, trotzdem konnte Annika sich noch immer
an das Gefühl erinnern. Als sie und Tom auf dem Weg zu dem
Pastor waren, der sie trauen sollte. Es war wie eine Art Auf-
nahmeprüfung. Als ob ihre Liebe von höheren Mächten für
gut befunden werden mußte.

Der Pastor, der sie in dem kleinen Bürozimmer im Pfarramt
empfing, war eine ältere Frau mit derbem Aussehen. Am Anfang hatte Annika sogar ein wenig Angst vor ihr. Angst, die
falschen Antworten zu geben, Angst, aus Versehen zu fluchen
oder etwas Unpassendes zu sagen. Aber während des Gesprächs entspannte sie sich. Die Pastorin sprach mit sanfter
Stimme. Sie lächelte viel, und das ungeschminkte Gesicht
strahlte eine intensive Lebendigkeit aus. Sie fragte, wie sie sich
kennengelernt hatten, was ihr erster Eindruck gewesen war.
Wann sie merkten, daß sie füreinander bestimmt waren. Warum sie heiraten wollten. Sie erkundigte sich nach dem Kind im
Bauch, das noch gar keinen Namen hatte. Sie beide hatten Tränen in den Augen, während sie antworteten, wahrscheinlich
deshalb, weil sie so glücklich waren.

Annika hatte lange über ihre Worte nachgedacht. Hatte viel Zeit damit verbracht, ihre Gefühle zu erklären. Ich habe nie geglaubt, daß man so verliebt sein könne, hatte sie gesagt, und gleichzeitig jemanden so tief lieben könne.

Damit war Tom gemeint. In beiden Fällen.

»Deine Mutter hat angerufen.« Tom war vom Sofa aufgestanden und kam in die Küche.

»Aha, und?«

»Sie hat nicht gesagt, worum es ging. Ich habe ihr gesagt, sie soll es auf dem Handy versuchen.«

»Ich hatte es ausgestellt. Ich sehe mal nach, vielleicht hat sie auf die Mobilbox gesprochen.« Annika stellte ihr Handy an, legte es auf den Küchentisch und wartete ab, ob es neue Nachrichten anzeigen würde. »Was hast du gesagt, wann hat sie angerufen?«

»Vielleicht gegen neun.« Annika sah auf die Küchenuhr. Es war fast halb elf. Heute abend wollte sie nicht mehr zurückrufen. Annika hatte keine große Lust, mit ihrer Mutter zu sprechen. Vermutlich erwartete sie nur wieder selbstgerechtes Gequassel über einen neuen Kurs, den sie begonnen hatte, und den Annika *unbedingt ausprobieren sollte!* Manchmal rief sie an, nur um solche Tips zu geben. Als ob Annika dafür Zeit hätte.

Jetzt war sie müde und ein wenig beschwipst. Mit ein paar Kollegen war sie nach der Arbeit unterwegs gewesen. Tobias, Gunilla, Jens, Jenny . . . Eine heruntergekommene After-work-Kneipe in der Innenstadt. In der Happy Hour ein Bier mit Croque Monsieur für neunundvierzig Kronen. Sie sah es vor sich. Die ganze Truppe um einen Tisch gequetscht, der aus imitiertem Marmor war, mit einer kleinen Papiertischdecke, Kerzen und Salz- und Pfefferstreuern darauf.

Ja, natürlich, Rickard war ja auch dabeigewesen. Das hatte sie fast vergessen. Jenny und Tobias hatten es sich wohl anders überlegt. Dann mußte Jens ja plötzlich nach Hause fahren. Und Gunilla? Ja, die wäre sicher mitgekommen, wenn sie nicht krank gewesen wäre.

Das war doch keine Lüge. Nur eine kleine Modifizierung der Wahrheit. Sie war wirklich mit einigen Kollegen, oder mit einem, weg gewesen. Nur in letzter Minute hätte sich noch etwas geändert. Vielleicht hatten sie einfach vergessen, die anderen zu fragen. Vielleicht, sie erinnerte sich nicht mehr.

Annika ging ins Badezimmer. Im Fahrstuhl, auf dem Weg in die Wohnung, hatte sie ihre Lippen nachgezogen. Achteten Männer auf so etwas, oder war ihre Vorsicht übertrieben? Sie riß ein Stück Toilettenpapier ab und schminke sich ab. Spülte sich das Gesicht mit lauwarmem Wasser. Drückte ein bißchen von der eklig süßen Kinderzahnpasta auf ihre Zahnbürste. Sie durfte nicht vergessen, morgen richtige Zahnpasta zu kaufen. Und Spültücher. Das in der Küche hing dort schon ein paar Wochen zu lange. Die Hände rochen danach, wenn man es benutzt hatte.

Als sie sich das Gesicht mit der angenehm duftenden Creme einrieb, die Schönheit in drei Stufen versprach, hörte sie das Piepen ihres Handys in der Küche. Annika nahm noch etwas Creme und schmierte sich den Hals ein. Den durfte man in ihrem Alter nicht vergessen. Dann ging sie hinaus, um die Nachricht von Viveka zu lesen.

Tom stand noch in der Küche. Annika ging auf den Tisch zu.

»Hast du mein ...« Sie drehte sich zu Tom um. Er hielt ihr Handy in der Hand. Sie wollt es nehmen, aber Tom bewegte sich nicht.

»Du hast eine Nachricht bekommen«, sagte er.

»Ja, habe ich gehört.« Tom rührte sich noch immer nicht. Annika wurde sauer.

»Kann ich bitte das Handy haben?« Sie wedelte mit der Hand. Langsam reichte er es ihr.

»Du mußt entschuldigen«, sagte er leise, »aber ich habe deine Mitteilung gelesen.«

»Du hast meine Mitteilung gelesen?« Annika starrte ihn an. Was sollte das?

»Ja«, sagte er kurz. »Frech, oder?« Er lächelte nicht. Annika warf einen Blick aufs Display. Es war ein kurzer Text. *Vermisse dich jetzt schon. Kuß!* Annika wurde eiskalt.

»Warum, zum Teufel, liest du meine Nachrichten?« wiederholte sie kraftlos.

»Meinst du, daß das im Moment unser Problem ist? Daß ich deine Nachricht gelesen habe?« Tom sah sie wütend an. Annika wußte nicht, was sie sagen sollte. Sollte sie versuchen, es zu erklären? Ausreden zu finden? »Ich nehme an, das ist von Rickard«, fuhr Tom leise fort, mit dem gleichen Blick, der neben ihr ins Leere lief.

»Es, es . . .« Tom unterbrach sie sofort. Die tonlose Stimme klang plötzlich anders. Eiskalt.

»Lüg mich nicht an! Bitte sei so gut.« Annika starrte auf das Telefon. Ein paar Worte auf einem elektronischen Display. War das nun das Ende? »Gibt es etwas, das du mir sagen willst?« fragte Tom schließlich, nachdem es in der Küche eine Weile mucksmäuschenstill gewesen war. Annika versuchte, klar zu denken.

»Ich wollte nicht, daß es so kommmt . . . Ich wollte . . .« Sie sah ihn flehend an. Konnte ihren Satz nicht zu Ende bringen.

»Ich kann das nicht für dich bewältigen, Annika. Ich kann nicht für uns beide kämpfen. Ich habe versucht, dir Zeit zu geben, um damit klarzukommen. Das hat offensichtlich nichts gebracht.«

»Ich . . .« Tom ignorierte ihren Versuch, etwas zu sagen. Das machte auch nichts, denn Annika hatte keine Ahnung, was sie hätte sagen können. Ihr Magen war wie zugeschnürt, der Mund trocken.

»Jetzt mußt du gehen. Ich halte es nicht mehr aus, dich noch länger in meiner Nähe zu haben.« Was für schreckliche Worte, dachte Annika. Als würde sie sie in einem Buch lesen.

»Gehen?« wiederholte sie.

»Ich gebe dir eine Woche Zeit«, sprach Tom weiter. »Ich

will nicht wissen, was du tust oder wo du bist. Du sollst einfach abhauen. Tu, was du tun mußt. Aber entscheide dich.«

»Aber ich kann doch nicht einfach verschwinden ... Ich ... die Kinder ...«

»Ich werde mir für sie schon eine Geschichte zurechtlegen. Die kommen auch eine Woche ohne dich klar. Also geh jetzt. Sofort!« Tom klang immer verzweifelter. Die kontrollierte Kühle in der Stimme war verschwunden. Seine Kiefer mahlten. Annika machte einen Versuch, sich ihm zu nähern. Sie ging einen Schritt auf ihn zu, streckte ihm die Hand entgegen. Tom schlug sie mit einer heftigen Bewegung zurück. »Faß mich nicht an! Hau ab!« Annika trat zurück und versuchte, ihre Gedanken zu ordnen. Wo sollte sie denn hin? Was mußte sie mitnehmen? Sie ging von der Küche ins Schlafzimmer. Fand in einem Kleiderschrank eine Sporttasche. Fing an, irgendwelche Kleiderstücke zu greifen. Ging ins Bad, packte die noch nasse Zahnbürste ein. Die Creme, die Schönheit in drei Stufen versprach. Stand einen Augenblick lang da, verwirrt. Versuchte zu begreifen, was sie gerade tat. Dann ging sie wieder in die Küche.

»Können wir nicht darüber reden ...«

»Nein.« Die Antwort kam blitzschnell. »Eine Woche hast du Zeit, aber jetzt mußt du gehen.«

»Ich muß mich von den Kindern verabschieden.« Annika stellte die Tasche ab und ging zum Kinderzimmer. Vorsichtig öffnete sie die Tür. Das kleine Nachtlicht leuchtete friedlich. Sie ging zu Mikaels Bett, kniete sich hin. Sie sah ihn eine Weile an. Das energische Kinn, der Mund etwas geöffnet, die langen Wimpern. Sie hob Nussebär vom Boden auf und legte ihn ins Bett. Küßte Mikael vorsichtig auf die Stirn. Dann stand sie auf und ging zu Andreas Bett hinüber. Deckte sie zu. Das Mädchen bewegte sich unruhig. Annika hielt die Luft an. Andrea beruhigte sich. Atmete wieder gleichmäßig. Die Haare auf dem Kopfkissen. Die Arme ganz dicht am Körper.

218

Ihre kleinen Kinder. Was hatte sie getan? *Was hatte sie getan?*

Sie ging in die Küche zurück und nahm ihre Tasche. Versuchte, Tom ins Gesicht zu schauen, aber er drehte sich weg. Sie zog Jacke und Schuhe an, griff nach ihrer Handtasche. Tom kam in den Flur. Annika hielt inne. Vielleicht hatte er es sich anders überlegt und würde sie bitten zu bleiben. Er tat es nicht. Statt dessen reichte er ihr das Handy, das sie in ihrer Zerstreutheit auf den Tisch gelegt hatte. Die Nachricht von Rickard stand noch immer auf dem Display.

»Vergiß das nicht«, sagte er scharf. »Vielleicht mußt du jemanden anrufen.« Annika wollte eben antworten, als er sich umdrehte und sie im Flur stehenließ. Dann öffnete sie die Tür und trat in das dunkle Treppenhaus.

Annika stand auf der Odengatan. Dann schlich sie langsam den Fußweg entlang, vorbei an unzähligen unbeleuchteten Schaufenstern. Die Tasche in ihrer Hand war leicht, wog fast nichts. Ein paar Kleider, ein paar Dinge fürs Bad. Wahrscheinlich hatte sie etwas vergessen. Zum Beispiel ihre Kinder. Die in ihren Betten lagen und schliefen. Die erstaunt sein würden, wenn Tom ihnen morgen erklärte, warum Mama nicht da war. Bestenfalls erstaunt. Schlimmstenfalls verzweifelt.

Vielleicht war sie nicht gerade die beste Mutter der Welt. Sie machte Fehler. Sie genügte nicht. Sie war ungeduldig. Mehr als einmal hatte sie verschlafen, und Andrea war morgens zu spät in die Schule gekommen. Sie haßte Spielplätze, spielte sowieso nicht besonders gern. Weder Doktor oder Vater-Mutter-Kind, noch Kaufmannsladen, Schule, Straßen bauen, Bauklötze stapeln, puzzlen oder zeichnen. Manchmal bummelte sie im Büro absichtlich, weil es ihr zuviel war, zu ihrer Familie nach Hause zu gehen. Manchmal konnte ein ganzer Tag vergehen, ohne daß sie Dankbarkeit dafür empfand, daß sie diese zwei Geschöpfe in die Welt gesetzt hatte. Jetzt schien ihr das unvorstellbar.

Annika kämpfte sich durch das Chaos an Bildern und Stimmen, das sie auf Schritt und Tritt begleitete. War sie denn zu nichts zu gebrauchen? Sie las ihnen immerhin jeden Abend eine Gute-Nacht-Geschichte vor. Manchmal zwei. Die Kinder hatten zwar Smacks zum Frühstück bekommen, aber sie achtete darauf, daß sie sich gründlich die Zähne putzten. Morgens und abends. Sie ging auf die Elternabende, und die Kinder hatten jeden Morgen frische Kleider an. Zählte das nicht? Annika sah im Vorbeigehen mit einem Mal ihr Spiegelbild im dunklen Schaufenster vorbeihuschen. Einen Moment hielt sie inne. Nein, dachte sie, das zählte nicht. Jetzt nicht. Im Fenster

220

sah sie das unbewegliche Bild einer Frau, die ihren Mann betrogen hatte. Sie sah eine Frau, die ihre Familie verraten hatte. Eine Frau auf Fahrerflucht. Eine, die bei Nacht und Nebel verschwand.

Annika stand vor dem Haus in der Roslagsgata. Sie sah hinauf und versuchte, sich zu erinnern, welche Fenster zu Rickards Wohnung gehörten. Überall war es dunkel. Er war sicher schon ins Bett gegangen. Es war nach zwölf. Annika zog das Handy aus der Tasche. Drückte auf *Rickard, zu Hause* und ließ es klingeln. Er nahm sofort ab, das Telefon mußte neben seinem Bett gelegen haben. Er klang erstaunt und verschlafen, als er ihr den Türcode sagte.

Annika drückte die schwere Tür auf und stand zum zweiten Mal in diesem feudalen Eingang. Seit seinem Fest war sie nicht mehr hiergewesen, sie mußte auf die Namensschilder schauen, um sich zu erinnern, in welchem Stock er wohnte. Sie stieg die drei Treppen hinauf. Besser nicht die Nachbarn stören mit dem lauten Fahrstuhl. Als sie oben ankam, stand Rickard in der Tür. Er hatte einen Morgenmantel übergeworfen. Sein blondes Haar war zerzaust. Er machte einen besorgten Eindruck.

»Was ist passiert?« Er faßte sie am Arm und zog sie in den Flur, dann schloß er die Tür. Es roch fremd in der Wohnung. Einen Moment lang dachte Annika, daß es vielleicht falsch war. Daß sie nicht hätte kommen sollen. Andererseits: Wohin hätte sie gehen können? Sich Bigge und Kjell zu Hause aufdrängen? Hätte sie Milla anrufen sollen? Und dann Fredrik und den Jungs erklären müssen, was los sei? Von Milla ganz zu schweigen.

Ihr fiel ein, was Milla vor einiger Zeit gesagt hatte: Entweder mit Rickard Schluß machen. Oder sich scheiden lassen. Annika hatte sich für keines von beidem entschieden. Sie hatte sich überhaupt nicht entschieden. Hatte einfach alles so laufen lassen. Sie wußte, was Milla davon halten würde. Natürlich würde sie es ihr irgendwann erzählen, aber nicht mehr heute abend. Nicht jetzt. Die Vorstellung, Viveka anzurufen, war absurd. Annika schauderte. Völlig ausgeschlossen. Und jetzt war sie bei Rickard. Hier wußte sie immerhin, daß sie willkommen war.

Rickard setzte sie aufs Sofa und verschwand in der Küche, um einen Tee zu kochen. Annika sah sich um. Es sah irgendwie nicht so aus, wie sie es in Erinnerung gehabt hatte. War der Raum nicht größer gewesen? Hatte das Regal wirklich da gestanden? Sie strich mit der Hand über das rote Stoffsofa. Daran konnte sie sich immerhin erinnern. Rickard kam mit einem Tablett zurück. Er schenkte ihnen beiden Tee ein, zündete eine Kerze an und setzte sich neben sie. »Erzähl!«

Annika faßte sich kurz, als ob sie ein Nachrichtentelegramm vorlas. Als Rickard von der SMS hörte, war er entsetzt.

»Das darf doch nicht wahr sein! Was habe ich bloß angerichtet?«

»Es war nicht dein Fehler.« Annika versuchte ihn zu trösten. »Ich hätte das Handy nicht auf den Tisch legen dürfen. Ich hätte wissen müssen, daß er mißtrauisch ist.«

Das klang furchtbar. Wäre das wirklich die Lösung gewesen? Das Handy weglegen? Sie mußte an Tom denken, was er gesagt hatte: War wirklich *das* ihr Problem?

»Und jetzt hat er dir eine Woche Zeit gegeben?« Annika nickte.

»Ich weiß, das klingt schlimm . . .« Rickard lächelte sie zaghaft an. »Aber vielleicht hat es auch etwas Gutes. Ich meine, jetzt haben wir zum ersten Mal die Chance, wirklich zusammenzusein. Richtig.« Rickard zog sie an sich, und sie sank in seine Arme. Sie spürte seinen Bademantel an ihrer Wange. Die Kerze auf dem Tisch flackerte auf. »Ich verstehe, daß es für dich schrecklich ist, die Kinder und alles zurückzulassen, aber vielleicht war es auch gut, daß es jetzt passiert ist«, flüsterte er in ihr Haar. »Ich meine, wenn ich es richtig sehe, ist eure Ehe doch am Ende . . .« Was sagte er da? War es so? War

ihre Ehe wirklich am Ende? Hatte sie es etwa selbst so darge-
stellt? Sie richtete sich auf und schluchzte.

»Ich weiß nicht ...«

»Hör zu, Annika, du wirst deine Kinder immer haben, aber
vielleicht sieht deine Familie in Zukunft anders aus als bisher.
Das muß doch nicht schlecht sein. Oder was meinst du?«

Annika hörte nicht mehr, was er sagte. Sie dachte an Tom, an
den Abend bei Milla und Fredrik in der Industrigata, als sie in
der Küche saßen, an das kleine Haarbüschel, das unter seinem
Hemd zum Vorschein kam. Ihr war nach Widerspruch zumute.
Was Rickard sagte, stimmte doch gar nicht! Ihre Ehe war doch
nicht am Ende, oder? Plötzlich durchfuhr Annika ein heftiger
Schmerz im Brustkorb. Sie sah Rickard an. Das blonde Haar.
Das nicht dunkel war. Der blaue Morgenmantel. Der nicht
grün war. Die aufgeräumte Wohnung. Die nicht ihnen gehörte.
Sie wollte aufstehen und gehen. Sofort. Zu Tom nach Hause
gehen und ihm erklären, daß das alles ein großer Irrtum war.
Daß sie etwas Schreckliches getan hatte. Daß er ihr verzeihen
mußte. Rickard bemerkte ihre Unruhe. »Es gibt nichts, was du
im Moment tun kannst«, sagte er, als könne er Gedanken
lesen. Vielleicht war das auch ein Kommentar auf etwas, das er
vor kurzem gesagt hatte. Annika hatte gar nicht richtig zuge-
hört. »Jetzt mußt du ihn in Frieden lassen. Später, wenn er sich
beruhigt hat, könnt ihr reden. Laß dir das mit der Scheidung
mal durch den Kopf gehen.« Annika riß sich aus Rickards Umarmung los.

»Wieso Scheidung?« sagte sie schroff und starrte ihn an.

»Aber früher oder später werdet ihr doch ...«

»Wir werden uns nicht scheiden lassen!« Annikas Stimme
überschlug sich. »Wir sind verheiratet. Wir haben Kinder.«

»Aber ihr liebt euch nicht mehr.«

»Doch.« Ihre Stimme drang kaum zu ihm durch. Annika
hörte sich selbst kaum. Vielleicht war es ja auch nur ein Echo,
tief in ihrem Kopf. Rickard streichelte ihr über den Rücken.

»Komm, laß uns schlafen gehen. Du mußt dich ausruhen«,

sagte er und stand auf. Reichte ihr die Hand. Sie folgte ihm willenlos ins Schlafzimmer. Das Bett war zerwühlt. Richtig, sie hatte ihn ja aus dem Schlaf gerissen. Rickard begann vorsichtig, sie auszuziehen. Den Pullover über den Kopf zu ziehen. Die Jeans aufzuknöpfen. Sie sträubte sich nicht, half ihm aber auch nicht. Als sie nur noch Slip und BH trug, zögerte er einen Moment. Entschied sich, es dabei zu belassen. Statt dessen hob er die Bettdecke hoch und machte ihr auf der ordentlicheren Seite Platz. Wahrscheinlich war das Marias Seite, vermutete Annika, als sie hineinkroch.

Das Laken war kühl an ihrer Haut. Das Bett duftete nach Rickard, nach seinem Körper, seiner Haut, seinem Parfüm. Er legte sich neben sie. Knipste das Licht aus. Eine Weile lagen sie still da. Annika war hellwach. Starrte an die fremde Decke. Der Radiowecker zeigte halb zwei. Rickard kam näher gerutscht. Küßte sie sanft. Murmelte tröstende Worte, die sie nicht richtig verstand. Sie spürte seine weichen Lippen, die sie nur ein paar Stunden zuvor leidenschaftlich geküßt hatte, über diesen Plastiktisch hinweg, der wie Marmor aussah. Jetzt war es anders.

Rickard begann, schwerer zu atmen. Wollte er jetzt mit ihr schlafen? Annika zog sich zurück. Rickard sah sie im Dunkeln an. Seine Augen leuchteten rot. Wahrscheinlich eine Reflexion der Digitalanzeige des Radioweckers. »Du hast eine Woche Zeit, Annika, du tust dir selbst keinen Gefallen, wenn du sie nicht nutzt«, sagte er sanft, ohne den Blick von ihr zu wenden. »Ich möchte so wahnsinnig gerne mit dir schlafen. Ich habe mich so danach gesehnt.«

Annika sprang aus dem Bett und stand ganz still. Sie war froh, daß sie nicht nackt war. Dann wickelte sie die Decke um sich herum.

»Ich schlafe auf dem Sofa«, sagte sie steif. »Ich habe kein gutes Gefühl dabei«, war das einzige, was ihr als Entschuldigung einfiel. Eigentlich war es egal, was sie sagte. Sie wußte nur, daß sie nicht mit ihm schlafen konnte. Nicht einmal neben ihm liegen. Er hatte recht, sie hatte eine Chance bekommen. Eine Woche. Sie allein konnte entscheiden, was sie in dieser Woche tun wollte. Und was nicht.

Annika schnappte sich das Kopfkissen. Rickard setzte sich auf, seine Stimme zitterte, als er sprach.

»Entschuldige, Annika! Es war dumm von mir. Liebes, komm zurück und leg dich zu mir. Ich fasse dich nicht an, ich schwöre.«

»Ich möchte lieber auf dem Sofa schlafen, bitte.« Sie gab sich Mühe, es undramatisch klingen zu lassen. Aber das war es nicht. Sie wollte mit jeder Faser ihres Körpers weg von Rikkard. So weit wie möglich. Das heiße Gefühl des Verliebtseins, das ihren Körper so lange aufgewühlt, das von ihren Gedanken und Gefühlen Besitz ergriffen hatte, war von einer Sekunde zur anderen zu einem schalen Geschmack im Mund verkommen. Sie wollte es am liebsten ausspucken, sich reinigen. Am liebsten wäre sie auf der Stelle gegangen, aber das wäre verrückt gewesen. Es war mitten in der Nacht. Sie hätte gar nicht gewußt, wohin.

»Dann bleib du hier liegen, ich ziehe um aufs Sofa.« Rikkard stand auf. Er tat, was sich für einen Gentleman gehörte. Annika unterbrach ihn mit scharfer Stimme.

»*Ich* schlafe auf dem Sofa.« Sie wollte unter keinen Umständen in einem Bett liegen bleiben, das nach einem fremden Mann roch. Ein Geruch, abgestanden wie von einer Verliebtheit, die vorbei war. Rickard ließ sich aufs Bett zurückfallen.

»Ich bin diejenige, die sich entschuldigen muß, Rickard«, fügte sie hinzu, als sie im Begriff war, das Schlafzimmer zu verlassen. »Ich hätte nicht herkommen dürfen. Es war falsch. Bitte entschuldige.«

Als Annika am Morgen erwachte, war es in der Wohnung mucksmäuschenstill. Die Sonne schien durch die Fenster ins Wohnzimmer, direkt zu ihr aufs Sofa. Es war warm unter der Decke. Sie stieß sie zur Seite, so daß ein Bein unbedeckt war. Noch einmal spitzte sie die Ohren. Kein einziges Geräusch. Dann schob sie die Decke zur Seite und setzte sich auf. Ihr Rücken fühlte sich verspannt an. Sie sah hinüber zum Fernseher. Die Uhr auf dem Videorekorder stand auf 8.17 Uhr. Sie hatte länger geschlafen, als sie gedacht hatte. Vielleicht lag das an der Stille. Sie stand auf und schlich Richtung Schlafzimmer, warf einen Blick hinein. Das Bett war leer. Sie ging weiter in die Küche. Auf dem Küchentisch lagen ein Zettel und ein paar Schlüssel.

Annika!
Ich hoffe, es geht dir besser. Es war gestern schrecklich für mich, dir nicht helfen zu können. Bitte entschuldige nochmals, daß ich so plump war. Ich muß für einen Tag nach Oslo (vielleicht erinnerst du dich?). Bin am Donnerstag zurück, wenn es geht, auch früher. Ich rufe dich an. Die Schlüssel sind für dich, fühl dich ganz wie zu Hause, wenn du kannst.

Dann hatte er ein Herz gemalt und seinen Namen darunter geschrieben.

Was war heute eigentlich für ein Tag? Annika mußte sich anstrengen und nachdenken. Dienstag. Hatte Tom die Kinder in die Schule und den Kindergarten gebracht? Hatte er an Andreas Sportsachen gedacht?

Sie mußte sich beeilen, wenn sie rechtzeitig im Büro sein wollte. Schon halb neun. Annika ging ins Schlafzimmer und holte ihre Kleider, die Rickard noch zusammengelegt und auf einem Stuhl deponiert hatte, ehe er die Wohnung verließ. Dann ging sie ins Bad und duschte kurz. Schaute auf die fremden Flaschen mit Shampoo und Rasierwasser, während das Wasser sie überströmte. Alles war sauber. Sauber und so erwachsen. Keine Quietscheentchen, keine Berge von halbdreckigen Kinderklamotten, keine eingetrocknete Zahncreme auf dem Badezimmerspiegel. Normalerweise hätte sie es schön gefunden, allein in so einer Wohnung zu sein. Die Ruhe, die Stille, keine Unordnung. Aber jetzt fühlte sie sich nur unglücklich. Die starke Frühlingssonne draußen gab ihr das Gefühl, als wäre sie eingesperrt.

Annika zog sich an. Wie kam sie darauf, heute ins Büro zu gehen? Das erschien ihr plötzlich völlig unmöglich. Am Schreibtisch sitzen und arbeiten, während ihre Ehe in die Brüche ging. Vom Handy aus wählte sie die Nummer von Computec, sie wollte nicht Rickards Telefon benutzen. Man wußte ja nie. Jenny saß in der Zentrale. Es tat ihr leid, daß Annika krank geworden war, und sie wünschte gute Besserung. Der Druck ließ nach. Da war nur noch der Rest. Was sollte sie jetzt tun? Nach Hause gehen? Nein, das konnte sie nicht. Nichts war ihr wichtiger, als mit Tom zu reden, aber erst mußte sie ihre Gedanken sammeln. Und ihn zur Ruhe kommen lassen. Sie brauchte jemanden zum Reden. Vielleicht Milla. Auch wenn es ihr widerstrebte. Irgendwann mußte sie es ihr ja doch erzählen, früher oder später. Milla würde es schon verstehen.

Annika fand eine Dose Nescafé in einem Schrank und setzte Wasser auf. An der Pinnwand in der Küche hing ein Foto von Rickard. Er saß zurückgelehnt auf dem Heck eines Segelbootes. Er lachte. Seine weißen Zähne blitzten. Seine Haare, die da etwas länger waren, wehten im Wind. Annika war klar, warum er das Foto aufgehängt hatte. Er strahlte Gesundheit und Männlichkeit aus. Es sah aus wie ein Bild aus einer Werbung für Zahnpasta. Oder für ein Deodorant.

Mit der Kaffeetasse in der Hand machte sie sich auf die Suche nach dem Telefon. Sie setzte sich an den Küchentisch und wählte die Nummer von Millas Büro. Ein paarmal klingelte es, dann nahm Milla ab.

»Hallo Milla, hier ist Annika.«

»Annika! So früh rufst du an?«

»Ja ...« Annika zögerte einen Moment, lange genug, daß Milla merkte, daß etwas nicht stimmte.

»Was ist passiert?« fragte sie kurz.

»Die Sache ist mir über den Kopf gewachsen.« Das war keine gute Beschreibung ihrer Lage. Es klang, als hätte ihr jemand außergewöhnlich viel Arbeit auf den Schreibtisch gelegt. Oder als würde sie zu spät zu einem Essen kommen. »Tom hat die Sache mit Rickard herausbekommen.« Sie seufzte.

»Aber ich dachte, du hättest es ihm schon gesagt?«

»Ja, schon ... aber nicht, daß es weiterging.«

»Weiterging? Du hast mit Rickard weitergemacht?«

»Bis gestern. Jetzt ist es vorbei.« Das war die Wahrheit. Annika fühlte es. Sie wollte Rickard nicht mehr. Kein Teil von ihr. Sie sah das Foto auf der Pinnwand an. Es war wie das Bild eines Fremden. Es berührte sie nicht. Es war nichts mehr übrig von der Begierde, die sie gespürt hatte. Kein bißchen. »Mir ist das nur zu spät klargeworden.«

»Habt ihr euch gestritten, Tom und du?«

»Nein.« So konnte man das wohl kaum bezeichnen. »Er hat mich hinausgeworfen. Ich habe eine Woche Zeit und soll mich entscheiden. Er wolle mich nicht mehr sehen.« Milla stöhnte laut.

»Was hast du nur getan, Annika?«

Wie sollte sie auf diese Frage antworten? Sie wußte sehr wohl, was sie getan hatte. Sie wollte, daß Milla sie tröstete. Aber Milla war dazu nicht bereit. »Du hast es echt vergeigt! Deine ganze Ehe! Wie kann man nur so ... so bescheuert sein?«

»Ich bin ein ziemlicher Idiot gewesen. Das weiß ich. Aber

immerhin weiß ich jetzt, daß ich Tom liebe. Vor ein paar Monaten wußte ich das nicht mehr. Ist das nicht auch etwas wert?«

»Jetzt weißt du, daß du ihn liebst?«

»Ja.«

»Und wann bekommst du die Gelegenheit, das zu beweisen?«

»Er hat mir eine Woche Zeit gegeben ...«

»Nicht nur *du* hast Bedenkzeit. Hast du dir schon mal vorgestellt, *er* nutzt diese Woche, um auf den Gedanken zu kommen, daß er dich gar nicht mehr zurückhaben will? Man könnte es ihm wohl kaum verübeln, oder?« Millas Tonfall wurde zwar etwas sanfter, aber sie bemühte sich nicht im geringsten, die Schärfe aus ihren Argumenten zu nehmen. Annika murmelte eine Antwort, sie spürte, wie ihr die Tränen in die Augen schossen. Gestern hatte sie keine einzige Träne vergossen, das fiel ihr plötzlich auf. »Ich verstehe nicht, wie du so etwas tun konntest«, wiederholte Milla.

»Ich habe nicht gewußt ...«

»Ach, hör auf, dir war doch klar, wie hoch der Einsatz war, mit dem du gespielt hast. Was wunderst du dich jetzt?« Annika dachte nach. War sie überrascht? Ja, das war sie wirklich. Das, was ihr in den letzten zwölf Stunden passiert war, war ihr völlig unbegreiflich. Sicherlich hatte sie sich in den kurzen Augenblicken des romantischen Wahnsinns eine Art Zukunft mit Rickard ausgemalt. Aber war es wirklich das, was sie gewollt hatte? Nein. Und vor allem hatte sie sich nie vorgestellt, daß sie dafür einen Preis würde zahlen müssen. Für das Verlangen, das in ihr war. Wie sollte sie das Milla erklären? Wenn man die Lösung bereits wußte, klang es verrückt. Naiv und verrückt.

»Ich liebe Tom.« Annika schluchzte fast.

»Ja, das sagtest du bereits. Die Frage ist, ob das jetzt noch eine Rolle spielt.«

»Aber was soll ich denn machen?« schrie Annika heraus.

229

»Ich kann doch nicht einfach aufgeben. Sagen, daß alles vorbei ist!«

»Nein.« Milla machte eine Pause. »Aber du solltest darauf vorbereitet sein, daß es das ist.«

Es war das erste Mal, daß Annika sich ein Hotelzimmer in der Stadt nahm, in der sie zu Hause war. Sie saß auf dem Bett. Die Tasche hatte sie auf den Boden geschmissen. Sie hatte keine Ahnung, was sie tun sollte. Es war halb sechs. Stundenlang war sie ziellos durch die Stadt gelaufen. Die Füße taten ihr weh. Sie sehnte sich so sehr nach den Kindern, daß sie das Gefühl hatte, ihr Herz würde zerspringen. Sie saß da, das Telefon in der Hand. Auf dem Display konnte sie sehen, daß sie sechs Anrufe verpaßt hatte. Von *Rickard, Handy*. Das stimmte nicht ganz. Sie hatte sie nicht verpaßt, sie war einfach nicht rangegangen. Jedesmal, wenn das Telefon klingelte, hatte sie gehofft, daß es Tom war. Daß er etwas sagen würde, sagen, daß alles wieder in Ordnung käme. Irgend etwas.

Sie wollte zu Hause anrufen. Jetzt. Sofort. Mit den Kindern reden, mit Tom, aber sie traute sich nicht. Sie hatte ja keine Ahnung, was er ihnen erzählt hatte, vielleicht würde sie die Sache nur noch schlimmer machen, wenn sie anriefe.

Den ganzen Tag hatte sie an nichts anderes gedacht. War um die Insel Djurgården herummarschiert, dann zurück in die Stadt gegangen, kreuz und quer durch den Stadtteil Gärdet marschiert. Immer im Kreis. Das half beim Nachdenken. Im Takt mit den Füßen, die sie auf die Erde setzte. Als könne sie die Gedanken in Schach halten, indem sie im Rhythmus blieb. Trotzdem hatte sie nicht das Gefühl, daß sie auf irgendeine vernünftige Idee gekommen wäre, als sie jetzt auf dem nachlässig hergerichteten Bett saß.

Sie hatte es so weit kommen lassen. *Sie* mußte es auch wieder in Ordnung bringen. Das war das einzige, was ihr klar war. Wie das funktionieren könnte, davon hatte sie keinen blassen Schimmer. Wie sollte sie Tom jemals davon überzeugen, daß er ihr verzeihen mußte? Wie sollte sie jemals sein Vertrauen zurückgewinnen? Plötzlich fühlte sie eine riesengroße Erschöpfung. Wahrscheinlich war es so, wie Milla gesagt hatte: daß es zu spät war. Sie hatte ihre Chance erhalten und alles vermasselt.

Noch nie hatte sie sich so einsam gefühlt. So viele Jahre war Tom für sie dagewesen, daß sie nie daran gedacht hatte, welche Stütze er für sie war. Jetzt fühlte sie sich, als hätte ihr jemand das Rückgrat herausgeschnitten. Sie war kraftlos, ohne Richtung, ohne Ziel. Hinausgeworfen und in einem anonymen Hotelzimmer gestrandet, mitten in einer Stadt, von der sie gedacht hatte, daß es ihre sei, die sie jedoch den ganzen Tag wie jeden x-beliebigen Touristen behandelt hatte.

Sie schloß die Augen und lehnte sich zurück. Das Bild von Viveka erschien ihr. Oder, nein, nicht Viveka. Mama. Mit rosa Lippenstift und toupiertem Haar. Vor der Scheidung. Ohne so richtig zu wissen, was sie tat, hob sie die Hand, in der sie ihr Handy hielt, blätterte vorwärts zu *Viveka, zu Hause* und drückte auf »Wählen«. Viveka hob ab, im Hintergrund war Musik zu hören. Oder war es der Gesang von Walen?

»Mama, ich bin's.« Annika hörte selbst, wie jämmerlich ihre Stimme klang.

»Annika?« Viveka kam nicht einmal darauf, sie zu korrigieren. »Was ist los?« Ob es der ungewohnt sanfte Tonfall war oder die große Traurigkeit in ihr, die sie dazu brachte loszuheulen, wußte sie nicht. Aber mit einem Mal brach Annika derart in Tränen aus, daß sie weder hören konnte, was Viveka sagte, noch selbst ein Wort herausbekam. Nur eine Frage hatte sie verstanden. »Wo bist du?« Viveka klang sehr aufgebracht. Annika verhaspelte sich, als sie den Namen des Hotels sagte. Beim dritten Mal verstand Viveka, was sie meinte. »Bleib da!« sagte sie kurz. »Ich komme.«

Das Klingeln des staubfreien Hotelzimmertelefons schreckte sie auf. Sie mußte auf dem Bett eingenickt sein. Ihre Augen brannten, als sie blinzelte. Ein Schmerz durchfuhr ihren Kopf, als sie aufstand. Eine freundliche Frauenstimme teilte mit, daß sie Besuch hätte, der an der Rezeption warte. Annika sagte, sie käme herunter. Sie wollte nicht, daß Viveka heraufkam. Wollte ihr diesen dramatischen Anblick ersparen.

Annika warf einen Blick in die Spiegel. Ihre Kleider waren zerknittert, die Augen gerötet und die Lider geschwollen. Die Haut blaß, die Haare platt. Es spielte keine Rolle.

Sie hängte sich die Handtasche über die Schulter, öffnete die Tür und steckte die kleine weiße Plastikkarte ein. Die Geräusche ihrer Schritte wurden vom Teppichboden im Flur gedämpft, als sie auf dem Weg zum Fahrstuhl war. Kleine vergoldete Wandlampen erhellten den Weg. Als das Handy klingelte, hielt sie kurz an, um es aus der Tasche zu holen. Sie warf einen Blick auf das Display, bevor sie das Gespräch wegdrückte. Dann stieg sie in den Fahrstuhl.

Als sie an die Rezeption kam, sah sie Viveka bereits in einem der Besuchersessel sitzen. Sie hatte noch ihren Mantel an. Als Annika in ihre Nähe kam, stand sie sofort auf und ging ein paar Schritte auf sie zu, blieb dann aber einige Meter entfernt stehen. Als ob sie sich nicht sicher war, was von ihr erwartet wurde.

»Annika, ich bin so schnell es ging gekommen. Was ist passiert?« Besorgt sah sie in das verheulte Gesicht ihrer Tochter. »Warum bist du hier? Sollen wir ins Restaurant gehen?« Annika nickte stumm. Viveka schritt voran und entschied sich schnell für einen Tisch. Im Restaurant waren nicht besonders viele Leute. Ein Kellner in weißem Hemd und Fliege tauchte am Tisch auf.

»Ich möchte nur eine Tasse Tee«, sagte Annika. Ihre Stimme klang heiser.

»Aber willst du denn nichts essen? Du siehst aus, als bräuchtest du ein bißchen Energie.« Viveka wandte sich an den Kellner. »Haben Sie vielleicht belegte Brote oder etwas anderes Leichtes?« Der Kellner zählte die kleinen Speisen auf. Annika verspürte nicht den geringsten Appetit.

233

»Ich nehme ein Käsebrot, wenn es so etwas gibt«, sagte sie schließlich. Viveka bestellte das gleiche. Der Kellner schien unzufrieden, widersprach aber nicht.

»Jetzt erzähl endlich, ich habe mir solche Sorgen gemacht, als du angerufen hast. Es ist doch nichts mit den Kindern passiert?«

»Nein. Die Kinder sind gesund.« Annika sah aus dem Fenster. Es war immer noch kalt, aber der helle Frühlingsabend hatte die Leute dazu gebracht, ihre Winterkleidung abzulegen. Wahrscheinlich war es vielen jetzt zu kalt. Und sie beeilten sich, in die Geschäfte zu kommen, die abends geöffnet waren, oder liefen hinab zur U-Bahn. »Tom hat mich rausgeworfen.«

»Tom? Tom hat dich rausgeworfen?« Viveka wurde still und machte ein ernstes Gesicht. »Annika, *was* ist passiert?«

»Es ist meine Schuld. Ich habe mich bei der Arbeit in einen Mann verliebt.« Es war sonderbar, das zu Viveka zu sagen. Es war so lange her, daß sie ihrer Mutter etwas anvertraut hatte, daß sie es fast eher dem Kellner erzählte hätte, der gerade hereingekommen war und die Teetassen gebracht hatte. Viveka wartete, bis er wieder verschwunden war. Dann sagte sie: »Du bist fremdgegangen?«

Annika zögerte einen Moment. Sollte sie es leugnen? Sagen, daß sie nie so weit gegangen ist? Aber das war eine Frage der Definition, die vermutlich niemanden außer ihr selbst interessierte. »Ja«, sagte sie statt dessen und seufzte.

»Lief das lange?«

»Ein paar Monate. Wir waren ein paarmal aus. Eigentlich nichts Ernstes.« Welch Lüge! Nichts Ernstes für wen? Für sie? Für Tom? Für die Kinder? Für Rickard? Sie schämte sich für ihre Versuche, die Verantwortung beiseite zu schieben. »Nein, stimmt nicht, es war ernst«, fügte sie hinzu. »Ich bin nur nicht ganz bis zum Ende gegangen.«

»Was heißt das, habt ihr nicht miteinander geschlafen?« Es war klar, daß Viveka die Dinge beim Namen nennen würde. Annika wünschte, sie wäre allein. Was hatte ihre Mutter hier eigentlich zu suchen? Annika war doch keine sieben mehr. Es ging nicht um eine Schürfwunde, für die sie ein Pflaster brauchte.

»Das ist wahrscheinlich eine Frage der Definition. Aber nein, wirklich miteinander geschlafen haben wir nicht.« Unerwarteterweise fragte Viveka nicht nach weiteren Details.

»Aber du hast dich verliebt, ihr habt euch getroffen, und Tom hat es herausbekommen?«

»Ja.« Annika sah ihrer Mutter direkt ins Gesicht.

»Und ich hatte geglaubt, dir und Tom ginge es wirklich gut.«

»Ist wohl auch so.«

»Dann würdest du dich wohl kaum in einen anderen verlieben, oder?« Annika wollte dagegenhalten, aber die Worte kamen ihr so abgenutzt vor.

»Es ist nicht so, daß ich Tom nicht mehr liebe«, versuchte Annika vorsichtig. »Aber dieser andere Mann hat etwas in mir ausgelöst. Etwas, von dem ich nicht einmal wußte, wie sehr es mir fehlt.« Sie suchte nach Worten. »Etwas Starkes ... etwas, das zu Glühen begann, das Raum brauchte.«

»Die Leidenschaft ...« Viveka sagte das Wort leise, wie für sich selbst. Dann sah sie Annika wieder an. »Warum hast du sie denn so lange versteckt?«

»Ich habe sie ja nicht versteckt!« Annika wurde ärgerlich. »Wir waren sieben Jahre verheiratet, wir haben zwei Kinder. Wo zum Teufel soll da Raum für Leidenschaft sein? Vor der Spüle? Und du hast uns ja auch nicht gerade geholfen!« Annika konnte nicht an sich halten. Sie wollte jemanden finden, der schuld war. Es war nicht allein ihre Schuld! »Wann hast du uns zuletzt die Kinder abgenommen? Na? Und uns angeboten, uns ein bißchen zu entlasten? Nie, nie warst du da! Du warst so verdammt beschäftigt mit deinem eigenen Leben, daß du gar nicht gesehen hast, wie wir untergehen!«

»Das ist unfair!« Viveka wurde wütend. »Und das weißt du auch. Ich habe es bestimmt versucht, aber du warst immer so verdammt selbstzufrieden. Mit deiner perfekten Familie und deiner perfekten Wohnung.«

»Was sagst du da?« Annika hatte keine Ahnung, wovon Viveka eigentlich sprach.

»Immer, wenn ich die Kinder einmal hatte, habe ich etwas falsch gemacht. Sie hatten nicht das Richtige zu essen bekommen, oder sie durften zu lange Fernsehen schauen oder hatten die falschen Kleider an. Ich werde nie vergessen, als Andrea klein war und ich den Kinderwagen schieben sollte, damit du ein bißchen Schlaf bekommst. Wir waren nicht einmal zwanzig Minuten unterwegs, als du uns in den Park hinterhergelaufen kamst und mich ausgeschimpft hast, daß ihr Mützchen verrutscht war! Erinnerst du dich?« Annika schluckte, war das wirklich passiert? »Oder wie du mir die Kinder weggerissen hast, wenn ich Anstalten gemacht habe, sie auf den Arm zu nehmen oder sie auf dem Schoß haben wollte, als sie klein waren.«

»Das ist doch nicht wahr!« widersprach Annika.

»Doch, mit irgendeiner Ausrede, sie seien müde, ihnen laufe die Nase oder irgend etwas. Es war, als ob du Angst hattest, sie könnten mich mögen!«

»Das ist das Lächerlichste, was ich je gehört habe.« Annika wollte aufstehen und das Restaurant verlassen. Das war überhaupt kein Trost. Aber Viveka sprach weiter, jetzt etwas ruhiger.

»Du hast das vielleicht nicht mit Absicht getan, aber ich habe mich wirklich nicht willkommen gefühlt. Ich sehne mich oft nach den Kindern, aber es war mir zu nervenaufreibend, ständig kritisiert zu werden. Dir nichts recht zu machen. Und sicher, du hast recht, ich war für euch nicht oft da, ich hätte es vielleicht sein sollen.« Viveka wurde still. Warf Annika einen flehenden Blick zu. Dann streckte sie ihre Hand über den Tisch und legte sie auf Annikas. Sie fühlte sich ungewöhnlich warm an. »Es ist nicht meine Absicht, dich traurig zu machen, aber ich finde es ungerecht, was du sagst.« Annika zog die Hand weg.

»Ich kann nur sagen, daß ich das, was du beschreibst, nicht nachvollziehen kann«, murmelte sie. »Ich finde nicht, daß du eine Hilfe warst«, wiederholte sie. Dieses Mal weniger aggressiv.

»Das verstehe ich«, antwortete Viveka sanft. »Ich bin sicher nicht die beste Oma der Welt.« Sie verstummte für einen Moment. »Und wenn wir schon dabei sind – die beste Mutter der Welt sicher auch nicht ...« Annika sah auf. Viveka hatte Tränen in den Augen.

»Auch nicht die schlechteste.«

Viveka mußte über Annikas nüchternen Kommentar lachen. Sie wischte sich mit dem Handrücken über die Augen. »Danke.«

»Keine Ursache.« Eine Weile saßen sie schweigend so da. Tranken ein wenig vom bitteren Beuteltee.

»Nicht daß ich eine Expertin in Sachen Beziehungen bin, das weißt du ja ...«, begann Viveka. »Wenn ich da an deinen Vater und mich denke ...« Annika bereitete sich innerlich auf die alte, wohlbekannte Leier vor. Aber es kam nichts dergleichen. Viveka schwieg ein Weile, bis sie weitersprach. »Uns ist es wohl auch nicht gelungen, die Leidenschaft am Leben zu halten.« Annika wußte nicht, was sie sagen sollte. Noch nie hatte sie von ihrer Mutter gehört, daß auch sie ihren Teil am Scheitern der Ehe trug. Immer war Göran schuld gewesen. Immer war er der Betrüger und sie das Opfer. Die wiedergekäuten Geschichten, in denen es nur darum ging, seine Schuld zu zementieren. Sie hatte sie so oft gehört, daß sie ihr zum Halse herauskamen. Annika sah Viveka überrascht an, als sie weitersprach. »Vielleicht muß man nicht ständig mit der Leidenschaft leben, aber ich glaube, es ist gefährlich, sie ganz aus den Augen zu verlieren.« Wieder wurde sie still. »Ich verstehe, daß das nicht einfach ist. Ich sehe doch, wie ihr euch zehnteilt. Auf gewisse Weise habt ihr es noch schwerer, als wir es damals hatten. Ihr macht beide Karriere, ich war Hausfrau. Das waren andere Zeiten.«

»Ja, aber es scheint insgesamt nicht viel besser gewesen zu sein ...«

»Wirklich nicht. Ich hatte gedacht, Göran sei zufrieden, wenn er eine hübsche Frau, ein hübsches Haus und ein hübsches Kind hätte. Es war ein furchtbarer Schock für mich, als ich begriff, daß das nicht genug war. Aber ich bin mir ebensowenig sicher, ob ich mit euch tauschen wollte.« Viveka machte eine kleine Pause. »Wenn es irgend etwas gibt, das ich tun kann, dann sag es mir bitte.« Annika nickte kurz.

»Danke.« Sie aßen ein wenig von ihren Käsebroten.

»Was hast du jetzt vor?«

»Keine Ahnung. Tom hat mir eine Woche Zeit gegeben. Er hat gesagt, ich müßte eine Entscheidung treffen.«

»Was den anderen Mann betrifft?«

»Ja.« Das war absurd. Da war keine Entscheidung zu fällen. Das mit Rickard war vorbei. Sie wußte ja schon, was sie wollte. Konnte sie nicht einfach nach Hause gehen? Wieder schossen ihr die Tränen in die Augen. »Es ist doch vorbei. Ich bin gestern abend zu ihm gegangen, und das war ein schreckliches Gefühl. Es war so falsch. Ich hatte nur Tom im Kopf. Und die Kinder. Es war, als befände ich mich in einem Alptraum.«

»Und warum gehst du nicht einfach nach Hause?«

»Tom hat gesagt, daß er es nicht erträgt, mich um sich zu haben.«

»Das ist doch ganz natürlich, daß er das sagt. Er ist ja furchtbar verletzt. Aber dir ist doch auch klar, daß er verzweifelt ist. Daß er sich nach dir sehnt.«

Annika schniefte. »Er war so wütend. Und so eiskalt.«

»Ja, was sollte er denn sonst sein? Wie wird man denn, wenn derjenige, den man am meisten liebt, uns verletzt? Wir bauen einen Panzer um uns herum. Oder Mauern aus Eis. Irgendwie muß man sich doch schützen. Dieser Frost baut sich in Sekunden auf, und man kann dann für den Rest seines Lebens versuchen, dieses Eis wieder aufzutauen. Glaub mir, ich habe es fünfundzwanzig Jahre lang versucht.« Annika sah auf. Sonderbar. Sie war nie darauf gekommen, daß Viveka an etwas arbeitete, daß sie etwas verarbeitete. Um wegzukommen von der Wut. Mit all diesen Kursen und Workshops. Die Walgesänge, die Fotografien ihrer Aura, Massagen, Astrologie, Tarotkarten ... »Es hat viel Zeit gebraucht«, fuhr Viveka fort. »Erst seit kurzem, mit Stellan, spüre ich, daß ich es wieder wage, mich jemandem zu öffnen.« Sie warf Annika einen besorgten Blick zu. »Immerhin ein wenig.« Sie verstummte und sah einen Moment lang aus dem Fenster. Dann wandte sie sich wieder ihrer Tochter zu und machte ein ernstes Gesicht. »Laß nicht zu, daß Tom in seinen Bildern, die er jetzt von dir hat, einfriert.«

Es war fast halb zehn. Die Kinder waren sicherlich längst im Bett. Annika wählte die sechs wohlbekannten Zahlen vorsichtig. Wartete auf das Klingeln. Ihr Herz schlug bis zum Hals. Dann nahm er den Hörer ab.

»Tom, hallo?«

»Tom! Ich bin's, Annika.« Es wurde still. Annika hielt die Luft an. Versuchte, jeden Atemzug zu deuten.

»Was willst du?« Mein Gott, was für eine Frage! Es gab tausend Antworten darauf, aber sie hatte das Gefühl, nur eine war richtig. Sie hatte Angst, das Falsche zu sagen. Unvorstellbar, wenn er jetzt einfach den Hörer auflegen würde!

»Dich sehen.«

»Ich bin davon ausgegangen, daß du eine Woche weg sein wirst.« Sein Ton war feindselig.

»Vielleicht können wir uns irgendwo treffen. Kannst du dir vorstellen, morgen mit mir Mittag zu essen?« Es klang, als würde sie ein Geschäftsessen verabreden.

»Mittagessen? Ich habe morgen ziemlich viel zu tun ... Wann denn?«

»Wann es dir recht ist.« Tom schwieg eine Weile. Annika wurde schmerzlich bewußt, daß sie keinen Schimmer hatte, was in seinem Kopf vor sich ging.

»Dann um eins.«

»Okay.« Annika sagte rasch zu. Sie wollte ihm zeigen, daß sie jeden Vorschlag akzeptiert hätte. Zu allem hätte sie ja gesagt. »Hast du eine Idee, wo?«

»Nein.« Tom klang, als interessierte es ihn nicht, und Annika beeilte sich, einen Vorschlag zu machen.

»Wie wäre es in Rebeccas Kök?« Das war ein kleines Restaurant bei Toms Arbeitsstelle um die Ecke. Daß es ihm keine Umstände machte. Er zögerte einen Moment.

»Okay«, sagte er teilnahmslos. »Gibt es sonst noch etwas?« fragte er nach einer langen Pause.

»Ja. Aber darüber reden wir besser, wenn wir uns treffen.«

»Aha.« Tom wollte gerade auflegen, da fiel Annika ein:

»Wie geht es den Kindern?«

»Gut.«

»Was hast du ihnen erzählt?«

»Daß du einige Tage auf Geschäftsreise bist.«

Tom sagte das widerwillig, als ob er nicht zugeben wollte, daß er sie gedeckt hatte. Ihr einen Dienst erwiesen hatte.

»Danke. Ich vermisse sie schrecklich. Und dich auch«, fügte sie hinzu, nach kurzem Zögern.

»Aha.«

». . . Dann bis morgen.«

»Ja.«

»Tschüs.«

»Tschüs.«

Annika legte das Telefon auf den Nachttisch. Versuchte, sich das ganze Gespräch noch einmal in Erinnerung zu rufen. Es Satz für Satz durchzugehen. Die Suche nach einem roten Faden machte sie müde, und kurz darauf beschloß sie, schlafen zu gehen. Je schneller dieser Tag zu Ende war, desto besser. Sie nahm ihre Zahnbürste aus der Tasche. Und die Creme. Dann ging sie ins Bad und machte eine notdürftige Abendtoilette.

Obwohl sie müde war, konnte sie nicht einschlafen. Das Gefühl, sich in einem Alptraum zu befinden, ließ sie nicht los. Es war, als hätte sie festgestellt, daß sie sterbenskrank war. Es gab kein Zurück. Sie hatte etwas getan, das sie nicht mit ein paar erklärenden Worten wiedergutmachen konnte, sie konnte es nicht abtun und fortwischen. Das Gefühl war beängstigend. Ihr wurde schlecht. Sie lief zur Toilette und wollte sich übergeben, aber es ging nicht. Als sie das letzte Mal auf die Uhr sah, war es zwanzig nach zwei. Sie mußte wohl eingeschlafen sein, denn als das Handy klingelte, hatte sie keine

Ahnung, wo sie war. Im Dunkeln suchte sie, woher der Ton kam. Bekam das Handy in die Finger und drückte auf Grün. Zuerst erkannte sie seine Stimme nicht sofort. Sie klang heiser und leise. Er sagte unzusammenhängende Dinge.

»Annika! Warum hast du nicht abgenommen, wenn ich angerufen habe? Ich dachte ... ich hab geglaubt ... mein Gott, Annika ...«

»Rickard, bist du betrunken?«

»Ja, was denn sonst? Ich sitze hier in Oslo in einem verdammten Hotelzimmer und habe keine Ahnung, was los ist. Wo du bist? Was ist ... Warum ... Ich begreife nicht, was ... Wo bist du denn?«

»In einem Hotel.«

»In einem Hotel? Warum bist du nicht bei mir? Du hast doch den Schlüssel! Du hast ihn doch gefunden? Ich hab es doch nicht vergessen, dir den Schlüssel hinzulegen?«

»Der Schlüssel liegt nach wie vor auf dem Küchentisch.«

»Aber ...«

»Rickard, ich kann mich nicht mehr mit dir treffen. Es muß ein für allemal Schluß sein.« Für einen Moment wurde es still in der Leitung. Ein paar tiefe Atemzüge. Seufzen.

»Annika. Verzeih mir, daß ich dich gestern berühren wollte. Ich war ein Idiot. Aber Liebes, du mußt mir doch eine Chance geben! Weißt du nicht, daß ich dich liebe?«

»Es geht nicht darum, was gestern passiert ist, Rickard. Das hat damit nichts zu tun. Es geht um Tom und mich. Ich liebe ihn. Ich habe etwas Schlimmes getan. Ich muß die winzige Chance nutzen, die ich bekommen habe, und versuchen, den Schaden wieder zu beheben.«

»Und was wird aus mir?« Seine Stimme klang dünn, entkräftet, verzweifelt.

»Du kommst ohne mich klar.«

»Ist das dein letztes Wort?«

»Ja.«

»Aber ich verstehe das nicht. Wir haben uns doch gestern ...

242

Und vorgestern ... Wir haben uns geküßt. Alles war gut. War es das nicht?«

»Nein, das war es nicht. Es war ein verfluchter Fehler. Aber da wußte ich es noch nicht. Rickard, ich weiß, daß es schrecklich ist und daß ich mich wie eine Idiotin aufführe. Aber so ist es nun einmal.«

Rickard schniefte. »Aber wir sehen uns doch bei der Arbeit ...«

Annika erzitterte. Dafür hatte sie keine Lösung. »Ja, wir müssen sehen, wie das klappt«, sagte sie kurz. »Ich muß jetzt Schluß machen.«

»Aber Annika, du ... wir ...«

»Verzeih mir, Rickard, aber es geht nicht anders. Du wirst darüber hinwegkommen.« Dann legte sie auf, stellte das Handy aus und legte es zurück auf den Nachttisch. Ihre Hand zitterte, als würde sie frieren. Sie kuschelte sich in die Decke, aber ihr wurde nicht warm. Lange lag sie so da, fror und blinzelte in die Dunkelheit, bis ihr langsam wärmer wurde und ihr Körper sich nach und nach entspannte. Ganz sacht sank sie in eine Art Dämmerzustand, und schließlich wußte sie nicht mehr, wo sie sich befand, was sie angerichtet hatte oder was ihr bevorstand.

Ich stehe vorne am Altar, der mit schönen Sommerblumen ge-
schmückt ist. Die Seide meines weißen Kleides raschelt, wenn
ich mein Gewicht vorsichtig von einem Bein auf das andere
verlagere. Die neuen Schuhe drücken ein wenig, aber es tut
nicht weh. Ich merke, wie sich hinter uns die Hochzeitsgäste
einfinden. Sich versammeln, weil die Pastorin gleich die Worte
über die Liebe sprechen wird, bis daß der Tod uns scheidet.
Ich bin ganz ruhig.

Die Pastorin steht in ihrem langen schwarzen Talar vor uns.
Ich erkenne sie wieder. Es ist die Dame von der Rezeption im
Hotel. Sie beginnt, mit metallener Stimme die Messe zu lesen.
Ich kann nicht verstehen, was sie sagt. Spricht sie Latein? Sie
verstummt und sieht uns auffordernd an. Macht am Ende eine
Geste. Jetzt darf man sich küssen. Ist es schon vorbei?

Ich stelle mich auf die Zehenspitzen, um Tom zu küssen,
aber ich komme trotzdem nicht zu ihm hinauf. Schlage mit der
Nase an sein gestärktes Hemd unter dem Frack. Ich strecke
mich noch mehr, aber je mehr ich es versuche, desto größer
wird Tom. Ich höre, wie die Gäste anfangen zu tuscheln, ein
Grummeln hinter uns. Ich ziehe ihn am Ärmel, aber jetzt ist er
schon so groß, daß er es nicht merkt.

Ich höre Schritte auf dem Steinboden. Drehe mich um.
Toms Eltern verlassen die Kirche. Einige Gäste folgen ihnen.
Ich rufe ihnen hinterher. Keiner hört mich. Ich spüre eine
Hand auf meiner Schulter. Es ist die Pastorin. Sie sieht mich
an. Verzieht keine Miene.

Leise Töne erklingen. Sie werden zunehmend lauter, bis die
ganze Kirche von treibenden Bässen erfüllt ist. Mit ihrer
metallenen Stimme beginnt die Pastorin, die Messe im Takt zur
Musik zu lesen: Everything I've ever done. Everything I ever
do. Everyplace I've ever been. Everywhere I'm going to . . .

Pet Shop Boys! Zwischen den Bänken ist jemand aufgestanden. Es ist Rickard. Er ist als einziger übriggeblieben. Er trägt einen Frack. Sein Schrei findet ein Echo in der leeren Kirche. Gleichzeitig wird die Decke aufgeschlitzt. Ganz weit oben kann ich Toms Kopf sehen. Dann verwandelt er sich in einen Schwarm Dohlen, die kreischend davonfliegen. Ich bleibe zurück, allein.

Es ist 5.37 Uhr. Langsam wird es hell.

Annika war als erste da. Tom sollte nicht warten müssen. Nervös zupfte sie an einem Stück Brot. Schob sich zerstreut ein paar Brotstücke in den Mund. Jedesmal, wenn sich die Tür des kleinen Restaurants öffnete, schreckte sie auf. Tom kam fünf Minuten zu spät. Er ging direkt auf ihren Tisch zu. Entschuldigte sich förmlich, daß er spät dran war. Annika winkte ab.

»Nein, nein ich bin zu früh gekommen ... Wollen wir gleich bestellen?«

»Ja.«

Annika stand auf, und sie gingen zusammen zur Theke. Sie hatte einen trockenen Mund, und ihr Herz schlug heftig. Rebecca selbst stand an der Kasse. Sie lächelte sie an, während sie die Bestellung aufgaben. Tom nahm deutsches Beefsteak, Annika Fisch. Wie immer, fügte sie hinzu.

Annika bestand darauf, ihn einzuladen, und Tom setzte sich schon, während sie noch auf das Wechselgeld wartete. Aus dem Augenwinkel linste sie zu ihm hinüber. Seine Jacke hatte er über den Stuhl gehängt. Er trug ein Hemd. Das tat er normalerweise nicht. Ihm war das Bügeln lästig. Annika fragte sich, ob es etwas zu bedeuten hatte, daß er heute ein Hemd trug. Ob er sich absichtlich etwas Schönes angezogen hatte. Sie selbst hatte lange überlegt, welchen der drei Pullover, die sie dabeihatte, sie anziehen sollte. Hatte sich für den entschieden, den Tom am liebsten mochte. Hatte geflucht, daß sie von zu Hause kein Make-up eingepackt hatte. Hatte nur Puder und Gloss aufgelegt, das war immer in der Handtasche. Viel hatte es jedoch nicht gebracht. Sie hatte kurz in Erwägung gezogen, loszugehen und noch etwas zu kaufen, ein bißchen Rouge oder Mascara, es dann aber seingelassen. Jetzt ging es um die nackte Wahrheit.

Annika nahm Platz. Die Besitzerin kam und servierte ihre Gerichte, wünschte ihnen einen guten Appetit. Keiner von ihnen begann zu essen. Tom sah sie aufmerksam an.

»Worum geht es denn?« fragte er schließlich. Annika holte tief Luft. Sie hatte versucht, jeden Satz vorzubereiten, aber nun war alles wie weggeblasen. Ihr fiel nichts mehr ein.

»Ich wollte mich entschuldigen. Zuallererst«, stotterte sie. Ihre Stimme klang fremd. »Ich kann nicht begreifen, wie ich das tun konnte.« Sie schüttelte den Kopf. »Ich kann nicht begreifen, wie ich dir und den Kindern so etwas antun konnte.« Tom schaute ihr ins Gesicht. Er machte keinen Versuch, ihr zu antworten. Annika kramte in ihrem Gedächtnis, um endlich auf eine der so sorgfältig zurechtgelegten Formulierungen zu kommen, die alles wieder geraderücken würden. Die es Tom verständlich machen würden. Es wurde nichts. Sie mußte ohne ihre Wortgerüste klarkommen. »Ich weiß nicht, ob du mir jemals verzeihen kannst. Ob es etwas gibt, das ich sagen oder tun kann, damit du mir wieder vertraust ...« Toms Mundwinkel verzogen sich.

»Wo warst du?« Er spuckte die Frage regelrecht aus. War sofort wieder still.

»Gestern habe ich auf Rickards Sofa übernachtet«, antwortete Annika. Sie nahm wahr, wie Toms Augen zuckten. Als hätte ihn jemand mit einer dünnen Nadel gepiekst. »Heute nacht habe ich im Hotel geschlafen.«

»Allein?«

»Ja.« Annika atmete auf. »In dem Moment, als ich zu Rikkard nach Hause kam ...« Toms Augen zuckten wieder. Wie ein Pawlowscher Hund. Annika zögerte, nahm sich vor, etwas behutsamer zu sein. »Kaum war ich von zu Hause losgegangen, wußte ich, daß es falsch war. Es war, als hätte mich deine Wut endlich aufgerüttelt. Ich konnte die Dinge sehen, wie sie waren. Ich war verliebt, das weißt du. Das kann ich nicht leugnen. Aber dieses Gefühl starb in dem Moment, als ich unsere Wohnung verließ.«

»Trotzdem bist du zu ... ihm nach Hause gegangen.«

»Ja. Und da merkte ich, daß es völlig falsch war. Aber vielleicht war das auch gut ...« Sie sah Tom abwartend an. Er machte nicht den Eindruck, als ob er daran etwas Gutes fand. Annika setzte an, es ihm zu erklären. »Einfach das Gefühl bestätigt zu bekommen. Was für ein Fehler es war. Daß es vorbei war. All die Magie, der Kitzel, alles war weg. Ich hatte nur dich im Kopf. Und die Kinder. Das war schrecklich ...«

»Du Ärmste ...« Tom sah sie kalt an. Er war sonst nicht zynisch.

»Ich weiß, daß du kein Mitleid hast«, fuhr Annika fort, »ich allein bin schuld daran. Wenn es ein Trost für dich ist, dann kann ich dir versichern, daß es mir mein ganzes Leben noch nicht so schlechtgegangen ist wie in diesen zwei Tagen.« Da tauchte ein Bild vor ihren Augen auf, und sie zögerte einen Moment. »Jedenfalls nicht seit meine Eltern sich getrennt haben«, fügte sie hinzu.

»Aber wie konntest du dich darauf einlassen?«

Annika war froh über die Frage. Nicht, weil sie ein gute Antwort parat hatte, sondern weil Tom wieder mit ihr sprach. Sie mußte dieses Türchen offenhalten. »Darüber habe ich sehr viel nachgedacht. Jetzt und auch vorher. Ich weiß nicht, ob ich wirklich eine Antwort gefunden habe. Es gibt nur Hinweise.« Tom schwieg, er wartete auf weitere Erklärungen. Die Soße über seinem Beefsteak war mittlerweile von einer dünnen Haut überzogen. Annika suchte nach Worten. Setzte mehrere Male neu an. »Er erschien auf der Bildfläche, als ich am liebsten gegen die Wand gerannt wäre.« Das war kein guter Vergleich. »Ich hatte das Gefühl, als wäre ich in Auflösung begriffen. Ich sah mich selbst nicht mehr. Ich konnte in den Spiegel schauen und fand eine Frisur oder einen Pickel, aber nicht mich. Ich weiß nicht, ob du das verstehen kannst ...« Tom antwortete noch immer nicht. »Dann tauchte er auf. Und sah mich. Fand, daß ich interessant und anziehend war. Und mit einem Mal fand ich das selbst auch. Es war, als hätte er mich wieder zum Leben erweckt.« Annika schüttelte vorsichtig den Kopf. »Ach, das klingt jetzt so pathetisch! Egal, was ich sage, es klingt immer wie in einem blöden Roman ... Aber es war einfach so.«

»Und was hat er getan?« Tom hatte ein Stück von seinem Beefsteak abgeschnitten und hielt es nun auf der Gabel.

»Nichts. Oder, ach, ich weiß es nicht. Er konnte nur ein kleines Wort sagen, und ich hatte das Gefühl, beachtet zu werden. Ein Wort zu meiner Frisur. Daß ich einen neuen Pullover trug ... Kleinkram ... Aber das war nicht das einzige. Er sah mich an. Auf eine Art, die mich aus dem Gleichgewicht brachte. Als ob er auf der Suche nach etwas war. Er war neugierig auf mich.« Annika verstummte. Sie wollte nicht zu viel erzählen. Und Rickard als Supermann darstellen. Sie nahm ein Stück von ihrem Fisch, tunkte es in die zerlassene Butter und schob es in den Mund. Schweigend aßen sie.

»Ich bin in meinem ganzen Leben noch nie so verletzt worden.« Tom legte sein Besteck zur Seite. Annika machte es ihm gleich. »Als du gegangen warst, habe ich mir geschworen, daß du mich niemals wieder so verletzen wirst.« Seine Stimme war voller Wut. Er atmete schwer. »Du hast alles, was wir uns versprochen hatten, verraten. Alles, wofür unsere Ehe stand.«

»Ja. Das weiß ich.« Annika sah Tom in die Augen. Fixierte ihn. »Und dafür bitte ich dich um Verzeihung.«

»Ich weiß nicht, ob ich das kann ...« Tom sah zu Boden. Die ganze Anspannung in seinem Gesicht war wie weggeblasen. Er sah nur noch verzweifelt und traurig aus. »Ich kann dir darauf keine Antwort geben.«

Annika schluckte. Sie wollte ihn überreden, die Argumente aufzählen: die Kinder, ihr Zuhause, ihre Liebe ... Aber eine Stimme gebot ihr zu schweigen. »Du kannst dir die Zeit nehmen, die du brauchst. Ich kann das, was ich getan habe, nicht ungeschehen machen. Ich kann nur darauf warten, daß du mir verzeihst. Ich werde die Geduld haben, solange es braucht.«

Annika versuchte, den Kloß im Hals hinunterzuschlucken, doch er wurde nur noch größer, und ihr schossen die Tränen in die Augen. Sie mußte sich räuspern, bevor sie weitersprach. »Du bist mein Mann. Ich liebe dich.«

Annika ging durch die Stadt. Sie versuchte, den Eindruck zu erwecken, daß sie ein Ziel habe. Sie machte keine Pausen, ließ die Schaufenster links liegen. Überquerte eilig die Straße, sobald die Ampel Grün zeigte. Es war warm. Einige Cafés hatten sogar schon Tische und Stühle nach draußen gestellt. Sicherheitshalber noch mit Decken. Annika mußte daran denken, was sie mit so einem Tag anfangen könnte, wenn in ihrem Leben alles normal wäre. Ein freier Tag ohne die Kinder. Sie hätte sich auf einen der Stühle setzen können, ein Buch in der Hand. Gar nicht unbedingt, um zu lesen, sondern um das Gefühl zu genießen, tun zu können, was sie wollte. Leute beobachten, ein bißchen bummeln. In die Nachmittagsvorstellung im Kino gehen. Die Freiheit genießen, ganz für sich zu sein. Jetzt war sie ganz für sich. Von Genuß keine Rede.

Tom und sie hatten sich vor dem Restaurant verabschiedet. Tom hatte sie nicht gebeten zurückzukommen. Sie hatten sich nicht berührt. Annika hatte überlegt, ob sie es wagen sollte, ihn zum Abschied in den Arm zu nehmen, aber seine Körpersprache sandte eindeutig Signale. Er hielt die Hände tief in den Hosentaschen vergraben, die Schultern hochgezogen. Als sie aus Versehen einen kleinen Schritt auf ihn zuging, machte er sofort einen Satz zurück, so daß der Abstand zwischen ihnen gewahrt blieb.

Annika versuchte sich einzureden, daß das Treffen gut gelaufen war. Daß sie gesagt hatte, was sie sich vorgenommen hatte. Daß Tom nicht wütend geworden war, daß er überhaupt gekommen war. Aber es war nur ein kleiner Trost. Er hatte nicht »bis bald« gesagt, sondern sich knapp verabschiedet, bevor er sich umdrehte und sie auf dem Bürgersteig stehenließ. Sie versuchte, das Gefühl von Mißerfolg wegzuwischen. Mit energischen Schritten die Gedanken an die

Katastrophe, die ihnen bevorstand, falls Tom es nicht überwand, zu verdrängen. Falls er ihr nicht verzeihen konnte. Manchmal gelang es ihr. Manchmal nicht.

Endlich war sie im Hotel angekommen. Sie hatte am Morgen nicht ausgecheckt. Darüber war sie nun froh. Es wäre eine Erniedrigung gewesen, wieder zurückkommen zu müssen. Wie jemand, der kein Zuhause hat, wie eine Prostituierte. Da hätte sie sich ein neues Hotel suchen müssen. Jetzt war das überflüssig. Sie konnte einfach unbemerkt an der Rezeption vorbeihuschen und in ihr Zimmer gehen.

Rickard hatte nicht mehr angerufen. Die Botschaft war angekommen. Als sie daran dachte, stieg ein schlechtes Gewissen in ihr auf, aber die Alternative war undenkbar. Allein, ihn für ein paar Stunden zu treffen, um ihm alles zu erklären, wäre ein riesiger Verrat an Tom. Er mußte so zurechtkommen. Sie mußte so zurechtkommen.

Auf dem Heimweg war sie an einer Buchhandlung vorbeigekommen. Den Namen hatte sie von Viveka schon öfter gehört, daher war er ihr bekannt. Sie hatte die Tür geöffnet, und ein Windspiel erklang, als die Tür sich wieder schloß. Innen roch es nach Rauch. Hinter dem Tresen saß ein junger Kerl und las. Sie lehnte seine Hilfe dankend ab und lief die Gänge entlang. Ein Buch fiel ihr ins Auge. ›Wähle dein Leben‹. Sie nahm es aus dem Regal. Drehte es um. Auf der Rückseite das Foto einer Frau, die lächelte. Ihr Alter konnte man nicht sagen. Sah eher aus wie ein Hollywoodstar als wie eine Schriftstellerin. Annika begann zu blättern. Der Klappentext versprach einen Bestseller. Sie entschied sich, das Buch zu kaufen.

Auf dem Weg zur Kasse kam sie an einem Tisch vorbei, auf dem in kleinen Schälchen schöne Steine lagen. Das Schild daneben wies auf die Eigenschaften jeden einzelnen Steines hin. Zufällig griff sie einen. Wiegte ihn in der Hand. Besah sich die Farben. Er war ziemlich unauffällig. Graubraun mit ein paar schwachen weißen Linien, die von einer Seite aus in die Mitte des Steines liefen. Auf dem Schild in dem Schälchen stand:

Der Agathe schützt das Kleine und Einfache, das Nahe und Selbstverständliche. Annika schloß die Hand und fühlte den Stein. Dann ging sie zur Kasse und bezahlte. Es war ihr fast peinlich, als ob sie gerade ein Sexspielzeug kaufen würde. Aber der Typ mit dem Pferdeschwanz machte nicht den Eindruck, als fände er ihre Wahl ungewöhnlich. Er saß schon wieder über seinem Buch, als Annika den Laden verließ.

Jetzt saß sie auf dem Hotelbett und hielt den Stein in ihrer Hand. Sie strich mit ihm ihre Lippen entlang. Seine glatte Oberfläche fühlte sich kalt an. Sie legte ihn neben sich auf den Bettüberwurf und holte das Buch aus der Tüte. Dann begann sie zu lesen. Es war fürchterlich geschrieben. Voll von platten Ratschlägen. Man sollte Listen schreiben und positive Grundsätze lesen. Meditieren. Positiv denken und nicht verurteilen. Das hatte Annika doch schon einmal gehört. Aus den Seiten kam ihr Vivekas Echo entgegen. Trotzdem las sie weiter. Etwas in der Botschaft des Textes sprach sie an. Sie mußte an Millas Worte denken. Daß alles vorbei war. Die Autorin des Buches verhieß das Gegenteil. Daß alles möglich war. Annika stellte mit Staunen fest, daß sie in den schlecht formulierten Sätzen pausenlos Wahrheiten und Trost fand. Sie dachte sogar einen Moment darüber nach, sich vor den Spiegel zu setzen, der über dem Schreibtisch hing, und laut vor sich hin zu sprechen: *Ich lasse das los, von dem ich glaube, daß es richtig ist, und warte darauf, daß das Leben mir neue Wege weist.* Aber dann überlegte sie es sich anders und dachte: *Ich vergebe mir und lasse dies auch andere tun.* Paßte das vielleicht besser? Genau da klingelte das Handy. Beim dritten Klingeln hatte sie es aus der Tasche herausgeholt und hielt es ans Ohr. Es war Tom. Er sagte nur drei Worte:

»Komm nach Hause.«

Tom und Annika standen im Flur. Andrea suchte ihre Schläppchen, und Mikael war zurück ins Kinderzimmer gerannt, um Nussebär zu holen. Annika redete in einem fort. Sie war offensichtlich nervös.

»Bist du sicher, daß es klappt?« fragte sie schon zum dritten Mal. Tom seufzte.

»Annika, hör auf!«

»Ja, entschuldige, ich ...«

»Es wird schon klappen, Annika«, antwortete Viveka. »Wir bringen sie am Sonntag zurück.«

»Aber nicht zu spät.«

»Sag eine Uhrzeit.«

Annika überlegte kurz. »Um zwei?«

Tom seufzte wieder. »Nicht vor fünf, Viveka, okay?« sagte er. Viveka lächelte und nickte.

»Klar. Nicht vor fünf.«

»Ich hoffe, wir haben an alles gedacht. Schlafanzüge, Zahnbürsten, genug Sachen zum Wechseln ...«

»Bestimmt. Ist Mikael fertig?« Viveka wollte endlich los. Sie wandte sich an Stellan, der bislang, außer einem kurzen Begrüßungssatz, nichts gesagt hatte, seit er mit Viveka in den Flur getreten war. »Ich hoffe, wir kriegen keinen Strafzettel.«

»Was heißt Strafzettel?« Annika riß die Augen auf.

»Seit wann habt ihr ein Auto?«

»Stellan hat doch seinen alten Renault.«

»Habt ihr denn Kindersitze?« Annika machte ein versteinertes Gesicht, sah abwechselnd zu ihrer Mutter und dem großen bärtigen Mann hinter ihr. Vivekas Blick ging hin und her.

»Äh ... nein ...«

Annika wollte gerade Widerspruch einlegen, als Tom seine

254

Hand auf ihre Schulter legte. Er wandte sich an Stellan. »Ihr könnt sie doch wohl hinten anschnallen?«

Stellan nickte. »Natürlich.«

»Also, dann wäre die Sache geklärt, oder was meinst du, Annika?« Tom sah sie an. Noch immer lag seine Hand auf ihrer Schulter.

»Ja, okay... das wäre es dann wohl.«

In dem Moment tauchte Mikael im Flur auf. Er hielt seinen Nussebär unter dem Arm.

»Fahren wir jetzt zur Oma?« fragte er erwartungsvoll.

»Ja, jetzt geht's los«, antwortete Annika. »Und am Sonntag kommt ihr zurück.«

»Wann ist das?«

»Übermorgen.«

»Und was macht ihr?« Andrea drehte sich zu ihren Eltern um. Tom schmunzelte.

»Wir werden uns schon etwas einfallen lassen.«

»Ohne uns ist euch bestimmt langweilig.« Mikael schaute sie mitleidig an.

»Ja, bestimmt«, sagte Annika.

»Jetzt müssen wir aber los! Bevor wir doch noch einen Straf-zettel kriegen«, beendete Viveka das Gespräch und öffnete die Wohnungstür. Stellan ging voran, die Kinder folgten. Viveka blieb noch einen Moment im Flur stehen. »Nutzt die Zeit«, sagte sie und umarmte Annika. »Und laßt es euch gutgehen.«

In der Wohnung wurde es mucksmäuschenstill, als Viveka aus der Tür war. Sie konnten noch hören, wie ein Auto unten auf der Straße nach mehreren fehlgeschlagenen Zündversuchen losfuhr. Tom und Annika sahen sich an. Ernst. Gingen lang-sam zurück in die Wohnung.

Kein Programm, hatten sie vereinbart. Keine romantischen Arrangements. Nur sie beide. Allein. Zusammen.

Genau da fing es an.